LAURA DAVE

Hello Sunshine

Laura Dave

Hello Sunshine

Roman

Deutsch von Ivana Marinovic

blanvalet

Die Originalausgabe erschien 2017
unter dem Titel »Hello, Sunshine« bei Simon & Schuster, New York.

MIX
Papier aus verantwortungsvollen Quellen
FSC® C014496
FSC
www.fsc.org

Verlagsgruppe Random House FSC® N001967

1. Auflage

Neumarkter Str. 28, 81673 München
Redaktion: Susann Rehlein
Umschlaggestaltung und -motiv: www.buerosued.de
Satz: Buch-Werkstatt GmbH, Bad Aibling
Druck und Bindung: GGP Media GmbH, Pößneck
LH · Herstellung: sam
Printed in Germany
ISBN: 978-3-7341-0353-7

www.blanvalet.de

Meinen Js.

Das Geheimnis des Lebens besteht
in Ehrlichkeit und redlichem Handeln.
Wenn du das vortäuschen kannst,
hast du es geschafft.

Groucho Marx

Juni

1

Zwei Sachen sollten Sie besser vorab wissen. Die erste ist: Am Morgen meines fünfunddreißigsten Geburtstags – dem Tag, an dem ich meine Karriere, meinen Ehemann und mein Zuhause mit einem einzigen Schlag verlor – weckte mein Radiowecker mich mit einem meiner absoluten Lieblingssongs. Ich erwachte zu *Moonlight Mile,* das sonst so gut wie nie im Radio lief, und dachte tatsächlich: Die Welt ist gut. Ich blieb in meiner nagelneuen, luxuriösen *Frette*-Bettwäsche liegen (einem Geburtstagsgeschenk an mich selbst), das Sonnenlicht strömte durch die Fenster, die Morgenluft war kühl und klar. Ich hörte mir das ganze Lied an, während es durch meine Wohnung klang und mich mit einem Gefühl grundloser Zuversicht erfüllte.

Sagt Ihnen der Song *Moonlight Mile* etwas? Er ist von den Rolling Stones – wenn auch nicht ansatzweise so beliebt wie ihr allgegenwärtiges *You Can't Always Get What You Want* und auch nicht so schmalzig wie der notorische Hochzeits-Hit *Wild Horses. Moonlight Mile* ist einfach nur der ehrlichste Rocksong, der jemals aufgenommen wurde. Ich sage das jetzt nicht als meine persönliche Meinung, sondern als schlichte Tatsache. Es ist einfach eine unbestreitbare

Wahrheit, die Sie in Herz und Hirn verinnerlichen sollten, und falls einmal jemand einen anderen Song als Inbegriff von Genialität preist (seien Sie auf die Beatles gefasst, die für gewöhnlich gegen die Stones ins Feld geführt werden), können Sie sich lächelnd zurücklehnen und im Stillen denken: *Ich weiß es besser.* Es ist schön, es besser zu wissen. Es ist schön, das abschließende Gitarrenriff des Songs zu hören und zu wissen, dass ein Musikstück tatsächlich gleichzeitig so sanft und komplex sein kann, so gefährlich und still, so voller Leben, Liebe und Tod – es offenbart ein Geheimnis; und zwar eins, das ich gerade erst zu verstehen begann – über all das, was in dieser Welt zählt, all das, was uns bindet und uns irgendwann mit einem Schlag verlässt.

Das Heikle an der Sache ist, dass der Song das Ergebnis einer nächtlichen Jam-Session zwischen Mick Jagger und dem Gitarristen der Rolling Stones, Mick Taylor, war. Taylor nahm ein kurzes Gitarrenstück, das Keith Richards zuvor aufgenommen hatte, und bearbeitete es für die Session. Es war auch Taylors Idee, am Ende ein Streicher-Arrangement hinzuzufügen. Es heißt, dass Taylor aus gutem Grund versprochen wurde, ihn als Mitautor zu nennen, und doch wurde *Moonlight Mile* offiziell Jagger/Richards zugeschrieben. Keith Richards stritt später jegliche Beteiligung Taylors ab und behauptete, dass Mick Jagger ganz allein den Song beigesteuert hätte.

Nach meiner Meinung gefragt, würde ich normalerweise sagen: Wenn juckt's? Die Credits sind nicht wichtig – was zählt, ist der Song. Taylor spielte weiterhin für die Band, also hatte er die Sache wohl auf sich beruhen lassen.

Nur dass mich diese Ungerechtigkeit an jenem fraglichen Morgen – dem Morgen meines fünfunddreißigsten Geburtstags, als ich in meinen frischen *Frette*-Laken lag und die Welt mir so gut und richtig schien – nicht losließ. Also griff ich nach meinem Handy, um die Sache im Internet zu recherchieren.

In Anbetracht dessen, was sich über meiner Welt zusammenbraute, war es mehr als seltsam, dass mich Taylor genau in diesem Moment so sehr beschäftigte. Nennen Sie es Vorsehung, nennen Sie es Intuition, aber zum ersten Mal verspürte ich so etwas wie Mitgefühl für ihn. Was nicht heißen soll, dass ich in meiner ganz speziellen Geschichte die Art Heldin bin, mit der man mitfiebert. Ich bin nicht Mick Taylor. Nicht einmal Mick Jagger.

Ich bin Keith Richards, der die Lorbeeren einheimst und Lügen erzählt, obwohl er nicht einmal dabei war.

Ich hörte ein Stöhnen neben mir. »War das nicht deine Regel: keine Handys im Bett?«

Ich drehte mich um und betrachtete meinen Mann, der gerade aufwachte und dabei demonstrativ gähnte. Danny Walker: gebürtig aus Iowa, markantes Kinn, furchtloses Gemüt. Er hatte die Augen mit den langen Wimpern (dicht und dunkel, als hätte sie jemand mit einer dicken Schicht Mascara bepinselt) fest zusammengekniffen.

»Du kannst mein Handy doch nicht mal sehen«, protestierte ich.

»Das muss ich nicht … ich kann es *spüren«*, entgegnete er. Er öffnete seine unglaublich grünen Augen, die von den dunklen Wimpern umrahmt wurden. Ich war neidisch auf diese Wimpern, diese Augen. Danny verfügte über mehr natürliche Schönheit, als eine Frau je künstlich erreichen könnte – allen voran seine Ehefrau. Und auch wenn manche Frauen stolz darauf gewesen wären oder so glücklich verliebt, dass sie keine albernen Vergleiche anstellten, war ich keine dieser Frauen. Ich stellte Vergleiche an. Das war nicht immer so gewesen, doch irgendwann im Lauf unserer Beziehung hatte ich damit angefangen. Aber Moment, ich greife voraus.

»Es ist *deine* Regel«, beharrte er und deutete auf das Handy. »Mach es aus.«

»Ist das wirklich das Erste, was du mir heute sagen möchtest?«, fragte ich.

»Alles Gute zum Geburtstag.« Er schenkte mir sein wundervolles Lächeln. »Mach es aus.« Dann strich er mit seiner Hand meinen Bauch hinab; seine Finger waren eisig. Wir wohnten in einem alten umgebauten Loft in Tribeca, New York (kürzlich erst für den *Architectural Digest* fotografiert), das nur wenige Blocks vom Hudson River entfernt lag und morgens eiskalt war. Ungeachtet der Jahreszeit und ungeachtet der Junihitze, herrschten in der Frühe winterliche Temperaturen. Die Wohnung war zudem ungewöhnlich laut, mit den Geräuschen des Highway und des Flusses, die sich vermengten, um einen daran zu erinnern, dass es keinen anderen derart zerrissenen Ort auf der Welt gab. Es war mit Abstand die hübscheste Wohnung, in der wir bisher zusammen gelebt hatten – eine echte Steigerung zu unserer ersten Studentenbude in Oregon, die vom Vermieter als Garten-Apartment angepriesen worden war, und er hatte durchaus recht gehabt, man konnte den Garten sehen – wenn man durch die Kellerfenster hochschaute.

Danach folgten drei andere Wohnungen, aber keine davon verfügte über die großzügigen Eckfenster des Lofts – mit Ausblick auf den Hudson River und den Battery Park.

Ich warf das Handy neben mich aufs Bett, und mit ihm Mick Taylor.

»Gut, dann lass uns noch mal von vorne beginnen: Alles Gute zum Geburtstag, Liebling«, sagte er, während ich mich für eine Sekunde fragte, ob er ebenfalls an unsere Immobilien-Vergangenheit und unsere gemeinsame Geschichte gedacht hatte.

Dann begann er mich zu küssen, und ich hörte auf zu denken. Nach all den Jahren konnte ich mich immer noch in seinen Küssen verlieren – in ihm verlieren. Wie viele Menschen konnten das nach einer vierzehnjährigen Beziehung behaupten? Und ja, ich vertusche dabei den anderen Teil – den Teil, wo unsere Beziehung einen ziemlich hässlichen Kratzer bekam. Aber ich hatte mir geschworen, einiges zu ändern, und in diesem Moment war ich entschlossen, es auch zu tun. Fest entschlossen.

Danny schob sich auf mich, und seine Hände glitten langsam meine Schenkel hinab, als ich es hörte: das Summen meines Handys neben mir, während eine E-Mail-Benachrichtigung aufleuchtete. Ich zuckte zusammen und wollte instinktiv danach greifen. Es hätte etwas Wichtiges sein können – immerhin arbeiteten einhundertfünfzig Menschen an meiner Show, also war es normalerweise wichtig.

Danny schielte aus dem Augenwinkel aufs Display. »Wie war das mit dem Handy?«

»Ich mach's kurz«, beschwichtigte ich ihn. »Versprochen.«

Er zwang sich zu einem Lächeln und rückte von mir ab. »Nein, wirst du nicht.«

Ich klickte mein Postfach an, und da war die E-Mail.

Die Betreffzeile war einfach gehalten.

Hello Sunshine

Ich kannte den Absender nicht, darum hätte ich die Mail beinahe nicht geöffnet. Manchmal sage ich mir, dass ich, wenn ich es nicht getan hätte, womöglich hätte aufhalten können, was danach kam.

Tür eins: Sunshine Mackenzie ignoriert die Mail, hat tollen Geburtstags-Sex mit ihrem Ehemann, und das Leben geht weiter wie gehabt.

Tür zwei: Sunshine schubst ihren Ehemann beiseite, öffnet die E-Mail von jemandem namens *AintNoSunshine*, und ihr Leben, wie sie es kannte, findet ein jähes Ende.

Und nun lasst uns raten, welche Tür ich wohl nahm.

Weißt du, wer ich bin? Hier ein kleiner Hinweis: Ich bin dabei, dich zu ruinieren.

Ich lachte einen Tick zu laut. Immerhin handelte es sich um eine reichlich lächerliche Mail, total übertrieben – wie diese Spam-Nachrichten aus Nigeria, die einen auffordern, seine Kontodaten zu schicken.

»Was ist so lustig?«, wollte Danny wissen.

Ich schüttelte den Kopf. »Ach nichts. Nur eine dämliche E-Mail.«

»Tja, das sind sie für gewöhnlich.«

Das war so ein Streitpunkt zwischen uns. Während meine gesamte Karriere sich online abspielte, war Danny Architekt und checkte sein Postfach oft keine zweimal täglich. Er hatte gelernt, es zu kontrollieren und dämliche E-Mails von schwierigen Kunden zu ignorieren, die von ihren eleganten Stadthäusern in Gramercy Park und ihren Dachterrassenwohnungen in Bowery besessen waren. Er hatte gelernt, es zu kontrollieren, damit er es überhaupt schaffte, seine Arbeit für genau diese Leute fertigzubekommen. Es war eine Fähigkeit, die seine Frau sich scheinbar erst noch aneignen musste.

Ich wandte mich wieder meinem Handy zu.

»Na schön«, sagte er. »Du hast deine Wahl getroffen.« Er schlug die Decke zurück und stand auf.

»Nein!«, rief ich und griff nach ihm, um ihn wieder ins Bett zurückzuziehen. »Danny! Bitte komm zurück. Das ist ein Geburtstagsbefehl.«

Er lachte. »Nö, zu spät.«

Dann kam die nächste E-Mail. **Denkst du etwa, ich mache Spaß? Ich bin nicht so der spaßige Typ. Manche würden sogar behaupten, humorlos: www.twitter.com/sunshinekocht**

Ich erstarrte. *Humorlos* – warum hatte er dieses Wort gewählt? (Zu diesem Zeitpunkt war ich noch völlig ahnungslos und glaubte, der Hacker sei ein *Er.*) Also klickte ich den Link an. Und da blickte mir auch schon mein gesicherter Twitter-Account entgegen. Da war mein Profil, inklusive eines Fotos von mir in meiner Studioküche; ich trug eine Bauernbluse und eine stylish zerrissene Jeans, das Haar zu einem lockeren Dutt hochgebunden.

@sunshinekocht

Kochen für eine neue Generation. Mit #alittlesunshine. NY-Times-Bestsellerautorin: #Farmerstochter, #vomFeld-auf denNewYorkerTisch & (kommt bald!) #vonderSonne-geküsst

Und ein neuer Tweet an meine 2,7 Millionen Follower.

Scheinbar von mir.

Ich bin eine Betrügerin. #aintnosunshine

Ich muss laut nach Luft geschnappt haben, denn Danny drehte sich zu mir um. »Was ist?«

»Ich glaube, mein Twitter wurde gehackt«, erklärte ich.

»Was redest du da?« Er kam zum Bett zurück, um selbst nachzuschauen, doch ich zog schnell das Handy weg. Selbst in dem Chaos, das über mir hereinbrach, hatte ich das instinktive Bedürfnis, die Kontrolle zu behalten, es für mich zu behalten. Und natürlich, es von ihm fernzuhalten.

»Ach, ist halb so wild.«

»Sunny …«

»Ich leite es gleich an Ryan weiter. Er wird sich darum kümmern. Ist schließlich sein Job.«

Danny schien nicht überzeugt. Vierzehn Jahre. Er wusste, wenn etwas im Busch war. »Bist du sicher?«

Ich zwang mich zu einem Lächeln und wiederholte, dass alles in Ordnung sei. Also nickte er nur und ging raus.

Doch zuerst beugte er sich herab und küsste mich. Ein süßer Kuss. Ein Geburtstagskuss. Nicht der Sex, den wir beinahe gehabt hätten, aber immerhin etwas. Etwas Schönes.

In diesem Moment leuchtete das Handydisplay abermals auf, und ein weiterer Tweet erschien.

Aber lassen Sie mich hier aufhören.

Bevor wir zum nächsten Tweet kommen, zum nächsten Hack. Bevor wir zu seinem Inhalt kommen. Zu der Enthüllung, die zum ruinösen Ende meiner Karriere, meines Zuhauses und meiner Ehe führte.

Erinnern Sie sich noch, wie ich sagte, dass es zwei Sachen gäbe, die Sie vorab wissen sollten?

Die erste war, wie es geschah: Am Morgen meines fünfunddreißigsten Geburtstags beglückwünschte mich *Moonlight Mile* zu meinem Ehrentag, mein Ehemann liebte mich noch, und dann traf diese E-Mail ein. Es war der Beginn von etwas, das ich nicht aufhalten konnte.

Die zweite Sache, die Sie wissen sollten? Ich war (zumindest zu jenem Zeitpunkt) kein guter Mensch. Definitiv nicht. Manche würden sogar sagen, ich war ein *schlechter* Mensch. Und alles, was der Verfasser jener Mail – der Hacker, der Zerstörer meines perfekten Lebens – über mich zu sagen hatte, war die Wahrheit.

Fällt Ihnen auf, dass ich Ihnen zuerst erzählt habe, wie diese schlimme Geschichte ihren Anfang nahm? Mitleid heischend. Nehmen Sie das als Beweis für Punkt zwei.

2

Ich saß in meinem Wohnzimmer, meinen Laptop auf dem Schoß aufgeklappt, als der zweite unheilvolle Tweet hereingeflattert kam.

Glücklicherweise hatte Danny einen Kundentermin für ein wichtiges Projekt am Central Park West, darum war es kein Problem gewesen, ihn schnell aus der Wohnung zu kriegen, um mich allein in meinem »Ei« zu verkriechen – einem lila Designer-Drehsessel aus den Fünfzigerjahren, den ich mir für viel zu viel Geld geleistet hatte, kurz nachdem *A Little Sunshine* als Serie anlief. Normalerweise liebte ich es, in meinem Eiersessel zu sitzen. Dafür, dass er so hässlich wie überteuert war, hing ich auf ganz komische Art und Weise an ihm. Doch in diesem Moment bescherte mir selbst mein Lieblingssessel Pickel. Na gut, vermutlich war es nicht der Sessel. Vermutlich waren es die Tweets.

Um die »Ich bin eine Betrügerin«-Sache« zu erhellen … hier kommt Beweisstück Nr. 1: #aintnosunshine

Dann folgte ein Foto. Es zeigte eine herausgerissene Seite aus meinem ersten Kochbuch: *A Little Sunshine – Rezepte einer Farmerstochter*. Es war die Seite mit meinem berühmtesten Rezept, meiner Tomatenpie – eine moderne, zeitgemäße Variation des Südstaaten-Klassikers, mit knusprig-dünnem Boden und einem Belag aus aromatischen alten Tomatensorten, Balsamico-Essig, frischem Basilikum, Pinienkernen und cremigem Mozzarella. Dazu kamen noch frische Gartenkräuter, zerstoßener Pfeffer und – mein Markenzeichen – Zitrone anstelle von Salz.

Nur dass mein Name ganz oben auf der Seite durchgestrichen war und dort stattdessen mit dickem schwarzen Filzstift der Name *Meredith Landy* prangte.

Meredith Landy war die Frau meines Produktionsleiters, Ryan. Sie war ehemals Souschefin im bekannten *Babbo*-Restaurant gewesen und hatte schon vor einer Ewigkeit ihre undankbaren Arbeitszeiten als Köchin gegen einen Umzug nach Scarsdale getauscht, wo sie wiederum viel zu viel Zeit damit verbrachte, ihre 90-Quadratmeter-Küche neu einzurichten – zuerst um Diane Keatons Küche aus dem Film *Was das Herz begehrt* nachzugestalten, später dann die Landhausküche der Fernsehköchin Ina Garten.

Außerdem war sie – und ich hatte bisher angenommen, dass nur zwei Menschen auf dieser Welt das wüssten – die eigentliche Erfinderin des famosen Tomatenpie-Rezepts. Von zwei Mitwissern auf 2,7 Millionen, und das auf einen Schlag. Ich musste mich an der Lehne festkrallen, um nicht aus meinem Sessel zu kippen.

»Ich versuche, jemanden bei Twitter ans Telefon zu kriegen!« Ich drehte mich in meinem Sessel um, als Violet, meine Assistentin, mit zwei Bechern Kaffee und ihrem Handy am Ohr in die Wohnung spaziert kam. »Diese verdammte Zeitverschiebung. Bestimmt schlafen die da drüben an der

Westküste noch«, schimpfte sie. »Ich hänge seit einer *Ewigkeit* in der Warteschleife. Ist Ryan da?«

»Kannst du ihn etwa sehen?«, gab ich zurück

Violet reichte mir einen Kaffee und ließ sich unbeeindruckt von meinem harschen Tonfall aufs Sofa fallen. Sie war vierundzwanzig, einen Meter achtzig groß, mit einer wilden roten Mähne, einem bezaubernden Lächeln und einem ausgeklügelten Plan, bis zu ihrem achtundzwanzigsten Geburtstag ihr eigenes kulinarisches Reich aufzuziehen *(Es war einmal … eine Veganerin)*. Sie sagte gerne, dass sie, wenn es so weit wäre, mit ihrer persönlichen Violet wesentlich gröber umspringen würde als ich mit ihr.

»Ryan hat mich von unterwegs angerufen. Er ist schon dabei, Merediths Stellungnahme zu veröffentlichen«, erklärte sie. »Dass sie nichts mit deiner berühmten Tomatenpie oder sonst irgendeinem Rezept zu tun hat … dass Sunshine gehackt wurde, bla, bla, du weißt schon …«

»Was glaubst du, wer das geschrieben hat?«

Sie stand abrupt auf. »Hallo?«, rief sie ins Handy. »Wer sind Sie?« Dann schritt sie im Loft auf und ab, vom Wohnzimmer in die offene Küche und zurück, wobei die deckenhohen, stahlgerahmten Fenster ihren Weg säumten. Danny hatte die Wohnung ausgehend von diesen Fenstern gestaltet, deren klare Linien das Backsteingebäude auf der gegenüberliegenden Straßenseite umrahmten – eine Teegroßhandlung aus dem achtzehnten Jahrhundert –, auf dessen Fassade der weiße Schriftzug immer noch *LAPPIN TEA* anpries. »Nein! Ich brauche Craig …«, schrie sie die Person am anderen Ende der Leitung an.

Ich wandte mich wieder meinem Computer zu und las die neuesten Antworten auf den Meredith-Landy-Tweet.

@sunshinekocht Ist das wahr? #WaszurHölle

@sunshinekocht Dachte mir schon, dass du zu mager bist. #echteKöcheessen

@sunshinekocht Liebe Sunshine, du bist ein Monster.

Monster schien mir eine ausgesprochene Überreaktion, und zum ersten Mal war ich froh, dass ich aus meinem System ausgeloggt war, sodass ich nichts auf @kittymom99 antworten konnte, was ich später womöglich bereuen würde. Ich schloss das Twitter-Fenster und machte mich wieder daran, Erklärungen für den Rest meiner Social-Media-Ichs zu entwerfen. Ich hatte eine Angestellte, die meine Profile betreute, aber ich wollte mich nicht auf eine fünfundzwanzigjährige Uni-Absolventin verlassen, um eine adäquate Nachricht an meine 1,5 Millionen Facebook-Freunde zu verfassen.

»Sie schließen den Account!«, rief Violet triumphierend. »Craig schließt den Account!«

Ich blickte auf und sah Violet zu, die einen Moonwalk auf dem Perserteppich hinlegte und an den Fenstern vorbeitanzte, als auch schon Ryan durch die Eingangstür spaziert kam – wie immer gerade rechtzeitig, um die Lorbeeren einzuheimsen.

»Sie schließen den Account«, verkündete er, als hätte Violet nicht gerade dasselbe gesagt.

Ryan Landy. Absolvent der Columbia University in Jura *und* Wirtschaftswissenschaften, jugendliche vierzig Jahre alt und wie aus Marmor gemeißelt – Kiefer, Kinn, Schultern. Er trug wie üblich Jeans und Sakko, das Hemd einen Knopf zu weit geöffnet. Seit seinem Vierzigsten trug er zusätzlich die zwanghaft-lässigen Hipster-Sneaker, die seine perfekte Mischung aus Jungenhaftigkeit, Verdorbenheit und einem trügerisch-charmanten Etwas unterstrichen, das so gut wie jede Frau zu Wachs in seinen Händen werden ließ – einschließlich seiner Ehefrau Meredith, die nicht in der Lage schien, irgendwas anderes zu tun, als ihm all diese anderen Frauen zu verzeihen.

Violet, die immer noch am Handy hing, legte ihre Hand über den Hörer. »Ich hab Craig dran«, sagte sie. »In dreißig Sekunden sollte es vom Netz sein.«

»Das hätte VOR DREISSIG SEKUNDEN vom Netz sein sollen, Craig!«, rief Ryan laut genug, damit Craig es auch hörte.

Violet hielt sich das andere Ohr zu. »Was meintest du, Craig?«, fragte sie und hastete davon.

Ryan kam zu meinem Eiersessel, wirbelte mich herum und schenkte mir sein schelmisches Grinsen.

»Hast du Hunger?«, fragte er.

»Ob ich Hunger habe? Äh … nein.«

Er steuerte die Küche an. »Nun, ich hoffe stark, du hast was zu essen da … ich bin nämlich am Verhungern.«

Ryan öffnete meinen Kühlschrank und holte einen grünen Smoothie und ein hartgekochtes Ei heraus. Dann schwang er sich auf die Arbeitsfläche – meine wunderschöne graue Schieferarbeitsfläche, die sich so umwerfend machte zu dem gläsernen Kühlschrank, dem achtflammigen Gasherd und den Edelstahlbacköfen.

Es war in jeglicher Hinsicht die Küche eines echten Profis, auch wenn ich das in keinster Weise war.

Ryan schob sich das komplette Ei in den Mund. »Guck nicht so verängstigt«, sagte er schmatzend.

»Ich bin nicht verängstigt. Ich bin stinksauer. Wie konnte das passieren?«

»Mit Kevin konnte das passieren. Aber Jack hat den gesamten Morgen damit verbracht, deine anderen Accounts mit einer Firewall zu sichern«, erläuterte er mit vollem Mund. »Neue Passwörter, neue Sicherheitscodes. Niemand außerhalb dieses Raums wird sie haben. Das heißt, niemand außer Jack.«

»Wer ist Jack?«

»Der neue Kevin.«

Ich runzelte die Stirn. »Es ist trotzdem schon passiert. Die Leute werden glauben …«

»Die Leute werden genau das glauben, was wir ihnen sagen«, unterbrach er mich. »Ich meine, hör dir nur mal Merediths Stellungnahme an«, sagte er, zückte sein Handy und las laut vor. »*Mein Mann, der renommierte Produzent Ryan Landy, hat mit Sunshine Mackenzie zusammengearbeitet, seit er ihr erstes Video auf YouTube entdeckt hat, in dem sie eben dieses Rezept zubereitete. Bis auf die Tatsache, dass ich ein großer Fan bin (und wie ich meine, auch eine geschätzte Vorkosterin), hege ich keinerlei Ansprüche auf irgendeine von Sunshines köstlichen Kreationen.*«

»Warum reden alle mit mir, als hätte ich das nicht selbst geschrieben?«, fragte ich.

Er grinste. »Ich lobe nur deine gute Arbeit.«

Ich nickte, verspürte jedoch keine Erleichterung. Das Ganze war ziemlich knapp gewesen. Und keiner von uns sprach die Wahrheit aus: Meredith war die echte Köchin. Es waren ihre Rezepte. Ihre Vision. Oder, besser gesagt, Ryans Vision, und ihre Ausführung derselben.

»Du glaubst aber nicht, dass Meredith dahintersteckt, oder?«

Ryan lachte. Offenbar fand er die Vorstellung, dass seine Frau ihn hintergehen könnte, höchst amüsant. »Nie im Leben!«

»Aber was, wenn sie ...?«

»Sie war's nicht. Das würde uns finanziell ruinieren. So etwas würde sie niemals tun.«

»Wer dann?«, bohrte ich weiter.

Ryan schüttelte den Kopf. »Ein Hacker, jemand, der sich in deinen E-Mail-Account ...«

Seine Lässigkeit begann mich allmählich zu nerven. »Aber wie könnte irgendein wildfremder Hacker der Wahrheit so nahekommen?«

Er zuckte die Achseln. »Ich hab's dir doch gesagt. Je höher du steigst, desto mehr Leute sind hinter dir her. Und irgendwer hat es ganz offensichtlich auf dich abgesehen. Wahrscheinlich ist jemand nervös geworden wegen deines Deals mit *Food Network* ...«

Mein Vertrag mit *Food Network*. Ich hatte es nicht ansprechen wollen. Ich war als Co-Moderatorin einer neuen Frisch-auf-den-Tisch-Kochsendung verpflichtet worden. Mittlerweile waren Kochwettbewerb-Shows der Heilige Gral des Senders – niemand bekam noch direkt eine Kochsendung angeboten, wenn es sich nicht gerade um einen Filmstar handelte, der das Kochen für sich entdeckte. Doch *A Little Sunshine* hatte es tatsächlich zu so viel Beliebtheit geschafft. Die Sendung sollte im September anlaufen – zumindest war das der Plan. Falls dieser Hacker uns keinen Strich durch die Rechnung machte.

Ryan hüpfte von der Arbeitsfläche. »Aber die Sache sieht so aus: Ich habe seinen Zugang blockiert, und es gibt nichts, was er jetzt noch tun könnte.«

Er. Ryan sagte auch *er.* »Du denkst, dass es ein Kerl ist? Das ist interessant. Mein Bauchgefühl sagt mir dasselbe.«

Er kam auf mich zu, bis er direkt vor mir stand, und umfasste zärtlich meinen Nacken. »Können wir das endlich abhaken? Ich hab noch andere Dinge, die wir besprechen sollten, okay?«

Ich wandte den Blick ab; ich hatte keine Lust, mich mit seinen *anderen Dingen* zu beschäftigen. »Zum Beispiel?«

»Zum Beispiel heute Abend. Die Party.«

Ich schloss die Augen. Bei dem ganzen Chaos hatte ich das ganz vergessen. Danny hatte eine Überraschungsparty im Hinterzimmer des *Locanda Verde* für fünfzig unserer engsten Freunde geplant.

»Wir sollten sie abblasen«, erwiderte ich.

»Kommt nicht infrage!«

Mir war klar, was er vorhatte. Er wollte meine Party dafür benutzen, diese Sache wieder geradezurücken. »Du willst die Geschichte zu unseren Gunsten drehen.«

»Ich sehe schon, ich habe dir ordentlich was beigebracht, kleine Sunshine.«

Ich bedachte ihn mit einem finsteren Blick. Aber er hatte nicht unrecht. Er hatte mir etwas beigebracht.

»Ich werde die Presse einladen. *People, US Weekly.* Es ist eine großartige Möglichkeit, diesen Gerüchten ein für alle Mal ein Ende zu setzen.«

Normalerweise hätte ich mitgespielt. Aber ich zögerte. Der Hacker-Angriff, dieser Tag, der Rolling-Stones-Song – irgendwas daran, nein, eigentlich alles, hatte mir zugesetzt. Und ich verspürte … etwas Seltsames.

»Danny will heute Abend keine Publicity. Das hat er ausdrücklich gesagt.«

»Und warum noch mal sollte mich interessieren, was Danny sagt?«

Ich warf Ryan einen schneidenden Blick zu. Ich war nicht in der Stimmung, seinem Ego zu schmeicheln – so zu tun, als hätte er die letzte Schlacht zwischen Arbeits-Ehemann und echtem Ehemann gewonnen. Und ich wollte Danny nicht verärgern, zumal Geburtstage für uns beide eine große Sache waren. Wir waren seit unserem einundzwanzigsten Lebensjahr unzertrennlich, seit der Uni. Und jedes Jahr versuchten wir, das vorige Jahr für den anderen zu übertreffen. Danny war schon eingeschnappt gewesen, dass ich in seine E-Mails mit den Details für die Party gespickt und darum gebeten hatte, ein paar Änderungen vorzunehmen (Gästeliste, Menü und Zeit – mit der Örtlichkeit hingegen war ich einverstanden).

»Hör zu, du könntest doch so tun, als ob du von nichts gewusst hättest«, schlug Ryan vor.

Das war wirklich das Letzte, was ich tun wollte. Auch

wenn ich mit den Jahren so etwas wie eine routinierte Lügnerin geworden war – eine Grundvoraussetzung für meinen Job –, war ich doch früher mal eine grundehrliche Person gewesen. Und das war die Person, die Danny kannte – die Person, in die er sich verliebt hatte. Jedes Mal, wenn ich bei ihm versuchte, die Wahrheit *zurechtzubiegen,* durchschaute er mich. Außerdem wollte ich nicht mit ihm streiten.

»Regle das, wie du willst«, sagte Ryan. »Aber wir müssen das machen, okay?«

»Na schön, von mir aus. Aber sorg dafür, dass die Sache unter Kontrolle bleibt.«

»Wann bitte tue ich das nicht?« Nachdenklich hielt er inne. »Sieht man mal von heute Morgen ab.«

»Ryan, wir werden uns mit ihm befassen müssen.«

»Mit Danny?«, fragte er verwirrt.

»Mit dem Hacker.«

Er verdrehte die Augen. »Ich befasse mich doch mit ihm! In genau diesem Moment opfern fünf Leute ihre Zeit, um herauszufinden, welcher Spinner, der noch zu Hause bei Mutti in Idaho wohnt und sich einmal zu oft zu deinen Videos einen runtergeholt hat, diesen Mist verzapft hat.«

»Igitt, bist du eklig.«

Ryan schlürfte am Smoothie. »Stets zu Diensten.«

»Äh … Leute?« Violet kam in die Küche getänzelt. »Jetzt schaltet sich auch noch Amber ein …«

Amber war Amber Rucci, aka *Tollster Toast der Stadt.* Eine berühmte kulinarische YouTube-Kollegin. Sämtliche ihrer Gerichte basierten auf Toastbrot: dickes altmodisches Brioche, gesalzenes, körniges Roggenbrot. Manche ihrer

Rezepte bestanden ganz schlicht aus hausgemachter Mandelbutter auf geröstetem Brioche. Ging das überhaupt als Rezept durch? Offensichtlich ja, denn ihre Fans liebten sie. Außerdem war sie jung und attraktiv … und die Gastgeberin der zweitpopulärsten YouTube-Kochshow, gleich hinter *A Little Sunshine*. Vor ein paar Jahren hatte sie sich bei mir gemeldet und mir ein Sortiment an Kochutensilien geschickt *(Lass uns kochen!!)*, um so etwas wie eine Freundschaft zwischen uns zu zementieren. Ich war natürlich mehr als glücklich gewesen, ebenfalls einen auf nett machen zu können, und hatte ihre Aufmerksamkeit mit einem exklusiven Messer-Set *(Dein Herd oder meiner?)* erwidert. Unsere »Freundschaft« gipfelte in gemeinsamen Auftritten in der Show der jeweils anderen und einem Artikel in der *»Night Out«*-Kolumne der *New York Times*. Das Menü bestand aus meiner famosen Tomatenpie, begleitet von ihrem Avocado-Minz-Toast.

Und jetzt schien es, als wolle sie die Welt wissen lassen, dass sie keine bloße Schönwetterfreundin war.

Glaubt an die Macht von Sunshine! #Köchinnenhaltenzusammen #LiebeundPfeffer

Sie hatte einen Link zu einem Instagram-Foto hinzugefügt, auf dem wir in ihrer Küche gemeinsam ein Abendessen vorbereiteten.

Violet ließ ihr Handy sinken. »Das ist doch nett, oder?« sagte sie. »Trotzdem, warum hat sie keine persönliche E-Mail geschickt?«

»Wofür wäre das denn gut gewesen?«, entgegnete Ryan. »Das hätte doch niemand gesehen!«

»Ich hasse Toast«, fügte ich hinzu.

Ryan grinste. »Das ist mein Mädchen!«

»Violet, ich möchte, dass du die nächste Viertelstunde ein paar Tweets raushaust«, sagte ich. »Irgendwas wie … *Hallo Leute, ich bin's, eure Sunshine (die echte Sunshine) … was für ein Morgen!* Du weißt schon.«

Sie eilte Richtung Wohnzimmer. »Bin schon dabei.«

»Nimm auch eins von diesen inspirierenden Instagram-Zitaten rein«, rief Ryan ihr hinterher. »Darüber, wie beängstigend es sein kann, wenn jemand an deiner Stelle spricht und so tut, als wäre er du … Wie stark du dich fühlst, wieder deine eigene Stimme benutzen zu können. So Zeug.«

Violet drehte sich um. »Ooh! Ich habe da ein super Zitat von Maya Angelou!«

»Hab ich dich etwa um Details gebeten?«, gab Ryan zurück und bedeutete ihr mit einem Wink zu verschwinden. »Benutz auf jeden Fall einen gelben Hintergrund!« Dann wandte er sich an mich. »Die Leute verbinden mit der Farbe Gelb Wahrheit«, erklärte er mir.

Hatte ich das nicht schon irgendwo gelesen? Oder war Ryan nur so überzeugend, wenn er seinen Mist verzapfte, dass ich es nicht nur glaubte, sondern darüber hinaus auch glaubte, es schon immer geglaubt zu haben? Ich griff nach meinem Kaffeebecher. »Gut zu wissen.«

»Ich kann auf Sarkasmus verzichten.«

»Dann bring gefälligst diese Sache in Ordnung, Ryan«, sagte ich. »Was, wenn jemand anfängt herumzuschnüffeln? *Food Network* wird mich fallen lassen. Alle werden mich fallen lassen!«

»Das wird nicht passieren«, beschwichtigte mich Ryan.

Ich blickte ihn zweifelnd an.

»Hör zu, wir haben das offizielle Statement von Meredith, in dem sie schreibt, dass das Gerücht nicht stimmt. Wer sollte da noch herumschnüffeln? Und warum? Abgesehen davon, will niemand im Wespennest herumstochern – immerhin gab es im letzten Jahrzehnt zwei Persönlichkeiten, die ein Kochbuch veröffentlicht haben und nichts mit den darin enthaltenen Rezepten zu tun hatten. Im besten Fall hast du einen Promi, der die Gerichte *kreiert* hat. Die Rezepte werden in einer Laborküche von einem Ghostwriter ausgearbeitet, der tatsächlich Ahnung hat von dem, was er tut.«

»Ein Ghostwriter, der namentlich genannt wurde«, warf ich ein.

»Soll das heißen, du willst der Welt jetzt erzählen, dass Meredith dein Ghostwriter ist? Dafür ist es ein wenig zu spät, würde ich sagen.«

Ich dachte an die eine Sache, die unser kleines kulinarisches Imperium dem Untergang weihen könnte, wenn sie herauskäme. »Du weißt, dass es nicht nur die Rezepte sind«, sagte ich.

»Sunny …« Ryans Blick wurde weicher, und für einen Moment hatte ich nicht mehr das Gefühl, als sei er nur mein Produzent. Ich hatte das Gefühl, er sei mein Freund. »Wir sind die Einzigen, die das wissen. Vertrau mir. Wir sind auf der sicheren Seite«, sagte er und nickte mit absoluter Überzeugung. Ich spürte, wie ich mich bei seinen Worten entspannte. Sein Tonfall reichte, um meine Bedenken zu zerstreuen. »Dann ist also alles gut so weit?«, fragte er.

»Ja, alles gut«, erwiderte ich und meinte das auch noch ernst.

Es ist in der Tat erstaunlich, was man alles verdrängen kann, wenn man sich nur stark genug wünscht, dass alles wieder gut wird, nicht wahr? In diesem Fall war, was ich verdrängte, die Wahrheit.

3

Nur für den Fall, dass es noch nicht deutlich wurde: Ryan hat es mit der Wahrheit noch nie so genau genommen. Eine der ersten Sachen, die er mir über sich erzählte, war tatsächlich, dass er *Lüge* und *Wahrheit* für nutzlose Kategorien hielt. Er zog den Begriff *Story* vor.

Und meine Story – soweit die Öffentlichkeit sie kannte – war eine recht gewöhnliche. Es war eine Geschichte, mit der eine Menge Frauen sich identifizieren konnten. Ich war ein Kleinstadtmädchen, das nach dem Studium beschloss, nach New York City zu ziehen. Ich war jung, frisch verlobt und versuchte, mir einen Namen als Journalistin zu machen. Ich schuftete zu schrecklichen Arbeitszeiten für ein Sportmagazin. (Wir hatten uns auf Sport geeinigt, weil Ryan fand, Frauenzeitschrift wäre zu klischeehaft.) Letztendlich ging es darum, dass ich an einen Ort, weit weg von meinem Heimatstädtchen, gezogen war – doch anstatt mich gut zu fühlen, verspürte ich eine seltsame Sehnsucht nach meinen Wurzeln. Und so ging ich am Tag, an dem ich sechsundzwanzig wurde, zum Bauernmarkt in Park Slope, um ein traditionelles Lieblingsgericht meiner Familie zuzubereiten – Tomatenpie. Ich spazierte mit Danny von Stand zu Stand und erzählte zu jeder frischen Zutat eine Geschichte von der Farm. Irgendwann schnappte Danny sich seine Kamera und filmte mich dabei, wie ich die Backform in den Ofen schob – und später filmte er dann die fertige, unverschämt leckere Pie.

Wir hatten unser Abendessen so sehr genossen – viel mehr als das pappige Sesamhähnchen, das wir uns sonst sonntags holten –, dass ich am nächsten Sonntag das Gleiche noch mal machte. Genauso wie den Sonntag danach.

Und so erblickte eine Tradition das Licht der Welt. Jeden Sonntagabend kochte ich eine neue feldfrische Mahlzeit, mit Rezepten, welche die saisonalen Produkte regionaler Farmer in den Mittelpunkt stellten. Alles war ganz leicht zuzubereiten (ein Versprechen, das jeder Koch gerne macht) und bot zudem Spaß. Auf der anderen Seite der Kamera lachte Danny über die peinlichen Anekdoten meiner Kindheit und Jugend auf der Farm, die ich ihm erzählte und mit den Rezepten, aber auch unserem heutigen gemeinsamen Leben verknüpfte. Von meinem ersten Video an versprach ich den Leuten mehr als nur ein feldfrisches Gericht – ich versprach noch etwas anderes. Freundschaft. Ehrlichkeit. Ich war jemand, der ihnen sagte, dass es vollkommen okay war, seine Herkunft zu akzeptieren, denn sie war ein Teil von uns.

Danny begann damit, die Videos auf YouTube zu posten, um sie mit unserer Familie und unseren Freunden zu teilen. Er nannte sie: *A little bit of Sunshine – Sonntagabende mit einer Farmerstochter.* Natürlich hatte er keine Ahnung, dass sie sich rasend schnell zu einem Internet-Hit entwickeln würden.

Na ja, rasend schnell ist vielleicht übertrieben. Dennoch,

das erste Video wurde von fünfzigtausend Menschen angeklickt. Und nachdem wir fünf weitere gepostet hatten, erregten sie die Aufmerksamkeit eines *Food-Network*-Produzenten namens Ryan Landy, der in diesem aufgeweckten Kleinstadtmädchen die Möglichkeit sah, einer neuen Generation von Zuschauern das Kochen schmackhaft zu machen. Es waren nicht nur die Rezepte, die ihm gefielen, erzählte er später im ersten Artikel über *A Little Sunshine* im *New York Magazin;* es war vielmehr das Gefühl, das ich vermittelte. Ein Kleinstadtpflänzchen, das sich in eine Dame von Welt verwandelte. Mein kleines Apartment im East Village war rustikal und gemütlich eingerichtet. Mein Verlobter in lässiger Jeans und Hemd sah gut aus, ohne sich groß dafür anzustrengen. Und während ich selbst einfach nur T-Shirt und Jeans trug, das Haar zu einem lockeren Dutt hochgesteckt, sah ich aus, wie man eben aussehen wollte, wenn man das Haar zu einem lockeren Dutt hochsteckte: nett, offen und aufrichtig – ein Mädchen, das jeder gerne zur Freundin hätte.

A Little Sunshine, so behauptete Ryan, sei richtungsweisend für junge, ambitionierte New Yorkerinnen: Mittzwanzigerinnen und Mittdreißigerinnen, die nicht mehr Klamotten shoppten, sondern sich ein besonderes *Stück* zulegten; die 75-Quadratmeter-Wohnungen in glamouröse Fünfziger-, Sechzigerjahre-Apartments verwandelten; die durch schiere Willenskraft (und Achtzigstundenwochen) ihre Beziehungen und Jobs in jene Familien und Karrieren verwandelten, die ihnen vorschwebten. Doch bei all ihren Bemühungen, die Frau zu werden, von der sie glaubten, dass sie sie sein sollten, verloren diese Frauen jenes Mädchen aus den Augen, das sie einst waren – und jene Frau, die sie wirklich waren. Hier war nun aber eine Person, die wirklich sie selbst war. Und die dafür geliebt wurde.

Meine unscharfen, verwackelten Videos gaben den Leuten das Gefühl, ich sei ihre authentischste Freundin; und vom ersten Tag an verzehrten sich meine Fans (wie seltsam es doch anfangs war, von meinen *Fans* zu denken) nach dieser Authentizität. Sie schrieben E-Mails, sie schrieben Briefe, sie schrieben in den Kommentarbereich: **Wer hätte gedacht, dass ich in der Küche ein Stück von mir selbst wiederentdecken würde? #nureineZahnarzttochter.** (Tatsächlich war sie Hedgefonds-Managerin, die bereits zwei Midas Awards gewonnen hatte und in einem Zehn-Millionen-Dollar-Loft in der Hubert Street residierte.) Wir platzierten ihre Referenz ganz oben auf unserer Homepage.

Diese Frau – all diese Frauen, mit ihren perfekten Fünfzig-Dollar-Föhnfrisuren, ihren Pilates-Stunden und dem grünen Smoothie zum Frühstück – servierten nun jeden Sonntag, anstelle eines mitgebrachten Essens vom Nobel-Imbiss, *A Little Sunshine*. Es war kein bloßes Kochen; es war vielmehr eine Flucht aus dem Alltag, ein Ausdruck von Lebensfreude. Kochen als Weg, ihren Freunden und Ehemännern das Gefühl zu geben, gewollt zu sein. Kochen als Möglichkeit, ein wenig Zeit mit Sunshine Mackenzie zu verbringen – einem hübschen (aber nicht zu hübschen) Mädchen, das sich, genauso wie sie, eine kleine Auszeit nahm von dem Versuch, es allen recht und alles richtig zu machen, und zwar, um sich selbst treu zu bleiben.

Das war doch eine tolle Geschichte, oder?

Wenn nur irgendetwas davon wahr gewesen wäre.

An dem Tag, als ich sechsundzwanzig wurde, lud ich kein Video auf YouTube hoch. Ich arbeitete in einer schmierigen Grillbar in Red Hook. Damals war es fast die einzige Grillbar in Red Hook, einem kleinen Viertel am äußersten Zipfel Brooklyns, benannt nach der hakenförmigen Halbinsel, die in die Upper New York Bay hinausragte. Heutzutage war das Viertel beinahe so hip und teuer wie die anderen Gegenden von Brooklyn; aber zu jener Zeit kämpfte es noch wacker gegen seine Gentrifizierung an – eine IKEA-Filiale, die sich niederließ, Künstler, die Stadthäuser erwarben, ein Sternekoch, der ein Lokal in einer leerstehenden Tankstelle eröffnete. Doch obwohl Red Hook total unpraktisch war, um nach Manhattan zu gelangen, lag es ziemlich nahe an der Fachhochschule, an der Danny seinen Master in Architektur machte.

Natürlich war Red Hook im Lauf der Zeit mehr für uns geworden als nur eine günstige Wohngegend – es war zu einem Plan geworden. Es gab da ein typisches New Yorker Reihenhäuschen am Ende der Pioneer Street, das wir uns nicht mal ansatzweise leisten konnten. Es benötigte eine Kernsanierung, einen guten Gartengestalter und eine Innentoilette (kein Witz!), trotzdem liebten wir es – den kleinen Garten hinter dem Haus, die freigelegte Backsteinwand, die sich über die gesamte Länge des Wohnzimmers erstreckte. Danny hatte sich mit dem Besitzer angefreundet, der mehrere ähnlich baufällige Immobilien in der Gegend besaß. Er überlegte, es uns günstig zu verkaufen, wenn Danny das

Reihenhaus zu einer Art Vorzeige-Immobilie herrichtete – als Beispiel dafür, was man mit etwas liebevoller Sanierungsarbeit aus den anderen Objekten machen konnte. Danny vereinbarte zudem, dass er auch diese Häuser ausbauen würde, sollten die potenziellen Käufer Interesse haben.

Rein theoretisch profitierten wir also alle davon. Ich liebte die Vorstellung, ein eigenes Haus zu besitzen – ein echtes Heim, auf das ich mich nach der Arbeit freuen konnte (etwas, das ich niemals gehabt hatte). Danny wiederum brauchte Kunden. Und der Besitzer wollte mit der zunehmenden Popularität von Red Hook ordentlich Geld scheffeln.

Ich kellnerte, um die Miete zu bezahlen, und Danny arbeitete an den Wochenenden schwarz für ein Architekturbüro in Tribeca, um den Rest abzustottern, einschließlich unserer Anzahlung fürs Haus. An besagtem Abend sah es so aus, als würden wir es unmöglich schaffen, meinen Geburtstag zu feiern. Wir würden es nicht schaffen, bis wir einen gemeinsamen freien Tag fänden – und damals sah das nach irgendwann im August aus.

Ryan kam gegen zweiundzwanzig Uhr in die Bar spaziert. Ich weiß die Uhrzeit noch, weil ein betrunkenes Pärchen – zwei meiner Stammgäste, Austin und Carla – sich an der Theke stritt. In dem Moment, als die Eingangstür aufging, kippte Carla ihren Bierkrug über Austins Kopf aus.

»Tut mir echt leid«, sagte Austin. Ich wusste nicht, ob er mit mir sprach oder mit seiner Freundin.

Ich kniete mich hin, um die klebrige Plörre aufzuwischen, wobei ich immer wieder zur Wanduhr schielte und die Minuten zählte, bis ich dichtmachen konnte. Damit ich nicht auf der Stelle kündigte. Damit ich keinen frischen Bierkrug füllte, um ihn den beiden über den Schädel zu kippen.

»Ganz schöne Sauerei, die Sie da angerichtet haben«, kommentierte Ryan.

Das war das Erste, was er zu mir sagte, während er sich in seinem Nadelstreifenanzug auf einen Barhocker setzte. Ich blickte auf und wischte ein letztes Mal über den Boden.

»Ist nicht meine Sauerei«, gab ich zurück.

Er zuckte die Achseln. »Was macht das schon für einen Unterschied, solange Sie diejenige sind, die es aufwischen muss?«

Ich schenkte ihm ein trockenes Lächeln und bereitete mich darauf vor, ihn zu ignorieren. Manchmal landeten sie hier – schmierige Typen in sauteuren Anzügen, deren Ehefrauen nichtsahnend in ihren hübschen Stadthäusern in Park Slope schlummerten. Normalerweise schleiften sie irgendeine Frau an, mit der sie sonst nirgendwo gesehen werden wollten. Ich blickte zur Tür und erwartete halb, dass eine hereinkommen und sich zu ihm gesellen würde.

Ryan behauptete später immer, dass ich ihn mit einem freundlichen Lächeln willkommen geheißen hätte, aber ich habe da meine Zweifel. Ich kann mich nicht daran erinnern, dass ich auch nur die geringste Lust verspürt hätte, ihm einen Drink zu servieren – diesem Kerl, der mich von seinem Barhocker aus vollsabbelte, während ich auf dem Boden herumkroch.

»Ich glaube, ich bin ein wenig overdressed für den Laden«, fuhr er unbeirrt fort.

Ich zuckte die Achseln. »Mir egal.«

»Tja, mir war einfach noch nicht danach, nach Hause zu gehen. Ich habe gerade meinen Job verloren.«

»Oh ...«

»Ja, tja, eigentlich habe ich gekündigt, um ein geheimes Projekt weiterzuverfolgen.«

»Und Sie dachten, das finden Sie hier?« Ich arbeitete fürs Trinkgeld. Man könnte also meinen, ich hätte mir mehr Mühe gegeben, meine Zunge im Zaum zu halten. Aber ich hatte Bier an den Knien und nicht sonderlich viel Mitleid übrig für einen Kerl, der seinen Anzug verkaufen und damit mehr Kohle machen könnte, als ich in einem Monat verdiente.

Er lachte. »Nein, ich dachte, ich betrinke mich hier und sehe morgen weiter.«

»Na dann, was darf ich Ihnen bringen?«

»Machen Sie Martinis?«

»Keine guten.«

»Dann nur ein Bier.«

Ich zapfte ein Pint und stellte es vor ihn auf den Tresen. »Fünf Dollar.«

»Fünf Dollar?« Er schüttelte den Kopf, zückte einen Zehner und bedeutete mir, ihm bei einem Bier Gesellschaft zu leisten. Es war ein Angebot, das ich nicht ablehnen konnte – mir selbst ein Bier zu zapfen, damit ich die restlichen fünf Dollar einstecken konnte.

»Vielleicht sollten Sie lernen, wie man Martinis macht«, sagte er. »Um die Gewinnspanne zu erhöhen.«

»Ich habe nicht vor, so lange hier zu sein, als dass es eine Rolle spielen würde.«

»Wo wollen Sie dann sein?«

»Überall sonst.«

Er legte den Kopf schräg und sah mich aufmerksam an; sein aufgesetztes Lächeln verschwand und wich einem anderen Ausdruck. Als hätte ich auf einmal sein Interesse geweckt.

»Na dann, auf überall sonst«, sagte er, hob sein Bier und stieß mit mir an.

Ich hörte ein Glas auf dem Boden zersplittern und drehte mich gerade noch rechtzeitig um, um zu sehen, wie Austin aufsprang und Carla ihm gegen die Brust schlug.

»Mir reicht's, ich verschwinde hier!«, brüllte er, stieß die Eingangstür auf und stürmte hinaus. Carla begann, hysterisch zu schluchzen.

Ryan nickte in ihre Richtung. »Reizendes Pärchen«, sagte er trocken.

»Die sind beinahe so lange hier wie ich.«

Er deutete zur Tür. »Ich habe gerade in dem neuen französisch-koreanischen Restaurant ums Eck gegessen. Waren Sie schon mal dort?«

Ich schüttelte den Kopf.

»Mein Boss wollte, dass ich es mit ihm teste.«

»Bevor er Sie gefeuert hat?«

»Wir machen da gerade diese neue Fernsehsendung … Restaurants abseits der ausgetretenen Pfade. Besser gesagt, *Food Network* macht eine Sendung über Restaurants abseits der ausgetretenen Pfade«, korrigierte er sich. »Aber wenn ich das richtig sehe, sind Sie keine regelmäßige Zuschauerin.«

»Nicht wirklich.«

»Kochen Sie gerne?«

»Zählen gegrillte Käsesandwichs?«

»Aber Sie essen gerne?«

Ehrlich gesagt, aß ich für mein Leben gerne. Mein liebstes Hobby, seit ich in New York wohnte, war es, tolle Restaurants ausfindig zu machen und Danny hinzuschleifen. Trotz Geldmangels und irrer Arbeitszeiten sammelte ich immerhin noch Notizen zu den Lokalen, die ich unbedingt ausprobieren wollte, und ihren ansprechendsten Gerichten – nur für den Fall, dass wir irgendwann mal wieder Zeit hätten, eins zu besuchen.

Aber ich hatte gar nicht die Gelegenheit, ihm das zu erzählen. Ryan musterte mich von Kopf bis Fuß, und die extra Pölsterchen auf meinen Hüften schienen ihm Antwort genug.

»Ganz offensichtlich essen Sie gerne.«

»Hätten Sie vielleicht die Güte, zum Punkt zu kommen?«

»Ich interessiere mich für das gegrillte Käsesandwich«, sagte er. »*Ihr* gegrilltes Käsesandwich.«

»Wieso?«

»Ich würde gerne hören, wie Sie es zubereiten.« Er legte noch einmal zwanzig Kröten auf den Tresen und bedeutete mir nachzuschenken. »Tun Sie mir den Gefallen.«

Ich wollte ihm schon erzählen, dass ich Scheiblettenkäse und Supermarkt-Toast verwendete, doch die zwanzig Dollar, die mir vom Tresen aus zuzwinkerten, kombiniert mit meiner Unlust, Carla den nötigen Trost zu spenden, motivierten mich zu einer ehrlichen Antwort.

»Ich bin in Montauk, in den Hamptons, aufgewachsen, und ein paar Ortschaften weiter gibt es da diese tolle

Bäckerei ... Sie hat erst zwei Jahre, bevor ich zum Studieren wegzog, aufgemacht, und sie hat das frischeste, köstlichste Brot, das Sie je probiert haben.«

»*Levain.*«

Ich war ein kleines bisschen beeindruckt. Die meisten Leute kannten nur die *Barefoot Contessa,* die seit damals geschlossen hatte. Scheinbar war mir meine Überraschung anzusehen, denn Ryans Lächeln wurde vor lauter Stolz noch ein bisschen breiter.

»Das ist mein Job«, erklärte er. »*War* mein Job, meine ich. Sie verwenden also Brot von *Levain?* Und was für Käse?«

»Schweizer Käse. Außerdem pack ich noch Tomaten, Avocado und Mayonnaise drauf.«

»Mayonnaise? Das klingt irgendwie eklig.«

»Mayo macht das Brot auf eine Art und Weise weicher, wie es Butter alleine nicht schafft.«

»Mayo macht es mehr wie Montauk?« Jetzt war Ryan an der Reihe, beeindruckt zu sein. »*Levain* hat eine Filiale in der Upper West Side. Sie sind ziemlich bekannt für ihre Cookies.«

»Dabei sollten sie eigentlich für ihr hervorragendes Brot bekannt sein.«

»Und heutzutage machen Sie Ihre Montauker Käsesandwiches also hier, in Red Hook.« Es war keine Frage – es schien vielmehr, als würde er in Gedanken etwas durchgehen. »Das klingt exotisch.«

»Womöglich glauben die Leute, es wäre exotisch, aber ...«

»Was die Leute *glauben,* ist das Einzige, was zählt.« Er nickte bestimmt, als schon wieder die Eingangstür aufging, der betrunkene Austin zurückkehrte und Carla ihm um den Hals fiel. Sie begannen sich zu küssen, glücklich wiedervereint, ihr Streit längst vergessen.

»Ich nehme an, Sie haben einen Freund?«

»Einen Verlobten.«

Er nahm einen Schluck von seinem Bier. »*Verlobter.* Und was macht der Herr Verlobte so?«

»Er ist Architekt.« Ich hielt inne. Zu diesem Zeitpunkt wusste ich den Wert von Wahrheit noch zu schätzen und versuchte stets, korrekt zu sein. »Beziehungsweise Architekturstudent.«

»Und was wollen Sie tun, wenn Sie mal groß sind?«

Darauf wollte ich nicht antworten. Hauptsächlich, weil ich keine besonders tolle Antwort parat hatte. Ursprünglich war der Plan gewesen, wieder an die Uni zurückzukehren, sobald Danny mit seinem Studium fertig wäre, aber allein bei dem Gedanken wurde ich ganz müde. Vielleicht war ich einfach nur erschöpft.

»Wissen Sie, Ihr Kreuzverhör wird mir langsam unangenehm.«

»Na gut, lassen Sie mich nur noch eins fragen.« Er deutete auf den Stuhl neben sich. »Können Sie sich einen Moment zu mir setzen?«

»War das die Frage? Denn die Antwort lautet Nein. Ich habe Gäste.«

Er blickte sich in der weitestgehend leeren Bar um; Austin und Carla machten mittlerweile in der Ecke herum.

»Nicht besonders viele«, erwiderte er lächelnd und leckte sich über die Lippen. Mr. Betrunkener Nadelstreifenanzug hielt sich ja für so was von charmant; er wollte etwas von mir, das ich definitiv nicht gewillt war, ihm zu geben.

»Tja, wie schon gesagt, ich habe auch einen Verlobten«, fügte ich hinzu.

»Der berühmte Architekt. Schon kapiert.« Er deutete auf seinen Ehering. »Ich möchte mich nur mit Ihnen unterhalten.«

»Worüber?«

»Ihr Aussehen.«

»Mein ... *was?*«

»Wohnhaft in Red Hook. Jung und hübsch ...« Er legte den Kopf schräg, als müsse er sich noch mal vergewissern.

Wollte dieser Kerl mich eigentlich verarschen? Abwehrend strich ich mir das Haar hinter die Ohren. Das war der Danny-Effekt. Ich hatte mir noch nie groß Gedanken um mein Äußeres gemacht (vielleicht lag es daran, dass ich ohne Mutter aufgewachsen war), aber Danny gab mir stets das Gefühl, dass ich umwerfend aussah: mein langes blondes Haar war plötzlich sexy, meine übliche Kluft aus Tanktop und Cargohose in seinen Augen schick, ohne bemüht zu wirken. Was glaubte dieser Kerl, wer er war, mich so von oben herab zu beurteilen?

»Genau das richtige Maß an Hübschheit«, sagte er, als wäre die Angelegenheit damit entschieden. »Daraus lässt sich definitiv was machen. Die Mädels werden sich nicht eingeschüchtert fühlen; vor allem, da Sie eine Außenseiterin sind. Gebürtige Südstaatlerin, aufgewachsen auf dem Land.«

»Ich komme aus Montauk ... hier im Norden.«

Er schüttelte den Kopf. »Nee, das klingt zu bonzig. Wir

nehmen das ländliche Florida oder Texas. Und aus Ihrem Vater machen wir einen Tomatenfarmer.«

Ich schaute ihn verwirrt an.

»Wie heißen Sie?«, fragte er.

»Sunny«, erwiderte ich perplex.

»Und das ist die Abkürzung für ...?«

»Sunshine.«

Er lachte verzückt. »Im Ernst? Das ist einfach *zu* perfekt. Ein echter Sonnenschein. Ja, daraus lässt sich absolut was machen. Sunshine Mackenzie. Farmerstochter! Ein Landei, das sich im Big Apple treu bleibt.«

»Das ist doch überhaupt nicht mein Nachname.«

»Es ist der Name eines Stars. Eine Gastrokritikerin, die heute Abend ebenfalls in dem Restaurant essen war, heißt so. Sie hatte etwas an sich. Damit lässt sich arbeiten. Du wirst mein persönlicher Justin Bieber sein ... für die Welt des Kochens.« An diesem Punkt schien er mehr mit sich selbst zu sprechen.

Ich sah ihn verständnislos an. »Bitte, wer?«

»Die Leute lieben Zufallsentdeckungen. Und genau so werden wir die Sache aufziehen.« Er hielt einen Moment inne. »Eine junge Köchin für die nächste Generation. Das ist es, was diese verdammten Trottel nicht kapieren. Was sie noch nie kapiert haben. Wie man verdammt noch mal einen auf fresh macht.«

Ich deutete zu Carla und Austin, die bedenkliche Anstalten machten, sich gegenseitig die Kleider vom Leib zu reißen. »Ich schau mal nach den beiden.«

»Hey, Sunny!«, rief er mir hinterher. »Ich zahle dir ein

ganzes Monatsgehalt, wenn du dich morgen mit mir auf einen Kaffee triffst.«

Ich blieb stehen. »Warum sollten Sie das tun?«

»Wegen des Jobangebots, von dem ich dir gerade erzähle.«

»Sie haben mir erzählt, dass Sie gefeuert wurden. Sie haben keinen Job, den Sie mir anbieten könnten.«

Er lächelte selbstgefällig. »Oh doch, ich denke schon.«

Ich lehnte mich über den Tresen. Wollte er es nicht kapieren? »Ich mache ganz ordentliche gegrillte Käsesandwiches«, sagte ich. »Das war's aber auch schon.«

»Ein gewisser TV-Promi, der gerade erst sein fünftes Tex-Mex-Restaurant eröffnet hat, war dabei, einen Dosenwurst-Taco zuzubereiten, als ich ihn entdeckt habe. Mehr braucht es nicht.«

Ich starrte ihn ungläubig an, während ich zu begreifen versuchte, was er mir da vorschlug: So zu tun, als ob ich eine Art Kochshow-Moderatorin wäre? »Hören Sie mal, ich weiß, dass Sie einen heftigen Abend hinter sich haben, aber ...«

»Drei Monatsgehälter. Nenn mir von mir aus das Doppelte von dem, was sie dir hier zahlen. Ich meine, woher soll ich das wissen?«

Die Wahrheit war: Wir hatten kein Geld und kein gar nichts. Danny jobbte nun nebenher auch noch im Botanischen Garten. Wir hatten uns letzte Woche insgesamt fünf Stunden gesehen. »Sie sind doch verrückt.«

»Bring morgen deinen Verlobten mit«, sagte er. »Dann kannst du dich immer noch entscheiden.«

Ryan streckte die Hand aus, um den Deal zu besiegeln.

Sie war weder schleimig noch kalt. Sie war angenehm und warm, genau in dem Moment, in dem ich Wärme benötigte.

»Ich sage nur Ja zum Kaffee.«

»Schon kapiert. Keine Versprechungen.«

Aber er hielt an meiner Hand fest wie an einem Versprechen. Und ich glaube, dass ich in jenem Moment beschloss, mich darauf einzulassen. Nicht nur auf das Treffen, sondern auf den Job.

Natürlich hätte ich nie gedacht, dass die Sache sich so entwickeln würde. Niemand hätte sich das vorstellen können. Außer vielleicht Ryan – ich schätze mal, dass Ryan es von Anfang an wusste.

Das klingt jetzt so, als würde ich nach Entschuldigungen suchen. Aber warum sollte ich? Da saß ein Kerl vor mir, der mir erzählte, dass er mir die Möglichkeit geben wollte, mit dem Kellnern aufzuhören, einen Haufen Kohle zu verdienen und endlich ein Erwachsenenleben zu leben. Und zwar nur dafür, dass ich so tat, als könnte ich selbstständig ein Essen zusammenrühren?

Selbst Danny, der stets mein Maßstab für das Gute und Schlechte in dieser Welt war, fand die ganze Sache irgendwie witzig. Bei unserem ersten Treffen am nächsten Tag schien er kein bisschen besorgt. Es war ja auch keine wirklich große Sache – die erste Lüge. Immerhin war der Einsatz niedrig. Es war nur ein Rezept. Es war nur ein Filmchen. Bis aus einem Filmchen hundert wurden. Und eine professionell produzierte YouTube-Show. Und ein Kochbuch, das die Bestsellerlisten stürmte. Und ein zweites Kochbuch, das es ebenfalls schaffte. Und schließlich ein ganzes Imperium.

Doch irgendwann dreht die Lüge sich bei Weitem nicht mehr nur darum, was du kochst oder wie du es kochst; sie umfasst dein gesamtes Leben. Wo du herkommst. Wer du bist. Wohin du gehst.

Aber wie kann man zu diesem Zeitpunkt den Zug noch anhalten? Selbst wenn man es wollte? Und ich habe nie behauptet, dass ich es wollte.

Es wäre einfach, so zu tun, als hätte ich einen Pakt mit dem Teufel geschlossen; und Ryan glaubte tatsächlich nicht, dass wir etwas Unrechtes taten. Ich jedoch ... Tief in mir drin wusste ich immer, dass es nicht richtig war.

Wer von uns beiden war hier also der Teufel?

4

Danny kam kurz nach fünf nach Hause. Ich zuckte unwillkürlich zusammen, als ich den Schlüssel in der Wohnungstür hörte; ich war nicht gerade darauf erpicht, ihm die Zusammenfassung des Tages zu liefern … und auch nicht auf seine Miene, wenn das Gespräch auf meine Arbeit kam. Ich drehte den Plattenspieler auf, in der Hoffnung, Bob Dylan könne sich mildernd auf einen Streit auswirken. Doch zu meiner Überraschung kam Danny mit einem strahlenden Lächeln und einem Strauß Gerbera in die Küche spaziert.

»Ein bisschen Dylan?«, sagte er. »Das ist aber eine schöne Begrüßung.«

»Ein Blumenstrauß ist sogar noch schöner.«

Er deutete auf die Gerbera. »Oh, die hier? Die sind nicht für dich.«

»Ach, halt die Klappe«, erwiderte ich.

Er kam zu mir herüber und gab mir einen Kuss. »Irgendetwas sagte mir, dass du die heute gut gebrauchen könntest. Alles in Ordnung mit dir?«, fragte er.

Ich winkte ab. »Mir geht's super.«

»Wirklich?«

Danny neigte zweifelnd den Kopf; offenbar nahm er mir

die gute Laune nicht ab und scheute sich nicht, die Wahrheit in all ihren schmutzigen Details zu hören. Früher hatte ich das an ihm geliebt, aber in letzter Zeit empfand ich es als ermüdend – ich war nicht in der Stimmung für zu viel Ehrlichkeit. Doch Danny war der eine Mensch, der sie von mir einforderte, der nicht wollte, dass ich für ihn in eine Rolle schlüpfte – was mir oftmals wie die schwerste Rolle überhaupt vorkam.

»Die *Huffington Post* hat gerade ebenfalls Merediths Stellungnahme veröffentlicht«, sagte er und begann sie vorzulesen.

Ich nickte und unterbrach ihn nicht, obwohl ich ihn korrigieren wollte. Die Stellungnahme war schon vor Stunden auf der Seite der *Huffington Post* geteilt worden. Dank Meredith hatte sich der Aufruhr etwas gelegt. Alle gingen davon aus, dass ich gehackt worden war (warum sollten sie auch nicht?), und meine Follower posteten noch nettere Tweets als sonst.

@sunshinekocht Immer noch meine allerliebste Köchin #sunshineforever

@sunshinekocht Eine Tomatenpie lügt nicht #einDichterderesselbstnochnichtwusste

»Ryan und du, ihr konntet die Katastrophe also abwenden?«, fragte er.

Ich hielt mir die Blumen unter die Nase und atmete ihren Duft ein. »Sieht so aus.«

»Herzlichen Glückwunsch«, erwiderte er.

Ich hörte die leichte Spitze in seinem Tonfall. Dannys Beziehung zu meinem Job – zu alldem – war kompliziert. Es gefiel ihm nicht, dass *A little Sunshine* auf einer Lüge aufbaute;

er mochte es nicht, dass er ständig die Märchen zu meiner Herkunft und den Anfängen der Show parat haben musste. Zur Sicherheit ließ ich ihn in dem Glauben, dass viele der Rezepte, die Meredith über die Jahre entwickelt hatte, meine eigenen seien. Ich ließ ihn in dem Glauben, dass ich tatsächlich meine Arbeit machte. Ich ließ ihn eine Menge Dinge glauben.

Danny öffnete den Küchenschrank und holte eine Flasche Wein heraus. »Es scheint schon niemand mehr darüber zu bloggen«, sagte er. »Außerdem habe ich gelesen, dass eine der Hausfrauen von *Real Housewives* vom Mann von einer der anderen Hausfrauen schwanger ist. Das ist bestimmt spannender als die Frage, wer wirklich hinter deinem Süßkartoffel-Eintopf steckt.«

Ich verdrehte die Augen, konnte mir ein Grinsen jedoch nicht verkneifen – vor allem, da mir klar war, welche Qual es für Danny gewesen sein musste, diese Schlagzeile auf irgendeinem Klatschportal nachzuschlagen. »Wie lief es eigentlich mit der Wohnung am Central Park?«, fragte ich.

Danny entkorkte den Wein. »Ganz gut.«

»Was heißt *ganz gut?*«, wollte ich wissen.

Ein stolzes Lächeln breitete sich über sein Gesicht. »Ich hab den Job.«

Ich schlang meine Arme um ihn. Das Projekt war nicht einfach nur ein weiterer Job. Für Danny bedeutete es den Aufstieg in eine andere Liga: eine 450-Quadratmeter-Traumwohnung mit Blick auf den Central Park. Die Art Projekt, die nicht nur im *Architectural Digest* landete, sondern auf dessen Titelblatt.

»Das ist ja super!«, rief ich.

»Die Sache hat nur einen Haken. Das Projekt läuft ab sofort. Also …«, sein Lächeln verblasste, »… kein Italien.«

Italien. Wir hatten vorgehabt, den Juli dort zu verbringen – ein längst überfälliger Urlaub, den wir uns gönnen wollten, sobald die Dreharbeiten zu *A Little Sunshine* abgeschlossen wären. Wir wollten jeden Tag Pasta mit Meeresfrüchten essen, dazu einen köstlichen Wein. Wir wollten endlich richtig Zeit zu zweit verbringen, um einander zu genießen. Und um das Baby zu machen, das Danny sich so sehr wünschte. Zeit, die wir offenbar dringend nötig hatten, denn das Baby kam nicht von alleine.

»Dann werden wir den Urlaub eben verschieben«, erwiderte ich.

»Wäre das denn okay für dich?«

Ich winkte ab, insgeheim froh, das Babymachen noch eine Weile hinauszögern zu können; und noch froher, dass es diesmal Dannys Arbeit war, die uns zwang, den Urlaub abzublasen; dass es zur Abwechslung er war, der mich enttäuschte, nicht umgekehrt.

»Bist du dir sicher?«, fragte er.

»Ach, Italien ist um diese Jahreszeit doch sowieso fürchterlich.«

Er lachte sein wunderbares Lachen. Ein warmes, offenes Lachen, das mich in die Gegenwart und zu ihm hinzog, was er zu bemerken schien. »Danke.«

»Ich wünschte, wir wären heute Abend nur zu zweit, damit wir richtig feiern könnten.«

Er sah mich an und konnte es vermutlich heraushören –

den Anflug aufrichtigen Bedauerns in meiner Stimme. »Dann sagen wir die Party eben ab.«

Ich lachte. »Das können wir nicht.«

»Klar können wir. Scheiß auf die Pseudo-Überraschungsparty. Ich meine es ernst. Wir machen es auf die altmodische Art und bestellen uns was zu essen. Du darfst auch aussuchen, wo.«

Ich lachte. »Führe mich nicht in Versuchung.«

Er trat näher, sodass unsere Gesichter sich beinahe berührten. »Lass mich versuchen, dich in Versuchung zu führen.« Auf einmal wirkte er vollkommen ernst ... ein bisschen zu ernst in seiner Hoffnung, dass ich meine Party schwänzen würde, um es mir mit ihm und einer Portion Sushi vor dem Fernseher gemütlich zu machen und einen schrecklichen Film anzuschauen. »Wenn du keine Lust auf die Party hast, dann geh nicht hin«, sagte er.

Ich schwieg einen Moment. »Na ja, es geht nicht darum, worauf ich Lust hab.«

»Aha.« Er rückte von mir ab. »Hat Ryan etwa vor, heute Abend Schadensbegrenzung zu betreiben?« Sein Gesichtsausdruck verhärtete sich. Früher hatte Danny Ryan noch toleriert, aber inzwischen ertrug er es kaum noch, mit ihm in einem Raum zu sein. Und ganz sicher interessierte ihn nicht, wie Ryan über irgendwas dachte. »Und was hältst du davon?«, fragte er mich.

»Ein kleiner Auftritt ist wahrscheinlich unumgänglich.«

»Ein kleiner Auftritt ist wahrscheinlich unumgänglich«, wiederholte er. Dann lachte er bitter.

Ich sah ihn entnervt an. Wie hatte dieses Gespräch nur

diese Wendung nehmen können? War er allen Ernstes sauer wegen einer Party? Ich stand kurz davor, Italien noch einmal anzusprechen – wenn einer hier seine Arbeit wichtiger nahm als unsere Ehe, dann doch wohl Danny. Sollte nicht er sich rechtfertigen müssen? Und überhaupt, warum sollte ich mich dafür entschuldigen, dass ich mich entschieden hatte, *A Little Sunshine* zu retten? Die Show, mit deren Geld wir die Wohnung gekauft hatten, in der wir uns gerade stritten.

Als Danny den Ausdruck in meinen Augen sah, ließ er die Schultern sinken. »Vergiss, dass ich gefragt habe«, sagte er. »Wenn du da heute Abend hinmusst, dann gehen wir eben hin. Wir können morgen zu zweit feiern.«

Ich folgte seinem Beispiel und schlug einen versöhnlichen Tonfall an. »Versprochen?«

»Klar.« Er steckte den Korken in die Flasche zurück und schenkte mir sein unwiderstehliches Lächeln – das Lächeln, das nur für mich reserviert war. »Den heben wir uns für morgen auf.«

Dann gingen wir gemeinsam ins Schlafzimmer, um uns für die Party fertig zu machen; es war eine so kleine, alltägliche Szene … bis auf die Tatsache, dass sie das letzte Mal stattfand.

5

Das *Locanda Verde* verfügte über einen der besten Räume für Privatveranstaltungen in ganz New York – dunkel getäfelt und rustikal, mit Kamin und langen Bauerntischen. Es war die perfekte Location, um fünfzig Partygäste unterzubringen – vor allem diese fünfzig, die wahrscheinlich schon bei ihrem zweiten Martini waren und die herumgehenden Tellerchen mit Enten-Confit und Käse sowie die kleinen Fruchtschalen leerfutterten, während sie im Flüsterton das heutige Drama um *A Little Sunshine* wiederkäuten und dabei so taten, als ob sie keinerlei Zweifel an meiner Authentizität hätten.

Danny und ich verharrten im Flur und lauschten, während Dannys Hand schon auf dem Türknauf lag.

Ich warf einen letzten prüfenden Blick auf mein Outfit und strich mein Kleid glatt. Ich hatte mich für ein schlichtes Modell mit Printmuster und blickdichte Strumpfhosen entschieden, das Haar locker hochgesteckt. Unaufdringlich und dezent. Respektabel. In Anbetracht des hinter mir liegenden Tages schien mir das mehr als nur ein kleines Wunder.

»Bist du bereit?«, fragte Danny.

»Ist es zu spät für Sushi und *Notting Hill?*«, erwiderte ich seine Frage.

»Ich fürchte, ja.« Dennoch zögerte er mit der Hand auf dem Türknauf.

Auf der anderen Seite der Tür, auf meiner privaten Überraschungsparty, würde Sarah Michaels, eine Gesellschaftsreporterin der *Vogue,* mit unseren Studienfreunden Derek und Michelle plaudern. Kelly Specter würde ein paar Bilder für das *Food & Wine Magazine* knipsen. Irgendwer von der *New York Post* würde sich mit meinem Kochbuch-Verleger unterhalten, um zu bestätigen, dass der Hack meines Twitter-Accounts tatsächlich nur ein unglücklicher Zufall war. Der heutige Abend war längst keine reine Feier mehr – er war Business.

»Bringen wir es hinter uns«, sagte Danny. »Und dann nichts wie zurück zu dem Wein, der zu Hause wartet.« Er lächelte mir aufmunternd zu, und unwillkürlich entspannte ich mich. Doch vielleicht war das mein erster Fehler; denn in dem Moment, als ich Luft holte, vibrierte das Handy in meiner Handtasche.

Ich wollte es gerade hervorkramen, aber da drehte Danny auch schon den Knauf, die Tür schwang auf, und die Leute brüllten: *»Überraschung!«*

Mein Blick huschte durch den Raum – ein einziges Meer aus lächelnden Gesichtern, klatschenden Händen und erhobenen Champagnerflöten. Maggie, die unser Loft eingerichtet hatte (und den wohl einflussreichsten Designblog der Branche führte), kam herübergeeilt und umarmte Danny. Wir waren seit Ewigkeiten mit ihr befreundet, und ich freute mich, sie zu sehen. Außerdem freute ich mich festzustellen, dass sie allein gekommen war – Maggie war genauso berüchtigt für ihren furchtbaren Männergeschmack, wie sie für ihren großartigen Designstil berühmt war.

Ich wollte sie gerade ebenfalls umarmen, als Louis Leonard, der Chef meines Verlagshauses, mit zwei Martinis herüberkam – einer davon mit extra Oliven.

Louis war Anfang sechzig, ein attraktiver Mann, den alle Welt gut leiden konnte. Sogar Danny hatte im Laufe der Jahre Freundschaft mit ihm geschlossen. Normalerweise hätte ich den Drink mit Vergnügen angenommen und mich mit ihm in eine Ecke verzogen, damit er mich über alle interessanten Vorfälle vor meiner Ankunft aufklären konnte. Doch da vibrierte mein Handy abermals und zeigte eine ungelesene Nachricht an.

»Oh, oh«, sagte Louis. »Das Gesicht kenne ich, das verheißt nichts Gutes.«

»Beeindruckend, dass du den Unterschied noch erkennst«, erwiderte ich.

Louis lachte und wandte sich an Danny, der seinen Arm um Maggie gelegt hatte.

»Wie geht es dir, altes Haus?«, erkundigte sich Danny.

»Großartig, wie immer«, antwortete Louis.

Danny klopfte ihm auf die Schulter; dann folgte er Maggie, um die kleine Gruppe unserer Freunde zu begrüßen.

Louis neigte den Kopf und musterte mich prüfend. »Denk nicht mehr darüber nach. Wir alle hier wissen, wer du wirklich bist.«

Ich verspürte ein schmerzhaftes Ziehen in meiner Brust, aber ich beschloss, es zu ignorieren, und nahm den Martini entgegen, den er mir reichte.

Dann beugte er sich zu mir runter und flüsterte: »Das nennt man dann wohl eine Dame, die über ihre Überraschungsparty Bescheid wusste.«

Ich lachte, und er prostete mir zu.

»Komm später noch mal zu mir. Aber erst, wenn du einen von denen intus hast«, sagte er. Er musterte mich von Kopf bis Fuß. »Na ja, vielleicht lieber zwei.«

Ich lächelte, während er davonschlenderte; dann drehte ich mich um und nahm die Menge in Augenschein. Wie könnte ich mich jetzt noch unauffällig davonstehlen? Und wo um alles in der Welt war Violet, wenn man sie brauchte? Ich sah mich im Raum um – Derek und Michelle, Kelly Specter, Ryan und Meredith, Christopher, der die Aufnahmen für meine Kochbücher machte, und seine neue Verlobte, Julie Diaz. Julie war Teilhaberin von *The Agency* und vertrat zahlreiche Talente in der kulinarischen Welt; sie hatte ihre Fühler auch nach mir ausgestreckt, aber Ryan (mit seinem Abschluss in Jura) war der Meinung, es gäbe keinen triftigen Grund, noch jemanden ins Boot zu holen. Was er eigentlich sagen wollte, war, dass er keine Lust hatte, irgendwas von unserem Geld abzugeben.

Ich stand kurz davor auszuflippen, als ich endlich Violet erblickte, die sich mit einem Mini-Burger in der Hand ihren Weg zu mir bahnte.

»Was ist denn hier los?«, begrüßte sie mich mit trällernder Stimme. »Warum ziehst du ein Gesicht, als hätte dir jemand eine verdorbene Auster aufgetischt?«

»Mein Handy hört gar nicht mehr auf zu vibrieren«, flüsterte ich.

»Wie viele Nachrichten bekommst du durchschnittlich am Tag? Ich will jetzt wirklich nicht wie Ryan klingen, aber du musst dich zusammenreißen.«

Sie hatte recht. Trotzdem zog ich mein Handy hervor … und erblickte eine mir mittlerweile geläufige Betreffzeile.

Hello Sunshine

Ich knirschte mit den Zähnen. Langsam nervte es wirklich.

Hast du wirklich geglaubt, du kannst mich so schnell loswerden? #Beweistück2 #folgtbald

Violet, die über meine Schulter hinweg mitlas, lachte ein wenig zu übertrieben bei ihrem Versuch, es abzutun. »Dieser Freak kann so viele Mails schicken, wie er will. Dein Twitter-Feed ist jedenfalls sicher! Da kommt keiner ran!« Zum Beweis zog sie ebenfalls ihr Handy hervor. Keine Tweets – weder von mir noch von diesem falschen Ich.

»Was ist los, meine Damen? Was steht ihr an der Tür herum?«

Ich blickte auf und sah Ryan mit Meredith im Schlepptau auf mich zukommen. Sie war elegant gekleidet – kniehohe Stiefel über einer figurbetonten schwarzen Hose, das lange honigblonde Haar geglättet. Weder ihre Arme noch ihre Oberschenkel verrieten die drei Kinder, die sie bereits aus sich herausgepresst hatte.

»*AintNoSunshine* hat gerade wieder gemailt«, sagte Violet und hielt ihm mein Handy hin.

Meredith bedachte uns mit einem schmallippigen Lächeln. »Ach ja, der nette Wahrheitsverkünder von nebenan.«

Der Satz war ein Seitenhieb, aber warum auch nicht?

Meredith war ursprünglich mit unserer Abmachung einverstanden gewesen. Immerhin hatte der Deal ihr ein protziges Haus in der Vorstadthölle finanziert, und sie durfte zu Hause bleiben und sich um die Kinder kümmern. Aber genauso wie Danny – wie wir alle eigentlich – hatte Meredith niemals geglaubt, dass Sunshine Mackenzie den Durchbruch zum Star schaffen würde. Und, na ja, wer wünschte sich nicht, ein bisschen vom Scheinwerferglanz abzubekommen? Ganz genau …

Ich nahm Merediths Hand zwischen meine Hände und blickte ihr in die Augen. »Ich kann gar nicht sagen, wie dankbar ich bin, dass du dich heute hinter uns gestellt hast.«

»Ein reizendes Statement, nicht wahr? Ganz ehrlich, das kam dem schon ziemlich nahe, was ich selbst geschrieben hätte. Du bist eben ein echter Profi.«

Der nächste Hieb.

»Lasst uns jetzt alle lieb zueinander sein«, ging Ryan dazwischen, »und die Ereignisse des Tages hinter uns lassen. Einverstanden?«

Ich hob mein Handy mit der neuen Nachricht hoch. »Und wie genau soll ich das anstellen?«

»Blockier ihn.«

»Das ist alles, was du zu sagen hast?«

Ryan schnappte sich mein Handy von Violet und stopfte es zurück in meine Tasche.

»Nein, aber was ich zu sagen habe, ist, dass der ganze Laden vor Presse wimmelt. Also, Leute, macht ein fröhliches Gesicht. Und geh endlich von dieser Tür weg … davor siehst du aus wie ein Zwerg.«

So leicht wollte ich mich nicht abspeisen lassen. »Hör mal, Ryan, ich dachte, die Sache wäre geklärt.«

»War sie auch!«, erwiderte Violet. »Ich meine, ist sie auch.«

»Dieser Bastard kann mailen, was immer er will, aber mehr auch nicht«, sagte Ryan. »Wir haben ihn außer Gefecht gesetzt.«

Das Wort *Gefecht* war kaum aus seinem Mund, als mein Handy schon wieder lossummte ... als alle Handys lossummten. Dieses universale Summen, das einem mitteilte, dass man ein Update auf seinem Feed hatte.

Ryan zog sein Handy aus der Tasche, während Violet bestürzt ihr Display anstarrte. »Äh, Leute ...«

Ryans Gesicht lief knallrot an.

Violet hielt die Tür auf und bedeutete mir hinauszugehen. Offenbar wollte sie nicht, dass ich die Nachricht im Raum mit allen meinen Gästen las. »Du wurdest wieder gehackt.«

»Verdammte Scheiße, ich glaub es einfach nicht!«, polterte Ryan.

Ich griff mit klopfendem Herzen nach meinem Handy. »So hast du das Problem gelöst?«

Ryan schüttelte ratlos den Kopf. »Violet?«

»Ich habe keine Ahnung, wie die sich Zugang verschafft haben«, sagte sie. »Ich meine, Jack hat die Firewalls hochgefahren ...«

»Tja, Jack ist gefeuert«, erwiderte Ryan.

Doch ich hörte ihnen schon nicht mehr zu, sondern starrte stattdessen entgeistert meinen Twitter-Feed an.

Was ich so tat, während Meredith Landy kochte #ihren-Mannvögeln

Darunter befand sich ein Link zu meinem Instagram-Account, wo zwei neue Bilder gepostet waren. Es handelte sich um Ausschnitte eines Fotoshootings für mein neues Kochbuch, bei dem einen Tag lang ein Filmteam »hinter den Kulissen« gedreht hatte.

Die erste Aufnahme war von mir und Ryan, wie wir lachend in einer Ecke standen und Ryan mich mit einem Brownie fütterte. Nicht gerade unschuldig, aber auch nicht kompromittierend. Das nächste Foto war schon etwas schlimmer. Ryan und ich lehnten am Kochtresen und standen etwas zu nah beieinander. Meine Hand lag auf seiner Brust. Sein Mund bewegte sich direkt auf meinen zu.

Wir hätten doch rausgehen sollen. Stattdessen standen wir jetzt an der Tür, während alle Augenpaare gleichzeitig zu uns aufblickten und zwischen mir und Ryan *und* Meredith hin und her zuckten.

Ryan stieß ein lautes Lachen aus. »Leute, das war nur das Fotoshooting für Sunnys neues Kochbuch«, erklärte er. »Ausgemustertes Bildmaterial. Nur ein weiterer Beweis dafür, dass man wirklich alles aus dem Kontext reißen kann, um einen bestimmten Eindruck zu erwecken.«

»Das stimmt.« Violet zeigte auf eine Stelle in der Ecke des Fotos. »Das bin ich, im Hintergrund. Ich war auch da.«

Die Leichtigkeit, mit der die beiden ihre Lügen vom Stapel ließen, war schon erstaunlich.

Aber war das nicht das Erfolgsgeheimnis hinter jeder guten Lüge? Selbst daran zu glauben? Oder zumindest einen

Teil darin zu finden, den man glauben konnte? Ja, wir hatten an besagtem Tag ein Fotoshooting gemacht. Und ja, Violet war da gewesen. Doch das hier war aufgenommen worden, lange nachdem sie nach Hause gegangen war.

Ich sah zu Danny, der am anderen Ende des Raumes neben unseren alten Studienfreunden stand und auf Dereks Handy blickte. Es war mein großes Glück, dass wir nicht direkt nebeneinanderstanden. Denn in diesem Fall hätte er sofort gewusst, was ich getan hatte. So blieb mir noch die Chance, ihn vom Gegenteil zu überzeugen … alle vom Gegenteil zu überzeugen.

Meredith – der Herr segne ihr gütiges Herz – legte ihre Hand auf Ryans Schulter und half mir, genau das zu tun. »Scheint so, als wolle uns jemand heute einen ereignisreichen Abend bescheren!«, sagte sie.

Violet stimmte umgehend mit ein. »Spoiler-Alarm! Sunny wird *jeden* Brownie verschlingen, den man ihr vor die Nase hält.«

Ich musste lachen. Es war das Beste, was sie hätte sagen können, um die Situation zu entschärfen. Hätte ich es nicht besser gewusst, hätte sogar ich ihr geglaubt. Und irgendetwas an meinem Lachen – so ehrlich und so echt – beförderte das Ganze noch. Die Leute steckten ihre Handys wieder weg; immerhin wollten sie ebenfalls an dem Witz teilhaben, an der Story für später: *Was für ein verrückter Auftakt für Sunnys Geburtstagsparty! Sie wurde* schon *wieder gehackt, und es war echt so was von witzig.*

Selbst Danny, der jetzt zu mir herblickte, schien nicht weiter beunruhigt. Trotzdem wagte ich es nicht, ihn anzulächeln. Ich zuckte die Achseln, nach dem Motto: *Ich habe keinen blassen Schimmer.* Ich zuckte die Achseln, denn es war das Einzige, was ich tun konnte, ohne meine Schuld einzugestehen.

Ryan legte zärtlich den Arm um Merediths Schulter, und zum Glück erwiderte sie seinen Blick mit einem Ausdruck inniger Liebe und vollkommener Überzeugung.

»Wenn wir schon eine Party schmeißen, dann richtig!«, sagte er und zwinkerte mir zu.

Dann bedeutete er den Kellnern mit einem Wink, das Abendessen aufzutragen.

»Ich gehe mal kurz mit Sunny und Violet nach draußen, um uns um diese alberne Sache zu kümmern. Wenn also alle schon mit ihrem *cacio e pepe* loslegen würden … aber lasst mir was übrig!«

Doch da summten die Handys schon wieder.

Ein neuer Tweet.

Was ich so tat, während Meredith Landy kochte #Teil2 #ihrenMannvögeln

Dieses Foto war nicht im Studio aufgenommen worden. Es war in einem Hotelzimmer in Aspen geschossen worden. Und es war ein Nacktfoto. Ich kam gerade frisch aus der Dusche und betrachtete mich im Spiegel; und wenn man genauer hinsah, konnte man (ebenfalls im Spiegel sichtbar) einen Mann erkennen, der in der Tür stand und das Foto schoss.

Ryan.

Im Raum wurde es still. Diese Totenstille, die sich im Kino breitmacht, wenn ein wirklich guter Film läuft. Abgesehen von der Ambient Music, die im Hintergrund weiterdudelte und die – hätte ich schwören können – lauter wurde.

Mein Gesicht lief feuerrot an. Ich schaute nicht zu Danny – ich wollte gar niemand anschauen, bis mir endlich eingefallen wäre, was ich sagen könnte, damit sie aufhörten, mich anzuglotzen wie eine Wildfremde. Denn nur eine Fremde würde doch ihren Ehemann betrügen – ihren guten Freund, Danny. Und nur eine Fremde wäre in so eine Geschichte verwickelt, die sich zusehends als breit angelegte Farce einer treulosen Frau entpuppte, die Rezepte stahl und sich anderer Frauen Ehemänner ausborgte.

Meredith wandte sich mit kaum hörbarer Stimme an ihren Mann. »Ryan, was ist das?«

Für einen Moment war Ryan – ja, Ryan – sprachlos. Er schüttelte den Kopf, als sei dies ein alberner Scherz. Dann fand er seine Sprache wieder.

»Das bin nicht ich!« Er zeigte auf das Foto, auf dem er tatsächlich kaum zu erkennen war, und wedelte hektisch in meine Richtung, damit ich ihm zu Hilfe kam. »Los, Sunny, sag es ihnen!«

Meine Kehle war wie zugeschnürt. Man sollte meinen, bei meiner Erfahrung wäre mir eine solche Lüge mühelos über die Lippen gekommen.

Doch der Tag hatte bereits seinen Tribut gefordert.

Ich atmete tief ein. Und dann sagte ich die Wahrheit.

»Ich brauche eine Minute«, sagte ich. »Es ist mir zu peinlich, dass ein Nacktfoto von mir im Internet kursiert, als dass ich mich jetzt dafür rechtfertigen könnte, wie es wohl dahin gelangt ist.« Ich wagte es immer noch nicht, zu Danny zu schauen, aber alle anderen nickten verständnisvoll, und der anklagende Ausdruck auf ihren Gesichtern verwandelte sich in etwas, das beinahe wie Mitgefühl aussah. Vielleicht klang die Wahrheit ja anders.

Ryan klammerte sich an ihr Vertrauen wie an einen Rettungsring. »Ja, genau! Darum schlage ich vor, dass alle diese Fotos aus Respekt löschen, während Violet und ich dieser schrecklichen Sache auf den Grund gehen, die gegen jemanden gerichtet ist, den wir doch alle vergöttern.«

Vergöttern. Das war ein wirklich unangebrachtes Wort. Sehr untypisch für Ryan. Und ich konnte ihm ansehen, dass er es wusste. Er merkte es, noch bevor er zu Meredith schaute. *Vergöttern* war exakt das Wort, das er in diesem Moment nicht hätte benutzen dürfen, während er versuchte, die Tatsache zu vertuschen, dass wir einen Fehler begangen hatten. Zumindest ich nannte es einen Fehler – die Nacht damals in Aspen.

»Du verdammter Hurensohn!«, presste Meredith hervor.

»Meredith …«, erwiderte Ryan. »Bitte.«

Violet berührte Merediths Arm. »Meredith, komm mit mir nach draußen, okay?«

Meredith stieß Violet von sich; dann stürmte sie in den Flur, wo ihre Stiefelabsätze wie ein Trommelfeuer über die Stufen knallten.

Ryan trug immer noch sein aufgesetztes Lächeln zur Schau. »Leute, wenn ihr mich einen Moment entschuldigen würdet.«

Er folgte Meredith in aller Seelenruhe aus dem Raum, doch seine Schritte auf der Treppe verrieten ihn, als er anfing zu rennen.

Ich blickte zu der Stelle, wo Danny vorhin gestanden

hatte, aber er war verschwunden. Dann hörte ich ihn hinter mir – besser gesagt, ich spürte ihn, als seine Hand meine Schulter berührte.

»Hallo allerseits. Ich kann euch zwar nicht sagen, was da gerade zwischen Meredith und Ryan abläuft – wahrscheinlich einfach ein Martini zu viel –, aber nur um eins klarzustellen: Es gibt nichts an dem Foto auszusetzen, bis auf die Tatsache, dass es jemand ins Netz gestellt hat. Ich habe dieses Foto von Sunny gemacht. Es war ein privater Moment zwischen uns beiden, den jemand unerlaubterweise gepostet hat.«

Fasziniert starrten sie Danny an – teils, weil er eben faszinierend war, und teils, weil er die Wahrheit sagen *musste*.

»Und was noch wichtiger ist, wir kommen langsam vom eigentlichen Grund ab, warum wir alle hier sind. Und der ist, Sunny zu feiern.«

Ich sah ihn mit einer so tief empfundenen Dankbarkeit an, dass ich glaubte, in Tränen ausbrechen zu müssen.

»Also setzt euch alle hin, esst was und genießt den Abend.« Dann packte er meine Hand, packte sie so richtig, umklammerte meine Finger mit seinen, und wir durchquerten das Restaurant und traten hinaus auf die ungewöhnlich leere Greenwich Street. Erst da drehte er sich zu mir um und sah mich an; es lag nichts Freundliches mehr in seinem Blick. »Wahrscheinlich habe ich dir da drin gerade einen Tag mehr verschafft, um die Story geradezubiegen.«

Ich wollte ihn nicht anschauen, also senkte ich den Blick und starrte auf das Kopfsteinpflaster unter meinen Füßen und auf meine Schuhe.

»War das ein Hotelbadezimmer?«

Ich gab keine Antwort.

»Was hat er dort mit dir gemacht?«

Meine Stimme war ein Flüstern. »Danny, ich weiß nicht, was ich sagen soll.«

Er hob mein Gesicht an und zwang mich, ihm in die Augen zu schauen. »Sag etwas«, forderte er. »Sag etwas, oder das ist das letzte Mal, dass ich was für dich getan habe.«

»Es ist nicht das, was du denkst. Es war nur eine Nacht.«

»*Nur* eine Nacht?«, wiederholte er.

Ich nickte. Denn in diesem Augenblick glaubte ich, dass mein letztes Fünkchen Loyalität auf Messers Schneide stand. Auf der einen Seite war da mein Ehemann, mit dem ich vierzehn Jahre, fünf Wohnungen und all meine Liebe (so fehlerhaft sie auch war) geteilt hatte und der sicher in der Lage wäre, mir einen kleinen Fehltritt zu verzeihen – was war schon eine Nacht aufs große Ganze gerechnet? Auf der anderen Seite gab es nichts, was ich hätte sagen können, das es ihm verständlicher gemacht hätte – kein *Ich liebe dich,* kein *Es tut mir leid.*

Da küsste Danny mich sanft auf die Wange, seine Haut rau, die Berührung seiner Lippen flüchtig. »Ich habe mich geirrt«, flüsterte er mir ins Ohr. »Du hättest gar nichts sagen sollen.«

6

Ich konnte unmöglich auf die Party zurückkehren. Aber nach Hause zu gehen schien mir noch schlimmer. Also ging ich die Greenwich Street entlang Richtung Süden und über den West Side Highway zum Battery Park. Ich setzte mich in der abendlichen Brise auf eine Bank und blickte über den Hudson River. Die Welt war so schön und friedlich – es schien mir geradezu unmöglich, dass nur ein paar Straßen weiter mein Leben gerade in sich zusammengefallen war.

Ich konnte nicht ansatzweise darüber nachdenken, was gerade mit Danny geschehen war, also konzentrierte ich mich auf mich selbst. Schadensbegrenzung. Da waren zum einen die fünfzig Gäste auf meiner Party, von denen einige mit der halben Welt vernetzt waren: Wie konnte ich das Ruder rechtzeitig herumreißen? War Dannys Ansprache genug gewesen, um sie vorerst in Schach zu halten? Dann diese furchtbar peinlichen Fotos – hatte Violet Craig schon dazu gebracht, sie zu löschen? Wie viel Schaden hatten sie an einem Freitagabend bis dahin wohl angerichtet?

Ich konnte nur hoffen, dass Ryan sich eine Strategie überlegt hatte, um uns zu retten. Falls es ihm gelungen war, Meredith zu beruhigen, hatten wir eine Chance. Er würde wieder zur Party zurückkehren, Violet würde ihn über Dannys Eingreifen informieren, und er würde den Rest erledigen. Ryan würde einen amüsanten Toast auf eine vermasselte Geburtstagsparty ausbringen, aber auch auf ein vor uns liegendes Jahr voller guter Dinge, Freundschaft etc.

Wenn ihre Finger wenigstens heute Nacht unter Kontrolle blieben, wenn die *New York Times* und *Food & Wine* und all die Presseleute auf der Party unsere Sicht der Dinge tweeteten, könnten wir das morgen doch irgendwie geregelt bekommen. Oder?

Die Wahrheit war – und das wusste ich, noch während ich mir die Frage stellte, noch während ich versuchte, ein Ja als mögliche Antwort zu verinnerlichen –, dass alles daran hing, die Welt davon zu überzeugen, dass meine Beziehung mit Ryan rein platonischer Natur war. Wenn es eine Sache gab, die Frauen einander nicht verzeihen konnten – nicht verzeihen *wollten* –, dann Ehebruch. Du durftest Drogen nehmen *(die Ärmste ist abhängig, es ist nicht ihre Schuld)* oder jemanden bei der Arbeit ausbooten *(so läuft es eben im Business)*, aber wenn du mit dem Mann einer anderen Frau schliefst, war es, als würdest du mit dem Mann *aller* Frauen schlafen. Es war, als würdest du die gesamte weibliche Hälfte der Menschheit betrügen.

Das galt natürlich nur, bis man sich selbst in der Rolle der ehebrecherischen Schlampe wiederfand.

Und ob es nun etwas an der Sache ändert oder nicht (und falls Sie mir überhaupt noch glauben können), aber meine Beziehung zu Ryan war viel komplizierter, als die Nacktfotos aus dem Hotelbadezimmer zunächst vermuten ließen.

Ich habe nur einmal mit Ryan geschlafen. Klinge ich gerade wie ein Politiker, der versucht, sich mit einem Formfehler aus der Affäre zu ziehen? Vielleicht. Dann lassen Sie es mich klar sagen: Ryan und ich haben vom ersten Tag an miteinander geflirtet. Wir hatten mehr miteinander zu tun gehabt, als wir sollten, und verbrachten miteinander die Zeit, die wir eigentlich für unsere Ehepartner hätten reservieren sollen. Wir ließen einander an persönlichen Dingen teilhaben, nach denen unsere Partner sich vergebens sehnten.

Das Hotel auf dem Foto war das St. Regis in Aspen. Wir waren letztes Jahr zum *Classic*-Event des *Food & Wine Magazine* dort gewesen, wo ich als Jurorin eines neuen Kochwettbewerbs auftrat. Auf der Party trank Ryan zu viel Champagner, verlor seinen Schlüssel und landete darum auf dem Boden meines Hotelzimmers. Und als er sich aufrappelte und in mein Bett geklettert kam, ließ ich es zu.

Wie aber waren wir dort gelandet? Zusammen in diesem Hotelzimmer?

Ryan war der einzige Mensch, der alle meine Geheimnisse kannte … sie *wirklich* kannte. Vielleicht war das nur eine billige Rechtfertigung, aber es fühlte sich nicht an wie eine. Manchmal erschaffen Menschen sich eine so verworrene, so komplexe Welt, dass nur die Beteiligten sie verstehen können. Und genau das war es, was wir beide teilten. Es ging nie um Liebe oder dergleichen.

Die Sache ist die: Gleich am nächsten Morgen hatte ich Ryan gesagt, dass es ein Fehler gewesen war. Ob ich Danny meinen Fehltritt gestand? Wozu? Es hätte ihm doch nur wehgetan. Ich schätze mal, das sagen alle Leute, die ihre

Partner betrügen. Aber in diesem Fall war es die Wahrheit. Es musste sich zwischen uns nichts ändern. Ich ließ das Ganze hinter mir, und abgesehen von einem Rest Unbehagen zwischen uns, tat Ryan das Gleiche.

Das galt scheinbar nicht für den Hacker.

Das Handy in meiner Tasche vibrierte abermals, und ich blickte auf einen neuen Tweet.

Die Tochter eines Farmers? #dassichnichtlache

Und ein Link zu: *aintnosunshine.nyc*

Ich klickte ihn an, und eine komplette Website erschien – in der Mitte, ganz prominent, ein Foto von mir aus meinem Highschool-Jahrbuch, darunter mein echter Name – Sunshine Stephens – mit sämtlichen Details:

Sunshine Stephens wuchs in Montauk in einer an der Steilküste gelegenen Villa direkt am vornehmen Old Montauk Highway auf. Kein lauschiges Dorfidyll, keine kleine Farm. Ihr Vater war ein berühmter Komponist, und sie durchlebte eine ziemlich behütete Kindheit.

Die Beschreibung stimmte von vorne bis hinten nicht. Wir hatten kein Geld gehabt, es war keine Villa gewesen, und meine Kindheit das Gegenteil von behütet – aber das spielte keine Rolle. Alles, was ich den Leuten in meiner Show verkauft hatte, war heiße Luft gewesen, und jetzt würden sie es erfahren. Es waren nicht nur fremde Menschen, die sich betrogen fühlen würden. Es waren Freunde und Kollegen – all jene, denen ich nie erzählt hatte, wer ich wirklich war. Seit der erfolgreichen Einführung von Sunshine Mackenzie hatte ich meine Vergangenheit vor ihnen geheim gehalten. Was die Leute anging, mit denen ich in

Montauk aufgewachsen war, so hatte ich meine Theorien darüber, warum sie mich nicht auffliegen ließen – Theorien darüber, wie mein reizender Heimatort das Interesse an einem verlor, sobald man ihm den Rücken kehrte. Ryan tat diese Überlegungen als Unsinn ab und meinte, dass sie aus genau demselben Grund die Klappe hielten wie alle anderen auch: Die Leute meldeten sich nur, wenn sie davon profitieren konnten.

Wütend schloss ich die Hand um mein Handy, unsicher, was ich tun sollte. Wenn ich nur herausfinden könnte, wer dahintersteckte, ließe sich vielleicht etwas arrangieren. Aber wie um alles in der Welt sollte ich das anstellen?

Es war, als hätte dieser Irre meine Gedanken gehört. Mein Handy summte, und ich blickte auf das Display – eine Nachricht von einer unterdrückten Nummer.

Heftige Nacht, was? #aintnosunshine

Ich tippte schnell zurück. **Wer bist du?**

Ich könnte dich dasselbe fragen.

Bitte. Was willst du?

Die Pünktchen, die anzeigten, dass geschrieben wurde, flackerten. **Was glaubst du denn, was ich will?**

Ich zitterte vor Wut. Wer auch immer das war, er genoss es. Er genoss die missliche Lage, in der ich mich befand. Er wollte mich bestrafen, und das auf jede erdenkliche Art und Weise, die ihm einfiel.

Geht es um Geld?

Falsche Frage.

Wieder fingen die Pünktchen an zu tanzen. Dann hörten sie urplötzlich auf. Und begannen von Neuem.

Wie viel Geld?

Ich dachte an die Ersparnisse, die Danny und ich zurückgelegt hatten. Nach der Renovierung der neuen Wohnung und der Summe, die wir in sein Geschäft gesteckt hatten, war nicht mehr allzu viel übrig.

Vergiss es. Bis bald … fürs Erste.

Ich starrte das Handy an, entsetzt darüber, dass dieser schreckliche Mensch meinen Geburtstag, meine Ehe und meine Karriere ruiniert hatte. Er wollte Spielchen spielen? Das konnte ich auch.

Ganz besonders das Handyspiel, bei welchem ich es fest packte und in hohem Bogen übers Geländer in die dunklen Fluten des Hudson River schleuderte.

7

Als ich in meiner Wohnung ankam, hörte ich jemanden in der Küche herumstöbern, und für eine Sekunde dachte ich, Danny sei da. Ich glaubte nicht, dass er mir vergeben hatte, aber ich dachte, dass er vielleicht etwas vergessen hatte – dass er nach Hause gekommen wäre, um Klamotten für die Nacht einzupacken. Dass ich womöglich eine zweite Chance hätte, ihn zurückzugewinnen. Ihn dazu zu bringen, sich mit mir hinzusetzen und das Ganze in Ruhe zu besprechen. Ihn dazu zu bringen, die Nacht über hierzubleiben.

»Sunny?«, hörte ich eine Stimme aus der Küche.

Es war Ryan.

Er kam mit einer Flasche Scotch ins Wohnzimmer spaziert. »Wo bist du gewesen?«

»Nirgends. Was willst du hier?«

»Danke, ich freue mich auch, dich zu sehen«, erwiderte er schnippisch.

Ich war fix und fertig; alles, was ich wollte, war, mich schlafen zu legen, um morgen wie in *Und täglich grüßt das Murmeltier* aufzuwachen und diesen Geburtstag von vorne zu beginnen. Aber hier stand er vor mir, Ryan, wie ein deprimierendes Mahnmal dafür, dass das nicht passieren würde.

»Ich dachte, du könntest etwas Gesellschaft vertragen«, sagte er. »Und ich ganz sicher einen Drink.«

»Und wenn Danny hier gewesen wäre?«

Ryan setzte sich in meinen Eiersessel. »Danny kommt nicht zurück; dafür hat der heutige Abend gesorgt.«

»Würdest du bitte aus meinem Sessel verschwinden.«

Ryan zog aufs Sofa um. »Tja, Meredith ist am Boden zerstört, aber nachdem ich sie in ein Taxi gesetzt und nach Scarsdale zurückgeschickt hatte, konnte ich immerhin auf die Party zurückkehren und die Gemüter beruhigen. Es hat tatsächlich funktioniert. Ich muss schon sagen, Danny hat wirklich sehr dabei geholfen. Hattest du die Idee mit der Rede?«

»Nein.«

»Tja, ich bin beeindruckt. Hätte nicht gedacht, dass er so etwas draufhat.«

»Ich möchte jetzt nicht über Danny sprechen.«

»Meinst du etwa, ich?«

Ich ließ mich in meinen Sessel sinken; ich war hundemüde und fühlte mich elend. Ich wollte, dass Ryan verschwand, aber ich war zu ermattet, um mich aufzuraffen und ihn wegzuschicken.

»Die Situation ist folgende: Nachdem ich ein bisschen geflunkert habe und lieb zu allen war, haben sie mir abgenommen, dass es sich um ein Missverständnis handelte. Ich konnte ihnen sogar weismachen, dass Meredith in Wahrheit wegen etwas anderem sauer war.«

»Und das wäre?«

Ryan goss sich einen Scotch ein. »Eine weibliche Bekanntschaft, die ich oben im Norden gemacht habe.«

»Danke, dass du das auf dich genommen hast«, sagte ich.

»Dieser miese kleine Hacker geht mir langsam echt auf den Sack.«

Ich ging zum Schrank, schnappte mir ein Glas und goss mir ebenfalls einen Scotch ein. »Und was sollen wir wegen der Website unternehmen?«

Er nahm einen ausgiebigen Schluck. »Ich hatte gehofft, du hättest es nicht gesehen.« Dann zuckte er mit den Schultern. »Tja, ich glaube, die Sache mit deiner Vergangenheit kann ich schon zurechtbiegen.«

Ich blickte ihn ungläubig an. »Ernsthaft?«

»Wer kann sich nicht mit jemandem identifizieren, der sich verstellt, um den Leuten zu gefallen? Es wird *A Little Sunshine* nur noch beliebter machen. Jedes Mädchen, das auf *OkCupid* schon mal ein falsches Alter angegeben hat, wird mit dir mitfiebern.«

»Die Leute mögen aber keine Schwindler.«

»Hör mal, Sunshine, *jeder* schwindelt mal. Jeder, der ein Instagram-Profil oder einen Facebook-Account hat. Und ganz sicher jeder, der eine Kochsendung moderiert. Wie viele von diesen Leuten kochen schon wirklich selbst? Das sind doch nur Galionsfiguren. Allesamt. Diese Testküche bei *Cook TV?* Die nehmen da doch nie Leute, die wirklich was können. Das sind nur ihre Kumpels. Und andere machen die Rezepte. Von *Food Network* will ich gar nicht erst anfangen.«

»Ich glaube, wir sind noch mal einen Schritt weiter gegangen, Ryan.«

Er winkte ab. »Papperlapapp, das ist doch alles die gleiche

Soße! Wir verkaufen vor der Kamera das Bild einer Person. Darin besteht nun mal der Job. Das perfekte Bild abzugeben. Du hast diesen Job erfüllt, und zwar ganz wundervoll. Jetzt müssen wir einfach nur dieses Bild verändern.«

»Inwiefern?«

»Wir müssen lernen, echt zu werden, ich meine, *richtig* echt. Sich selbst bejahen, sich selbst akzeptieren – das ist der neue heiße Scheiß. Dabei spielt es keine Rolle, wie groß die Lügen sind. Die Menschen vergessen. Sie vergessen immer alles.«

»Aber wir haben es hier mit dem Internet zu tun, Ryan. Nacktbilder lassen sich nicht so schnell vergessen.«

»Craig hat die Bilder gelöscht, und meine Rechtsanwälte haben sich schon auf die Sache gestürzt. Dieser Teil wäre also erledigt. Meredith wird sich auch wieder beruhigen und um den Rest kümmern. Sie würde ihre Kinder nicht in diese Lage bringen wollen – du weißt schon, ihren Vater zu outen.«

Ich wusste nicht, ob es am Scotch lag, aber allmählich fing ich an zu glauben, dass es tatsächlich funktionieren könnte. »Dein Plan besteht also darin … die Lügen zu ignorieren?«

»Mein Plan besteht darin, die Story zu ändern. Mein Plan besteht darin, das alles für dich in Ordnung zu bringen. Für uns.« Er beugte sich vor, stützte sich mit beiden Händen auf die Lehnen meines Sessels und sah mir in die Augen. Trotz allem, was ich über ihn wusste, trotz allem, was er mir immer wieder über sein zweifelhaftes Verhältnis zur Wahrheit verriet, waren es Momente wie diese, in denen Ryan mich in Erstaunen versetzte. Weil er, wenn er mich so anschaute, keine Spielchen trieb. Er täuschte nichts vor. Er blickte mir in die Augen, damit ich sie sehen konnte: seine absolute Aufrichtigkeit. Wie wichtig es ihm war, sich mir gegenüber anständig zu verhalten.

»Hör mir zu, Sunny. Deinen Auftritt bei *Food Network* werden sie erst mal auf Eis legen, die Leute beim Sender mögen keine umstrittenen Projekte. Aber wir werden sie wieder rumkriegen. Das verspreche ich dir. Das Einzige, was Amerikaner noch mehr lieben, als jemanden anzuhimmeln, ist, jemanden zu hassen … und dann einen neuen Grund präsentiert zu bekommen, ihn wieder lieben zu können. Dann haben wir eben ein wenig geschwindelt, was deine Herkunft angeht – weil es dir peinlich war. Peinlich zieht immer. Jeder kann sich mit dem Wunsch identifizieren, die eigene Geschichte etwas aufzupolieren, um im bestmöglichen Licht dazustehen.«

Ich nickte und spürte, wie ich ruhiger wurde. Ryan hatte sich schon einmal eine Story aus den Fingern gesogen, und er würde es wieder tun. Wenn es jemanden gab, der das konnte, dann Ryan. Er schien mein unausgesprochenes Lob zu spüren, denn er lächelte. Ich erwiderte sein Lächeln und atmete tief ein. Vermutlich war das ein Fehler, denn er nahm es als Einladung, mich zu küssen. Ich wich zurück.

»Stimmt was nicht?«, fragte er.

»Ryan, wir waren uns doch einig, dass wir das nicht noch mal tun.«

»Nein, wir waren uns einig, dass es zu kompliziert wäre. Aber das ist es nicht mehr. Danny ist weg und …«

»Das weißt du doch gar nicht.«

»Doch, das weiß ich.«

Ich verspürte einen heftigen Schmerz in meiner Brust. Vierzehn Jahre. Er konnte nicht fort sein. Nicht einfach so.

»Es geht nicht mehr um unsere Ehepartner«, fuhr Ryan fort.

»Und du glaubst, dass Meredith bei deinem Plan mitzieht, wenn du sie verlässt?«

»Ja«, sagte er vollkommen unbeeindruckt, und mir wurde klar, wo mein Fehler lag. Ryan lebte nicht in einer Welt der Selbstzweifel. Er glaubte fest daran, dass er mit allem davonkommen konnte. Und wahrscheinlich hatte er damit sogar recht.

Er strich mir eine Haarsträhne hinters Ohr und beugte sich wieder zu mir runter. »Ich liebe dich«, sagte er.

Liebe. Ryan hatte noch nie gesagt, dass er mich liebt. Nicht so. Am ehesten noch an jenem Tag, an dem er die Filmcrew anheuerte, um die Szenen für den »Hinter den Kulissen«-Beitrag aufzunehmen – jenem Tag, der jetzt im Internet verewigt war. Der Kameramann war ein wirklich attraktiver Typ gewesen – groß, klug, Regiestudent an der New York University. Ryan war der Meinung, dass wir flirteten, obwohl es eine unschuldige, rein kumpelhafte Sache war. Trotzdem feuerte er ihn. Als ich Ryan später fragte, warum, gestand er widerwillig, eifersüchtig gewesen zu sein. *Es ist eben nicht einfach zu sehen, wie jemand, den du liebst, sich für jemand anders interessiert.* Das waren die Worte, die er in einem herausfordernden Tonfall zu mir gesagt hatte. Aber ich hatte nichts darauf erwidert. Es schien mir nicht wert, deswegen einen Streit vom Zaun zu brechen.

»Ich liebe dich, und ich will mit dir zusammen sein. Und

ich werde alles so hinbekommen, dass wir am Ende unbeschadet aus der Sache rauskommen. Denk nur an Joanne Woodward und Paul Newman …«

»Ich glaube nicht, dass ihnen der Vergleich gefallen würde.«

Ryan schwieg einen Moment und wartete. »Ich *weiß*, dass du mich auch liebst.«

Ich nahm einen großen Schluck von meinem Scotch und leerte das Glas.

Ryan rührte sich nicht. »Sunny?«

»Ich denke, wir sollten morgen darüber reden.«

»Nein, ich denke, wir sollten jetzt darüber reden. Ich will *das hier.*« Er zeigte zwischen uns hin und her. »Keine Ehefrauen, keine Ehemänner. Vielleicht erweist sich das Ganze noch als Segen.«

Ryan sagte nie solche Dinge. Und er hatte auch niemals gesagt, dass wir unsere Ehepartner verlassen sollten, um zusammen sein zu können. Das würde er nie tun. Außer er war sich absolut sicher, dass es auf Gegenseitigkeit beruhte.

»Warum siehst du mich so an?«, fragte er.

»Hast du das alles eingefädelt? Damit ich keine andere Wahl habe, als mit dir zusammen zu sein?«

Er lachte gepresst. »Keine andere Wahl? Wow …«

»Immerhin hast du dir ziemlich fix einen Plan zurechtgelegt, wie du alles wieder in Ordnung bringen kannst.«

»So funktioniert mein Gehirn nun mal. Fix.«

In meinem Kopf drehte sich alles. Ryan musste gehen. Auf der Stelle.

»Falls es hier um Danny geht … glaub mir, er kommt

nicht wieder. Du hast sowieso nicht zu ihm gehört. Ich bin der lebende Beweis dafür.«

»Tja, ich kann das hier aber nicht tun«, sagte ich und zeigte zwischen uns hin und her. »Tut mir leid.«

»Natürlich kannst du das.«

»Dann will ich eben nicht.« Es klang schroffer als beabsichtigt – aber ich war wütend, dass er alles aufs Spiel setzte, dass er einfach so davon ausging, dass die Antwort ein Ja wäre.

»Tja, ich will aber nichts anderes«, erwiderte er.

»Ryan, denk doch mal nach. Du bist der Erste, der einwenden würde, dass hier ein ganzes Imperium auf dem Spiel steht.«

»Hier stehen noch eine ganze Menge anderer Dinge auf dem Spiel.«

Mein Kopf schwirrte. Wollte er wirklich den gesamten Plan riskieren, den er soeben ausgeheckt hatte? Hing nun alles davon ab, ob es einen Plan für uns zwei gab?

Er nahm mein Gesicht zwischen seine Hände. »Jetzt heißt es also du und ich … oder ich gehe meiner Wege.«

Tatsächlich erwog ich mitzuspielen. Die klügere Strategie wäre, so zu tun, als wolle ich es auf einen Versuch mit ihm ankommen lassen – insbesondere, wenn es das war, was er brauchte, um weiterhin an meiner Seite zu bleiben.

»Na schön.«

»Na *schön?*«

Ich wandte den Blick ab. »Was willst du von mir?«

»Für den Anfang wäre ein bisschen Dankbarkeit angebracht. Ich habe dich zu dem gemacht, was du heute bist.«

»Oh, bitte! Ich war einfach nur zufällig das richtige Mädchen hinter der richtigen Theke.«

Ryan richtete sich auf, und sein Blick wurde kalt. »Das ist nur aus heutiger Sicht richtig.« Dann nahm er einen letzten Schluck von seinem Scotch und ging zur Tür. »Man sieht sich«, sagte er, gerade so, als würde er nicht Lebewohl sagen. Als würde er nicht einer beinahe zehnjährigen Partnerschaft den Rücken kehren.

Aber genau das tat er.

Und einfach so war er fort.

8

Am Morgen schlüpfte ich in eine Jeans, zog mir ein Tanktop über und eilte in mein Studio oberhalb des Chelsea Market, das die Küche für *A Little Sunshine* beherbergte, die eine exakte Nachbildung meiner eigenen Loft-Küche in Tribeca war: die gleichen grauen Schieferarbeitsflächen, der gleiche gläserne Kühlschrank.

Ein Plan nahm Gestalt in meinem Kopf an. Ryan hatte das sinkende Schiff verlassen, ja, aber im Licht des neuen Morgens wurde mir klar, dass, wenn er das Ruder herumreißen konnte, ich genauso gut dazu in der Lage war.

Mein Notfallplan sah folgendermaßen aus: Die Kochsendung bei *Food Network* war fürs Erste vom Tisch, aber ich würde sicherstellen, dass meine Verträge noch immer Gültigkeit hatten; danach würde ich mit meinen wichtigsten Kontakten sprechen (Evelyn, der Werbeleiterin für *A Little Sunshine,* und Louis, meinem Verleger); ich würde allen versichern, dass Danny in seiner Ansprache die Wahrheit gesagt hatte, dass nie etwas zwischen mir und Ryan gelaufen war und dass ich schon ein neues Management-Team parat hätte, das bereit war, an Bord zu gehen. Ich machte mir eine Notiz, Julie von *The Agency* anzurufen, die sicherlich mit Freuden bereit wäre, die übrig gebliebenen Teile meiner Karriere wieder zusammenzustückeln … sobald ich ein paar davon in der Tasche hätte.

Als ich eintrat, kam ich gerade rechtzeitig, um mitzubekommen, wie Violet ein paar Produktionsassistenten zusammenbrüllte, die auf Händen und Knien vor einem Wandschrank herumkrochen, Aktenmappen in Kartons packten und Gerätschaften einräumten.

Violet hob entnervt die Hände. »Wo warst du die ganze Zeit? Ich hab dich tausendmal angerufen! Deine verdammte Mailbox ist voll.«

»Ich hab mein Handy verloren.«

»Du hast dein Handy verloren? Ausgerechnet heute?«

Ich sah mich in dem Chaos um, während die Produktionsassistenten in Zeitraffer herumwuselten. »Warum wird hier gepackt?«

Violet riss die Augen auf. »Ja, weißt du das denn nicht?«

»Offensichtlich nicht.«

»Leute, wir brauchen das Studio für zehn Minuten. Wenn ihr euch also verpissen würdet, vielen Dank …« Sie wedelte mit den Händen und bedeutete ihnen zu verschwinden. »Aber bleibt in der Nähe. Es gibt noch eine Menge zu tun!«

Die Assistenten schlurften hinaus und ließen uns beide alleine zurück.

Violet bedeutete mir, mich zu setzen. »Es hat sich ausgekocht mit *A Little Sunshine*«, eröffnete sie mir.

Ich blickte sie verständnislos an. »Wie bitte?«

»Evelyn hat mir gerade eine Liste aller Werbekunden gemailt, die ihre Anzeigen zurückgezogen haben, beziehungsweise damit drohen, sie zurückzuziehen oder uns zu *verklagen*«, erklärte Violet. »Niemand will mehr mit uns Geschäfte machen. Und das Studio will, dass wir heute Abend draußen sind. Sie … sie haben so eine Art offizielle juristische E-Mail geschickt, in der steht, dass du den Studioraum unter Vorspiegelung falscher Tatsachen angemietet hast, und in der sie uns auffordern, ihn noch heute zu räumen.«

Violet, die ernsthaft besorgt schien, dass ich mit etwas um mich werfen könnte, machte sich rasch wieder daran, Ordner in Kisten zu packen.

Ich holte tief Luft und versuchte, mich zu sammeln. Es war logisch, dass die Werbekunden erst mal einen Rückzieher machten. Ich musste ihnen einfach nur beweisen, dass meine Fans trotz all dieser Gerüchte zu mir hielten. Ich musste einfach das Leck schließen und die Situation unter Kontrolle bringen. Ich würde eine sorgfältig formulierte E-Mail aufsetzen und aufmunternde Kommentare meiner Fans anhängen. Solange mir die Fans die Treue hielten, hätte ich die Leute mit der Kohle in null Komma nichts wieder in der Tasche.

»Und wie sieht es mit meiner Fangemeinde aus?«, fragte ich.

»Um die achthunderttausend auf Twitter.«

»Ich habe achthunderttausend Follower verloren?«

»Nein, dir sind achthunderttausend Follower geblieben. Du hast 1,9 Millionen verloren.«

»Ich kann selber rechnen!«

»Willst du dann auch die Zahlen für Facebook wissen?«

Ein Albtraum … das Ganze verwandelte sich in einen

regelrechten Albtraum. Aber warum sollte das Studio mich auch noch abstrafen? Das machte überhaupt keinen Sinn, außer es gab einen anderen Grund. Einen geschäftlichen Grund. Eine Möglichkeit, meinen Verlust in ihren Gewinn umzuwandeln. Oder jemand anderen, der sich überlegt hatte, wie das klappen könnte.

Ryan. Die Kündigung vom Studio trug ganz klar Ryans Handschrift. Er hatte sie dazu überredet, mich rauszuwerfen. Er hatte ihnen einen überzeugenden Grund vorgelegt. Aber welchen?

»Ruf Ryan an«, sagte ich zu Violet.

Sie blickte zu mir auf wie ein Rehkitz. »Mach ich gleich«, nuschelte sie. »Aber ich glaube, du solltest vorher wissen, dass Ryan und Meredith gerade eine gemeinsame Pressemitteilung veröffentlicht haben.«

»In der sie mir die Schuld zuschieben?«

»Nein, in der sie ihre eigene Show ankündigen.«

Und da war er – der Grund. Mein Verlust, ihr Gewinn.

Violet öffnete ihr Handy und hielt mir die Pressemitteilung hin, damit ich sie selbst lesen konnte. *»Zwei an einem Tisch«,* sagte sie. *»Trennung mit Nachtisch.«*

»Eine Show über ihre Trennung?«

»Trennung *und* Versöhnung«, erläuterte Violet. »Sie haben eine Blitzumfrage gemacht, und es schien, als ob die Zuschauer wollten, dass die beiden trotz Ryans Affäre mit dir wieder zusammenkommen.«

»Das kann man wohl kaum eine Affäre nennen.«

»Umso besser für ihn«, erwiderte sie. Sie wandte sich wieder ihren Kisten zu und packte weiter.

Ich gab mir die größte Mühe, nicht auszurasten, sondern mir meinen morgendlichen Optimismus zu bewahren. »Ich checke kurz meine Mails.«

»Ist wahrscheinlich eine gute Idee. Da sind ein paar richtige Knüller dabei.«

Ich bedachte sie mit einem vernichtenden Blick.

»Ich sag doch nur!«

»Lass es bleiben.« Ich ging zum Laptop, der auf meiner Küchenarbeitsplatte lag – die schon bald Merediths Küchenarbeitsplatte wäre –, um jedweden anderweitigen Schaden in Ordnung zu bringen, den Ryan angerichtet hatte. Vor vierzehn Stunden hatte er mir noch seine Liebe beteuert – jetzt war seine Frau dran. War eigentlich irgendetwas davon echt? Ein bisschen vielleicht, aber das Einzige, was am Ende des Tages für Ryan zählte, war er selbst. Er würde tun, was auch immer er tun musste, um sein eigenes Schiff zu retten, selbst wenn er dazu meines versenken musste. Ich öffnete mein Postfach und fand über einhundert ungelesene Mails vor. Das klingt womöglich viel, aber es war ein ziemlich typischer Morgen. Vielleicht sogar ein bisschen mager. Es überraschte mich nicht, dass nicht mehr auf mich warteten. Ich hatte schon früh gelernt, dass Menschen auf Distanz gingen, wenn sie glaubten, dass man mit Problemen zu kämpfen hatte. Sie wollten nicht, dass das schlechte Karma auf sie abfärbte. Dabei war das ein großer strategischer Fehler. Ich persönlich meldete mich immer, wenn jemand anders mit seiner Show floppte – damit sie glaubten, dass ich auf ihrer Seite stünde. Immerhin könnte dieser Mensch mal nützlich sein. Weswegen ich auch sofort Erleichterung verspürte, als ich sah, dass ich eine E-Mail von Louis erhalten hatte. Der gute Louis. Er stand also immer noch zu mir! Wenn das stimmte, war der Rest – die Gerüchte, die abgeblasene Sendung – nicht mehr wichtig; wir würden das gemeinsam durchstehen.

Dann las ich die Betreffzeile:

Benachrichtigung zur Vertragsauflösung

Ich öffnete die E-Mail und las die kompletten zwei Seiten, auf denen Louis in äußerst harschem Tonfall die

AUTORIN (Sunshine Mackenzie) darüber in Kenntnis setzt, dass der VERLAG (KOCHEN MIT GAS) beschlossen hat, den Vertrag für SONNENGEKÜSST: MIT LIEBE FRISCH VOM FELD und die beiden ausstehenden, noch unbenannten Kochbücher angesichts der mangelnden moralischen Verantwortung seitens der Autorin aufzulösen.

Um rechtliche Schritte zu vermeiden, ersuchen wir Sie um Rückerstattung des bereits geleisteten Vorschusses bis zum Montag, den 1. Juli, auf unser Konto …

Mein Herz begann zu rasen. Nach dem Kauf der Wohnung und den Renovierungsarbeiten war der Vorschuss für die Kochbücher so ziemlich das einzige Geld, das Danny und ich noch auf der Bank hatten.

Ich antwortete etwas verzweifelt:

Louis, bitte tu das nicht! Lass uns doch wenigstens erst treffen und miteinander reden?

Er antwortete umgehend.

Ich habe mit Ryan gesprochen. Und mit Danny. Es gibt nichts zu reden. Mach's gut.

Louis war zu professionell, um etwas Persönliches zu erwidern, aber ich konnte dem Unterton entnehmen, wie verletzt er war. Immerhin hatte auch er gestern Abend all diese Dinge über mich erfahren. Mir fiel ein, wie ich ihm einmal in seinem Büro Geschichten über meine Kindheit auf dem Bauernhof erzählt hatte: Wie ich mit meinem Vater zusammen Tomaten auf dem Feld pflückte und Erdbeermarmelade einkochte. Ich wand mich innerlich vor Scham, als ich an die Postkarte dachte, die ich ihm geschenkt hatte, von einem kleinen Mädchen, das Erdbeermarmelade zubereitete, und die er auf seinem Schreibtisch stehen hatte.

Violet tauchte, mit einer Kiste beladen, hinter mir auf und las über meine Schulter hinweg mit. »Das klingt gar nicht gut.«

Ich seufzte.

»Was willst du jetzt tun?«

Ich schüttelte den Kopf, während die Wut in mir hochköchelte. »Ich kann dir aber sagen, was ich nicht tun werde. Ich werde auf keinen Fall den Vorschuss zurückzahlen.«

Violet lächelte beeindruckt. »Echt?«

»Ohne den Vorschuss bin ich nicht mehr flüssig. Mit der neuen Wohnung und der Gründung von Dannys Architekturbüro …«

»Dann tu es einfach nicht! Ein Freund von mir ist Autor und schon zehn Jahre zu spät mit seinem Manuskript, und er hat noch keinen Cent zurückgezahlt …«

»Ich bezweifle stark, dass du Freunde hast, die alt genug sind, um an irgendwas zehn Jahre gearbeitet zu haben.«

»Vielleicht waren es auch nur fünf oder so.« Sie verlagerte

die Kiste in ihren Armen etwas höher. »Sieh es doch mal so: Was glaubst du, wird Louis tun? Dich vor Gericht zerren? Deine Konten einfrieren?«

Ich wandte mich wieder dem Bildschirm zu und rief das gemeinsame Bankkonto von Danny und mir auf. Und da war das Geld noch immer – in Sicherheit und unberührt.

Sie hatte recht. Louis würde sich beruhigen. Nachdem er etwas Zeit gehabt hatte, alles zu verdauen, würde ich mich wieder bei ihm melden und ihn davon überzeugen, dass es einen Weg für uns gab, unbeschadet aus der Sache rauszukommen. Er könnte eine ganz andere Art von Kochbuch veröffentlichen, irgendwas mit dem Anstrich einer wahren Geschichte. Irgendeine Story darüber, wie ich hier gelandet war.

»Soll ich die Produktionsassistenten wieder reinrufen, damit sie weiterpacken können?«

Ich schüttelte den Kopf. »Ich muss erst noch ein paar Mails schreiben.«

»Okay, und was soll ich tun?«

»Finde heraus, wer dahintersteckt. Du hast fünf Minuten«, erwiderte ich.

Sie lachte, aber ich meinte es vollkommen ernst. Wenn wir herausbekamen, wer der Hacker war, könnten wir einen Weg finden, die Geschichte zu unseren Gunsten zu drehen, sodass ich nicht mehr als der Bösewicht dastünde.

»Ich habe tatsächlich ein paar Nachforschungen zu den *AintNoSunshine*-Mails angestellt«, verkündete sie. »Sie wurden definitiv aus New York abgeschickt. Es muss also jemand aus der Stadt sein.«

»Ganz tolle Arbeit … du hast also die Anzahl der verdächtigen Hacker auf neun Millionen reduziert?«

»Immerhin *habe* ich sie reduziert!«

Ich hatte keine Zeit für ihre Befindlichkeiten, daher überging ich den beleidigten Ton einfach. »Du hast es also über die IT-Schiene versucht, ja?«

Sie setzte sich auf einen Barhocker und ließ die Akten auf den Küchentresen fallen. »Genau.«

»Lass uns die Sache mal anders angehen. Wer sind die möglichen Übeltäter?«

Sie nickte nachdenklich. »Na ja … wen gibt es, der dich gerne ein, zwei Stufen vom Siegertreppchen stoßen würde?«

»Ich denke, die Frage ist vielmehr: Wer verfügt über die Möglichkeiten, es zu tun?«

Etwas flackerte kurz über ihr Gesicht. Ich hatte sie nicht beschuldigen wollen, aber plötzlich schien es, als befürchtete sie, ich könne gewisse Teile dieses Puzzles miteinander verknüpfen.

Also zählte ich eins und eins zusammen. Wer hatte Zugang zu all den Infos und meinen Accounts? Violet und Ryan. Und Violet konnte bei dieser Sache nur gewinnen. Sie wollte schon immer ihre eigene Show haben. Und tat sich jetzt nicht eine Lücke im kulinarischen YouTube-Universum auf? Eine Lücke, die förmlich danach schrie, von einer eins achtzig großen, rothaarigen Veganerin ausgefüllt zu werden?

Sie legte den Kopf schräg. »Warum schaust du mich so an?«

»Wann hat Ryan dir erzählt, dass er eine Blitzumfrage gemacht hat?«

»Wie bitte?«

»Du hast gesagt, dass sie eine Blitzumfrage durchgeführt haben. Ryan ist der Einzige, von dem du es wissen kannst.«

Sie schwieg einen Moment. »Nach dem ganzen Drama gestern hat er mir erzählt, dass er dabei sei, etwas Neues aufzuziehen, und er hat mir einen Job angeboten.«

»Und was hast du gesagt?«

Sie lachte verlegen. »Ich habe Ja gesagt. Deswegen bin ich jetzt auch hier in deinem Studio. Um dir zu helfen, die Aktenberge aufzuräumen.«

»Violet, hast du das getan?«

»Dich *gehackt?* Ich tu jetzt einfach mal so, als hättest du das nicht gesagt«, erwiderte sie.

»Dir ist schon klar, dass das keine Antwort ist, ja? Wirst du für Ryan arbeiten?«

»Das ist echt unglaublich«, empörte sie sich. »Ich hatte eigentlich vor, dir eine Woche zu geben. Dir dabei zu helfen …, ich weiß auch nicht … herauszufinden, wer hinter der Sache steckt, und einen Ort zu finden, wo du eine Weile untertauchen kannst. In Tulsa oder weiß der Henker, wo! Aber diesen Mist hier habe ich echt nicht nötig. Ich bin so was von raus aus der Sache.« Sie griff nach der Aktenkiste.

»Also wirst du für Ryan arbeiten.«

»Ich werde ganz bestimmt nicht mit diesem beschissenen Schiff untergehen, so viel ist sicher. Ist dir eigentlich klar, dass ich keine fünf Sekunden, nachdem die Fotos gestern gepostet wurden, ein halbes Dutzend Angebote auf dem Tisch hatte? Inklusive dem von Ryan?«

Ich funkelte sie an, ließ mich durch ihren hysterischen

Anfall jedoch nicht von dem ablenken, was sie nicht aussprach.

Violet ging zur Tür. »Tatsächlich habe ich geglaubt, dass du einen Weg finden würdest, die Sache geradezubiegen. Sieht ganz so aus, als hätte ich mich getäuscht. Du stehst ganz allein auf einem sinkenden Schiff, Sunny. Und obwohl ich nichts mit dem Hacker-Angriff zu tun hatte, ist dieser Typ, der das getan hat, seit gerade eben mein gottverdammtes persönliches Idol!«

Mit diesen Worten stürmte sie aus der Tür und nahm die Aktenkiste mit sich.

9

Einer der ersten längeren Artikel über meine Show wurde damals auf einem Blog des *New York Magazine* veröffentlicht.

Wenn ich mich recht entsinne, betitelten sie den Artikel ungefähr so: *Sunshine Mackenzie verkuppelt den Mint Julep mit einer Süßkartoffel-Pie*. Es war ein recht treffender Titel, da ich dem Journalisten, der mich eine Woche lang begleitete, von einer kleinen Brooklyn-Kneipentour mit Danny berichtet hatte, bei der ich den besten Mint Julep New Yorks ausfindig machen wollte: frisch, köstlich und mit einer leichten Süße. Das Getränk der Träumer.

Insgeheim hasste ich Mint Julep. Aber Ryan gefiel die Bezeichnung »Getränk der Träumer«, also entschieden wir uns dafür, obwohl ich den Cocktail allgemein zu pappig und schwer fand und von ganzem Herzen überzeugt war, dass ein anständiger Bourbon nur mit etwas Eis getrunken werden sollte und sonst nichts.

Nach meinem Streit mit Violet und fünf Stunden Packen verließ ich das Studio in einem mit Kisten vollgeladenen Taxi und fuhr auf direktem Weg nach Red Hook, zu der alten Grill-Bar, in der ich früher gearbeitet hatte, um mir ungestört einen Bourbon auf Eis zu gönnen.

Während der Taxifahrer draußen wartete und dabei fröhlich seinen Taxameter laufen ließ, saß ich auf einem Hocker in der Ecke und lauschte dem einzigen anderen Frühschopper an der Theke – einem großen tätowierten Kerl namens Sidney, der Glas für Glas mit mir mithielt, während er mich lang und breit mit seinem Hochzeitsplaner-Business vollquasselte.

»Heute Abend beispielsweise habe ich eine iranische Hochzeit, drüben auf den Chelsea Piers«, erzählte er. »Fünfhundert geladene Gäste.«

»Und du bist ernsthaft Hochzeitsplaner?«, fragte ich.

»Ich scheine nicht so der Typ dafür, was? Ursprünglich war es das Geschäft meiner Exfrau, nach der Hochzeit haben wir es gemeinsam geführt, und dann habe ich es ihr bei der Scheidung abgeknöpft.«

»Warum?«

Er zuckte die Achseln. »Weil ich es konnte. Was arbeitest du?«

»Nichts mehr.«

Er nahm einen Schluck. »Und was hast du davor getan?«

»Gelogen.«

Bevor ich zum nächsten Teil komme, sollte ich eins klarstellen: Ich weine nie. Ich bin keine dieser Heulsusen. Verdammt, ich bin noch nicht mal jemand, der leise herumschnieft, wenn gerade niemand hinschaut. Dannys Vater starb während einer sechsstündigen OP im Krankenhaus; als der Arzt rauskam, um es uns mitzuteilen, verlor die gesamte Familie die Fassung – alle außer mir. Versteht mich nicht falsch, ich habe Dannys Vater geliebt – an manchen

Tagen womöglich mehr als Danny selbst –, aber ich vergoss keine Träne. Stattdessen nahm ich sie alle einmal fest in den Arm, brachte Danny nach Hause, und als er schließlich eingeschlafen war, ließ ich meinen Kummer raus, indem ich eine große Runde laufen ging – zwei ganze Stunden, während derer ich wie betäubt vor mich ins Leere starrte.

Doch jetzt saß ich an dem Ort, wo das ganze Schlamassel seinen Anfang genommen hatte, und begann zu heulen – dicke, schrecklich alberne Tränen. Und das vor der Nase eines peinlich berührten Sidney, der dem Barkeeper einen Wink gab.

»Zahlen bitte!«

Später, es war bereits Abend, saß ich sternhagelvoll auf der Schwelle vor meiner Haustür, während sich um mich herum die höllisch schweren Pappkartons stapelten, die alles enthielten, was mir als Erinnerung von meinem Arbeitsleben geblieben war.

Ich wusste, dass ich mich besser fühlen würde, sobald ich mich nach oben in die tröstliche Umgebung meiner Wohnung geflüchtet hätte – aber das zu wissen und das ganze Zeug die Treppen hochzuschleifen waren zwei Paar Stiefel. Der Taxifahrer hatte keinerlei Interesse gezeigt, mir beim Schleppen zu helfen, weswegen ich blieb, wo ich war, vor mich auf den Bürgersteig starrte und meine Hacken zusammenschlug wie Dorothy aus der *Zauberer von Oz,* in der stummen Hoffnung, jemand möge erscheinen und mich nach Hause bringen.

»Ich glaub's ja nicht! Sunny?«

Ich sah auf und erblickte Amber (aka *Tollster Toast der Stadt*), die auf mörderischen Absätzen und in einem atemberaubenden schwarzen Kleid meine Straße entlanggestöckelt kam, selbstverständlich mit den obligatorischen Smokey Eyes, dem Inbegriff des New Yorker Chics.

So gering meine Freude war, Amber zu sehen, so groß schien ihre Begeisterung.

»Ich dachte mir schon, dass du es bist«, trällerte sie. »Was tust du hier?«

Ich kramte betrunken nach meinen Schlüsseln und war plötzlich überaus motiviert, die Treppen zu meiner Wohnung zu erklimmen und im Zweifelsfall die Kisten unten stehen zu lassen.

»Ich wohne hier«, erwiderte ich.

Sie neigte den Kopf, als versuche sie, sich zu erinnern. »Hier wohnst du? Eigentlich sollte ich es ja wissen ... Ich war schon mal hier, nicht?«

Ich nickte, wobei mir Ambers Nervosität auffiel und ihre übertriebene Erklärung, dass sie sich an meine Wohnung erinnern müsste.

»Wirklich ein Jammer, das mit deiner Show und überhaupt«, fuhr sie fort. »Hast du meinen Tweet gesehen?«

»Ja, habe ich. *Danke schön.*«

»Keine Ursache. Wie geht es jetzt weiter?«

»Nicht gut.«

Sie verzog das Gesicht, um ihre künstliche Anteilnahme auszudrücken. »Ich verstehe einfach nicht, warum jemand dir so etwas antun sollte! Ich habe vorhin erst mit Louis gesprochen, und er sagte – wir beide sagten –, dass du es nicht verdient hast, auf solche Art und Weise bloßgestellt zu werden. Ich meine, ganz unabhängig davon, was du getan hast.«

Ich horchte auf. »Du hast mit Louis gesprochen?«

»Nun, ja. Wir sind gerade dabei, ein Kochbuch zusammenzustellen. *Träume mit Toast.*«

»Ach ja?«

Sie zuckte die Achseln. »In der Verlagsvorschau wurde überraschend ein Programmplatz frei. Findest du, *Träume mit Toast* klingt zu lieb? Wir sind gerade ziemlich in Eile, um das Buch rechtzeitig herauszubringen, aber ich bin mir einfach nicht schlüssig, ob ich es genial finden soll oder nicht. Louis findet, der Titel hat was, und er kennt sich bestens damit aus, aber … ach, ich weiß auch nicht …«

Schlagartig war ich nüchtern und betrachtete Amber aufmerksam. »Wohin, sagtest du gleich, gehst du heute Abend?«

»Ach, ich treffe mich nur mit meinem Freund zum Abendessen.«

Sie deutete die Straße runter, wie um zu beweisen, dass das Restaurant existierte. Aber es war ganz klar, dass sie nirgendwohin zeigte. Mein Block war recht überschaubar und – zumindest für New Yorker Maßstäbe – weit weg von allem: von Restaurants, Taxis und Geschäften. Es war eine gute Gegend, um von hier irgendwohin zu gelangen, aber ganz gewiss keine Gegend, in der man landete, um einen tollen Abend zu verbringen.

»Und? Bist du noch eifrig dabei herauszufinden, wer hinter dem Hack steckt?«

Ich starrte sie an, ohne auf ihre Frage zu antworten.

»Weißt du, das ist genau der Grund, warum ich mir Mühe

gebe, stets nett zu sein«, fuhr sie fort. »Ich bin zu allen nett, damit niemand auf die Idee kommt, mich derart fertigzumachen.«

Und da traf mich die Erkenntnis wie ein Vorschlaghammer. Ich hatte geglaubt, dass es Violet oder Ryan gewesen wären. Doch es war Amber, die am meisten davon profitierte, wenn sich eine Lücke im Fahrwasser von *A Little Sunshine* auftat. Darum also trieb sie sich hier in meiner Straße herum – meiner friedlichen, kaum frequentierten Straße in Tribeca. Sie konnte nicht anders; sie war wie einer dieser Serienkiller, die zum Ort des Verbrechens zurückkehrten. Sie musste sich an meinem Unglück weiden.

»Du warst es.«

»Entschuldigung, wie bitte?«

»Du steckst hinter dem Hack«, sagte ich.

Sie lachte, ein ganz und gar unnatürliches Lachen: schrill, quietschig und viel zu angestrengt. »Hast du etwa getrunken? Ich habe nichts mit der Sache zu tun. Ich meine, was um alles in der Welt hätte ich damit gewonnen?«

»Meinst du das ernst?«

»Okay, wenn ich jetzt so darüber nachdenke, vielleicht ein bisschen was«, erwiderte sie und versuchte, das Zucken um ihre Mundwinkel zu unterdrücken.

Es war geradezu bizarr, ihr dabei zuzuschauen, wie sie sich bemühte, ihre Unwissenheit zu beteuern, während sie zugleich in ihrem Triumph schwelgte. Manchmal hindert Alkohol einen daran, die Dinge in einem klaren Licht zu sehen, doch ich glaube, in diesem Fall half er mir zu erkennen, wie dumm und oberflächlich das alles war – jede Zwistigkeit, die Amber zwischen uns zu sehen meinte, all die Dinge, die sie dazu brachten, mein Leben zu zerstören.

»Trotzdem bin ich unschuldig«, sagte sie.

Unschuldig. Wenn sie wirklich unschuldig wäre, hätte sie dann nicht gesagt: Ich habe nichts mit dieser Sache zu tun? *Unschuldig* war ein Wort, das man wählte, wenn einem eigentlich ein anderes Wort auf der Seele lastete: *schuldig*.

Ich griff nach ihrem Arm und packte ihn fest – fester als ich je jemanden angefasst hatte. »Würdest du einfach nur ehrlich sein?«

Amber bedachte mich mit einem schmallippigen Lächeln und entfernte meine Hand von ihrem Arm. »Du willst also Ehrlichkeit? Wie überaus ironisch!« Doch dann wich ihr falsches Lächeln etwas anderem, etwas Düsterem, und ich sah es in ihren Augen aufblitzen: ihre wirklichen Gefühle mir gegenüber – die schwelende Konkurrenz, die Eifersucht und noch etwas anderes, etwas Hässlicheres. »Ich müsste lügen, würde ich behaupten, dass ich es nicht genossen habe, deinen Absturz mitanzusehen. Zumal du dich ohnehin nur hochgeschlafen hast, so wie ich immer vermutet habe.« Sie hielt einen Moment inne. »Die Wahrheit ist doch, dass Leute wie du uns echte Köche in Verruf bringen … uns, die wir tatsächlich etwas bewirken wollen.«

»Amber, du machst Toastbrote. Das ist dir schon klar, oder?«

Ihr Handy plärrte mit einem nervtötenden Popsong los.

»Merk dir, wo wir stehen geblieben sind.« Sie ging ran. »Hallo?«, meldete sie sich. »Ja, ums Eck, an der Apotheke.« Ich folgte ihrem Blick zu einem Taxi, das die Greenwich

Street runtergefahren kam. »Da kommt schon mein Freund«, verkündete sie.

Das Taxi hielt direkt vor uns, und heraus stieg ein großer, gutaussehender Typ in Jeans und T-Shirt.

»Hi, Amber«, begrüßte er sie.

»Hallo, mein Süßer.«

Ich brauchte einen Moment, um ihn zu verorten.

Er war der Kameramann, der den »Hinter den Kulissen«-Beitrag für *A Little Sunshine* gedreht hatte. Der, auf den Ryan eifersüchtig gewesen war. Der, den er gefeuert hatte.

Er brauchte genauso lange, und seine Augen weiteten sich, als er mich erkannte. »Heilige Scheiße«, entfuhr es ihm. »Hi …«

Mein Herz begann zu klopfen. Ich winkte nur schwach und sagte gar nichts.

Amber blickte zwischen uns hin und her und genoss ihren Moment sichtlich. »Ach, stimmt ja! Kennt ihr euch beide nicht? Charlie hat ein paar Tage für dich gearbeitet … nein, warte, eigentlich nur einen Tag, weil du ihn gefeuert hast.«

Charlie warf Amber einen Blick zu. »Amber, was soll das?«

»Ich hatte keine Ahnung, dass er dein Freund ist«, sagte ich mit gedämpfter Stimme.

»Jetzt weißt du es.« Und wie um das zu unterstreichen, streckte sie sich zu ihm und küsste ihn auf den Mund. »Sunny und ich haben uns gerade erst darüber unterhalten, wie vorsichtig man sein muss. Zu wem man nett ist und wen man feuert. Vor allem, wenn man jemanden feuert, nur weil derjenige versucht, seiner Freundin treu zu bleiben.«

»Ryan hat ihn gefeuert.«

»Weil du ihn darum gebeten hast«, erwiderte sie.

Ich schaute sie ungläubig an. So war es überhaupt nicht gewesen. Aber Amber würde mir ohnehin nicht glauben. Das war das Problem als Lügnerin – niemand traute deiner Wahrheit.

Charlie berührte ihre Schulter. »Amber, ich würde jetzt gerne los.«

Sie küsste ihn auf die Wange. »Stimmt, wir haben einen Tisch reserviert.«

»Ach ja. In dem Restaurant, an dessen Namen du dich nicht erinnerst? Wie werdet ihr es bloß jemals finden?«

Sie lächelte süßlich. »Das kriegen wir schon hin.«

Sie nahm Charlies Hand, und gemeinsam schlenderten sie den Bürgersteig entlang.

Doch dann drehte Amber sich noch einmal um. »Übrigens ... wenn du diese Person fragen würdest – ich meine die, die das getan hat –, ich glaube, sie würde sagen, dass es weniger um Rache ging, sondern vielmehr um etwas ganz anderes.«

»Und das wäre?«

»Loyalität.«

10

Bei Dannys neuer Baustelle handelte es sich um ein wunderschönes Apartment an der Ecke 65th Street/Central Park West. Er sollte das komplette Penthouse umgestalten: ein 460-Quadratmeter-Traum samt Kamin, deckenhohen Fenstern und einem rundum verlaufenden Balkon. Ich tauchte am nächsten Vormittag kurz nach zehn in Dannys Lieblingskleid dort auf, einem gelben, knallengen Teil, von dem ich fand, dass es mich aussehen ließ wie eine überdimensionierte Tulpe, das er jedoch an mir mochte. Ob er es jetzt immer noch mögen würde, war fraglich.

Hatte ich genug Mumm, ihm vor die Augen zu treten? Ja. War es ein Himmelfahrtskommando? Ja. Zu meiner Verteidigung musste ich sagen, dass er zwei Nächte gehabt hatte, um sich zu beruhigen. Er hatte zwei Nächte gehabt, um die Information zu verarbeiten, dass das, was auch immer mit Ryan gelaufen war, nicht mehr lief. Außerdem konnte es unmöglich mit dem konkurrieren, was zwischen uns war.

Die Wohnung sah aus, als würde sie schon viel länger umgebaut als nur zwei Tage – die weißen Eichenholzböden waren bereits verlegt, die Wände mit Steinplatten getäfelt. Doch bevor ich weiter darüber nachdenken konnte, erblickte ich auch schon Danny.

Er stand mit seinem Schutzhelm auf dem Kopf auf dem Balkon und unterhielt sich mit seinem Bauleiter Ralph. Die beiden waren tief in ihr Gespräch versunken, was es mir ermöglichte, mich unbemerkt nach draußen zu schleichen.

Ralph sah mich noch vor Danny. Der fünfundsechzigjährige Ralph, der schnell wieder wegschaute und rot anlief. Wahrscheinlich hatte er das Foto gesehen – das Nacktfoto. Was bedeutete, dass es jeder gesehen hatte.

Ralph stupste Danny an, der verwirrt aufblickte. Er versuchte gar nicht erst zu verbergen, wie sauer er war, mich hier zu sehen, während Ralph bereits den Rückzug antrat und offenbar nicht schnell genug fortkommen konnte.

»Setz ihr einen Schutzhelm auf, Danny!«, rief er noch.

Danny griff unter das Balkongeländer, zog einen Helm hervor und reichte ihn mir.

»Nicht dass du so lange hierbleiben wirst, um ihn zu brauchen, aber wir müssen uns nicht schon am ersten Tag eine Geldbuße einhandeln.«

Normalerweise hätte ich mich beschwert, aber heute setzte ich ihn schnell auf. »Tut mir leid, dass ich einfach so hier auftauche.«

»Offenbar nicht leid genug, um es bleiben zu lassen«, erwiderte er.

So viel zu meiner Theorie, zwei Tage würden seinen Zorn dämpfen.

»Hast du schon mit Sheila gesprochen?«, fragte er.

Alle meine Alarmglocken schrillten. Sheila war unsere

Anwältin, unsere private Anwältin; nebenher kümmerte sie sich noch um Dannys Projektverträge.

»Nein«, antwortete ich knapp.

»Sie hat versucht, dich telefonisch zu erreichen …«

»Ich werde mich bei ihr melden, aber zuerst muss ich mit dir reden.«

Danny schien genervt. »Nein, du solltest wohl eher mit Sheila reden.«

Ich ignorierte ihn und schoss einfach los. »Es war Amber.«

»Was war Amber?«

»Sie steckt hinter dem Hack. Gestern Abend ist sie vor unserer Wohnung aufgetaucht, um es zu gestehen. Nein, nicht um es zu gestehen, sondern um es mir genüsslich unter die Nase zu reiben.«

Er schien verwirrt. »Warum sollte sie so etwas tun?«

»Meinst du jetzt, mein Leben ruinieren, oder es mir unter die Nase reiben?«, fragte ich. »Beides wahrscheinlich aus denselben Gründen. Eifersucht. Konkurrenzdenken. Immerhin hat sie sich schon meinen Buchvertrag unter den Nagel gerissen.«

Ich konnte ihm förmlich ansehen, wie er diese neue Information verarbeitete, unsicher, was er damit anfangen sollte. Danny hatte Amber noch nie gemocht, da er sie für hinterlistig und falsch hielt. Ich versuchte mich damit zu trösten, bis mir klar wurde, dass es wohl genau das war, was er jetzt auch von mir dachte.

»Was glaubst du …? Wie hat sie sich Zugang zu deinen Accounts verschafft?«

»Ihr Freund hat kurze Zeit für uns gearbeitet. Er war da, als die Fotos gemacht wurden. Die meisten zumindest.«

Danny runzelte die Stirn, als würde ihm etwas dämmern. »Welche Rolle spielt er bei der Sache?«

Ich setzte zu einer Antwort an, aber er hob seine Hände, um mich zu stoppen.

»Nein, vergiss es. Es interessiert mich nicht.« Er hielt herausfordernd meinem Blick stand – sollte ich es doch wagen, ihm zu widersprechen. Ich hatte hier kein Mitleid zu erwarten. Weder für das, was Amber mir angetan hatte, noch für die Auflösung meines Buchvertrags, den Streit mit Violet oder die Neuigkeiten von Meredith und Ryan. Danny wollte das alles nicht hören. Er wollte gar nichts. Außer dass ich verschwand.

Sein Walkie-Talkie krächzte los; jemand am anderen Ende der Leitung forderte seine Aufmerksamkeit. Er griff danach. »Ich muss los«, sagte er.

»Danny, bitte, wenn du … wenn du mir einfach nur erlauben würdest zu erklären, wie es so weit mit uns kommen konnte.«

Er stutzte. »Du willst erklären, wie es so weit mit uns kommen konnte?« Er schüttelte den Kopf, als sei dies das Letzte, was er hören wollte. Doch dann brach es aus ihm heraus. »Weißt du, Sunny, ich habe die letzten Nächte damit verbracht, das alles zurückzuverfolgen: *Wann war das letzte Mal, dass Sunny mir die Wahrheit gesagt hat? Das letzte Mal, dass sie sie selbst war?* Das war es, was mir keine Ruhe gelassen hat.«

»Wie meinst du das?«

»Damals glaubte ich, es wäre keine große Sache. Irgendein Produzent zahlt dir ein bisschen Geld dafür, dass du das neue Werbegesicht für ein paar Rezepte mimst. Ich meine, es war mir scheißegal. Ich habe nie auch nur eine Sekunde darüber nachgedacht, ob Lucinda Roy sich ihre Rezepte selbst ausdenkt.«

»Das ist nicht ihr Name«, flüsterte ich überflüssigerweise.

»Der Punkt ist doch der: Wen juckt's? Es ist nur ein Rezept. Es ist nur eine dämliche Lifestyle-Internetshow.«

Für einen Moment flackerte Hoffnung in mir auf. »Aber das ist doch genau das, was ich versuche, dir zu sagen! Das alles wird unverhältnismäßig aufgebauscht.«

»Nein, Sunny, du hörst mir nicht zu. Niemand wird von einem Tag auf den anderen ein schlimmer Mensch. Es passiert in ganz kleinen Schritten. Und die erste kleine Lüge, sie hat den Weg geebnet. Sie hat dich dazu gebracht, eine Menge großer Lügen zu erzählen.«

»Das ist nicht wahr! Bei den wichtigen Sachen habe ich nie gelogen.«

»Ach, wirklich? Vielleicht sollten wir Ryan herbitten, um das Ganze im Detail zu klären.«

Vielleicht hätte ich mich schuldig fühlen sollen. Ich war schuldig. Ich hatte mit Ryan geschlafen. Es war ein Fehler. Aber das war mir sofort klar gewesen. Und mir war noch etwas anderes klar geworden, und zwar, wie sehr ich Danny liebte. Darum fühlte ich mich in diesem Moment auch überhaupt nicht schuldig. Stattdessen war ich wütend. Ich war wütend, weil ich mich für Danny entschieden hatte – und er gerade genau das Gegenteil tat.

»Es muss schön sein, wenn man selbst so ganz ohne Fehler ist«, sagte ich. »Kannst du denn nicht sehen, dass ich hier das Opfer bin?«

»Ach, stimmt ja! Amber hat dir das angetan. Amber hat sich ausgedacht, wo du herkommst. Amber hat so getan, als wären Merediths Rezepte ihre. Amber ist fremdgegangen mit …« Er verstummte, zu aufgebracht, um den Namen auszusprechen. Sein Walkie-Talkie krächzte los. »Lass den Helm neben dem Aufzug liegen«, sagte er und wandte sich zum Gehen. Dabei wollte ich ihn verzweifelt aufhalten, damit er mir zuhörte – zweifellos war dies der schlechteste Moment überhaupt, um ihn zum Zuhören zu bewegen. Trotzdem, ich konnte ihn nicht einfach so gehen lassen.

»Ich bin immer noch ich, weißt du?«

»Und wer genau soll das sein?« Er drehte sich zu mir um – einen Moment hatte ich das Gefühl, als täte sich eine Möglichkeit auf, als könnte dies der Beginn eines Gesprächs sein, nicht das Ende. Aber noch bevor ich durch diesen schmalen Spalt schlüpfen konnte, schüttelte er den Kopf. »Es spielt keine Rolle. Es spielt keine Rolle, ob du irgendwo tief in dir drin glauben möchtest, dass du immer noch die Frau bist, in die ich mich verliebt habe. Denn die bist du heute nicht mehr.«

»Ich … ich bin nur etwas vom Weg abgekommen.«

Er lachte. »Ach, das war es also?«

»Hasst du mich denn so sehr?«

»Nein. Ich hasse dich nicht.« Er sah mir in die Augen, und es lag beinahe so etwas wie Wärme in seinem Blick. »Ich kenne dich einfach nur nicht mehr.«

Dann ließ er mich stehen.

11

Ich kehrte zu Fuß nach Hause zurück. Ich ging die Central Park West entlang, lief einen Bogen um den Columbus Circle, folgte dem geschwungenen Lauf des Hudson River Greenway, den ganzen langen Weg bis nach Tribeca. Ich benötigte mehrere Stunden. Es war nicht das erste Mal, dass ich zu Fuß durch die Stadt wanderte. Aber es war womöglich das erste Mal, dass ich mich den ganzen Weg über auf die blinkenden Taxilichter im Kreisverkehr vor dem Time Warner Center konzentrierte, auf die glitzernden Lichter der Chelsea Pier; darauf, wie hübsch Jersey über den Fluss hinweg aussah. Ich sah alles und nahm alles in mich auf. Es war, als enthielte einer dieser Orte die Antwort darauf, wie ich den Lauf der letzten Tage umdrehen könnte – um mir meine Karriere zurückzuholen, um mich Danny wieder zu nähern, statt mich immer weiter von ihm wegzubewegen.

Als ich die Wohnung betrat, hörte ich das Telefon klingeln. Kein Mensch auf dieser Welt hatte noch einen Festnetzanschluss, bis auf Danny. Ich spürte, wie mich Erleichterung durchströmte. Ich wusste, dass er nicht anrief, um mir zu sagen, dass er mir vergeben hatte; aber vielleicht, dass es ihm leidtat, dass er so hart zu mir gewesen war. Und allein das fühlte sich wie ein echter Neuanfang an.

Ich hob ab. »Danny?«

»Nein, ich bin's, Sheila.«

Sheila. Unsere Anwältin. Dannys Worte schwirrten mir im Kopf herum. Und das Wort, das ich nicht aus ihrem Mund hören wollte: *Scheidung*.

Ich blickte auf die Uhr. »Sheila, kann ich dich morgen zurückrufen? Es ist schon ziemlich spät.«

»Es ist spät, weil ich den ganzen Tag versucht habe, dich auf dem Handy zu erreichen, aber deine Mailbox ist voll. Und nein, es kann nicht bis morgen warten. Es ist dringend.«

»Wenn du mit *dringend* meinst, dass du anrufst, um mir zu sagen, dass Danny die Scheidung eingereicht hat, dann kann das definitiv bis morgen warten.«

»Nein, er hat nicht die Scheidung eingereicht.«

Ich atmete erleichtert auf.

»Weil der Bundesstaat New York dem Gesetz nach ein Jahr der Trennung von Tisch und Bett verlangt, bevor man die Scheidung einreichen kann. Das hat er beantragt.«

»Wie schön«, erwiderte ich schnippisch.

»Aber das ist auch nicht der Grund, warum ich anrufe«, fuhr Sheila unbeirrt fort. »Ist dir bewusst, dass dein Verleger die Rückerstattung deines Vorschusses verlangt?«

Sheila war unsere private Anwältin; sie hatte rein gar nichts mit meinen Geschäften zu tun. »Woher weißt du das?«

»Das Geld wurde auf euer gemeinsames Konto eingezahlt; daher haben wir einen Schrieb vom Verlag bekommen, dass Danny, falls er das Geld anrührt, ebenso haftbar gemacht werden kann.«

Ich lachte. »Das ist doch nur leeres Geschwätz, Sheila. Sie müssten uns erst verklagen, um an das Geld ranzukommen, und das würde Louis niemals machen. Das würde zig Jahre und Rechtsanwälte erfordern; den Stress wird er sich nicht antun. Er ist im Moment nur etwas wütend, aber er ist nicht der Typ für so was. Louis wird sich beruhigen.«

»Wie dem auch sei, ich habe Danny geraten, das Geld zurückzuzahlen ...«

»Vielen Dank auch für die Loyalität.«

»... und das hat er getan«, beendete sie ihren Satz.

»Was hat er getan?«

»Wir haben den Betrag heute Mittag an den Verlag zurücküberwiesen.«

Ich war der Ohnmacht nahe. Das war alles Geld, das wir besaßen. Was bedeutete, dass wir keinen müden Cent mehr hatten, um die Hypothek zu bezahlen. Oder die sechsstellige Rechnung auf meiner Kreditkarte. »Was hast du da gerade gesagt?«

»Ich weiß, dass sich das negativ auf dein Barvermögen auswirkt.«

»Das *war* unser Barvermögen.«

»Nicht mehr lange«, sagte sie. »Es gibt bereits ein Angebot für eure Wohnung; und der Käufer, der im Übrigen recht großzügig ist, will sie sofort übernehmen.«

Ich sah mich in der Wohnung um – das letzte bisschen Trost und Geborgenheit, das mir geblieben war. »Das ist nicht möglich.«

»Das wird es wohl sein müssen«, erwiderte sie. »Danny möchte alle gemeinsamen Vermögenswerte so schnell wie möglich aufteilen. Und die Wohnung ist der größte davon.«

»Er kann nicht einfach so unsere Wohnung verkaufen!«

»Tatsächlich kann er das – die Hypothek läuft auf seinen Namen. Wenn ich mich recht erinnere, ging es dabei darum, *A Little Sunshine* vor etwaigen Forderungen zu schützen.«

Sie hielt einen Moment inne; vielleicht weil sie es in meinem Schweigen hören konnte – das absolute Entsetzen.

»Es ist ein wirklich gutes Angebot«, sagte sie jetzt etwas sanfter.

»Wir leben in der besten Straße von Tribeca«, erwiderte ich. »Natürlich ist es ein gutes Angebot.«

Sie überging meine Bemerkung. »Ich stand schon den ganzen Tag mit dem Anwalt des Käufers in Kontakt. Um die Besichtigungen und alles so schnell wie möglich über die Bühne zu bringen, muss die Wohnung bis zum Wochenende geräumt sein.«

»Nein, Sheila … das passiert alles viel zu schnell.«

»Nun, laut Internet passiert das Ganze schon fast ein Jahrzehnt.«

»Ich leg jetzt auf«, murmelte ich, um mir das letzte bisschen von … ich weiß auch nicht was, zu bewahren.

»Hör zu, das ist nicht das Ende der Welt. In sechzig Tagen wirst du deine Hälfte des Verkaufserlöses erhalten haben und dir davon eine neue Wohnung in New York besorgen können.«

»Und in der Zwischenzeit?«

»Danny meinte, du kannst gern alle Möbel mitnehmen, die du möchtest. Aber bis zum Wochenende müssen sie weg sein.«

»Ich habe aber buchstäblich keinen Ort, wo ich hinkönnte.«

»Jeder hat einen Ort, wo er hinkann«, sagte sie.

Dann legte sie auf.

Juli

12

Es gab damals drei Überlegungen, von denen ich abhängig machen wollte, für welche Uni ich mich entschied. Die erste war, welche bereit war, ein Stipendium zu zahlen: Die Universität von Oregon, die UCLA und die Brown waren die Spitzenreiter. Die zweite Überlegung war, wie schwierig es wäre, von meinem Heimatort hinzukommen. Für die Brown müsste ich lediglich die Fähre nehmen und ein relativ kurzes Stück mit dem Auto fahren, also schied sie von Anfang an aus. Die UCLA wiederum war eine Autofahrt und eine lange Flugstrecke entfernt; aber wenn man die richtigen Freunde in Hollywood traf – diejenigen, welche den Sommer in den Hamptons verbrachten und ein Propellerflugzeug besaßen, war es kein Problem.

Aber von Oregon zu mir nach Hause hatte man eine Autofahrt, einen Flug und dann noch mal eine längere Autofahrt vor sich. Vierzehn Stunden von Tür zu Tür. Es war leichter, nach Europa zu kommen. Und genau diese Aussicht beruhigte mich. Mich beruhigte die Vorstellung, dass mich ein ganzer Haufen Hindernisse von Montauk trennten. Und so ist es wohl nicht weiter verwunderlich, dass es erst der Zerstörung meines gesamten Lebens bedurfte – des Verlusts meines Ehemanns, meiner Karriere und meiner Wohnung –, um dorthin zurückzukehren.

Und das zu einem denkbar ungünstigen Zeitpunkt.

Ihr habt noch nie einen völligen Verkehrskollaps erlebt, wenn ihr nicht am Freitag vor dem 4. Juli, dem Unabhängigkeitstag, auf dem Long Island Expressway standet. Der Verkehr kroch so zäh voran, dass die Fahrer und Beifahrer aus ihren Autos stiegen, um die Schiffe vor der Küste zu betrachten. Nur eine Reisende starrte beharrlich in ihren Rückspiegel und klammerte sich verzweifelt an den Glauben, die Stadt immer noch darin erkennen zu können.

Ich hatte keine andere Wahl gehabt, als mein Auto zu nehmen. Es in der Tiefgarage in New York stehen zu lassen, wäre wahnsinnig teuer gewesen – ein Luxus, den ich mir nicht erlauben konnte, sonst hätte ich überhaupt nicht erst nach Montauk fahren müssen. Aber vielleicht war das gar nicht so schlecht; alle meine irdischen Besitztümer, die mir am Herzen lagen (mein Eiersessel inklusive), waren im Auto verstaut; und angesichts all dessen, was ich innerhalb der letzten zwei Wochen verloren hatte, hätte ich es nicht ertragen, mich auch noch von diesem kläglichen Rest zu trennen.

Außer dem Eiersessel hatte ich keine weiteren Möbel mitgenommen. Ich hatte sie Danny dagelassen – eine finale Geste, auch wenn mir klar war, dass er nicht in der Lage wäre, sie zu verstehen. Er konnte alles an die neuen Besitzer verkaufen oder es behalten, ganz wie es ihm beliebte. Ich hatte ihm eine knappe Abschiedsnachricht hinterlassen, in der genau das stand, und ich hatte sie mit *»Es tut mir leid, S.«* gezeichnet – wirkungsloser und doch aufrichtiger als alle anderen Worte, die ich in meinem Leben geschrieben hatte.

Es schmerzte mich, ihm diese Dinge zu hinterlassen, aber nicht, weil ich irgendwas davon hätte haben wollen (außer vielleicht die gelbe Jeanscouch, die wir auf einem Flohmarkt in Pasadena gekauft und zusammen die Treppen hochgetragen hatten). Es lag vielmehr daran, dass diese Dinge momentan das Einzige waren, was uns noch miteinander verband. Wenn ich blieb und um die schicke lederbezogene Ottomane kämpfte, die wir bei *The Future Perfect* gefunden hatten, würde mir das zwar nicht Dannys Vergebung einhandeln, aber es würde zumindest dafür sorgen, dass wir im Gespräch blieben – ein Gespräch, das nun schon seit vierzehn Jahren andauerte und das ich nicht bereit war zu beenden. Aber zählte das nicht auch – dass ich es trotzdem beendete, weil ich wusste, dass ihm das ein Bedürfnis war?

Nach fünf Stunden in der dahinkriechenden Kolonne verließ ich die Autobahn. Felder und Bauernhöfe kamen in Sicht. Die Leute öffneten die Verdecke ihrer Cabriolets und blickten hinaus auf die Bäume und das wogende Grün, das sich erstreckte, so weit das Auge reichte. Nur ich konnte es nicht genießen – alles, was sich vor mir auftat, war mein Scheitern.

Ich verspürte den überwältigenden Drang, mich zu übergeben. Ich sage das nicht, um mein bodenloses Unbehagen zum Ausdruck zu bringen. Ich meine es wortwörtlich. Ich bog auf einen *Stop & Shop*-Parkplatz, der gerammelt voll war mit Leuten, die ihre Barbecue-Vorräte für die Ferien aufstockten, und hielt an. Dann stieg ich aus und steuerte den Supermarkt an, fühlte mich jedoch zu benommen, um hineinzugehen; also setzte ich mich auf den Betonboden davor, um mich wieder zu fangen und mir einen anderen Ort zu überlegen, an den ich gehen könnte – einen Ort, weit weg von Montauk, weit weg von dem Zuhause meiner Kindheit.

Ich zog mein Handy heraus – mein neues Handy –, um nachzuschauen, ob jemand angerufen hatte. In meiner Wut hatte ich mir sogar überlegt, mir eine neue Nummer zuzulegen. Sollte doch irgendeiner dieser Verräter versuchen, mich zu erreichen! Sie würden nur die Ansage einer näselnden Roboterstimme bekommen, die ihnen mitteilte, dass die Person, mit der sie zu sprechen wünschten, nicht erreichbar sei und sie leider Pech hätten. Doch ich konnte mich nicht dazu überwinden, da ich immer noch hoffte, dass irgendwer – Danny oder Louis beispielsweise – wieder zur Vernunft kommen und begreifen würde, dass ich eine zweite Chance verdiente.

Keine neuen Nachrichten.

»Warum sitzt du auf dem Boden?«, hörte ich eine Stimme.

Ich schaute auf, blinzelte einen Moment ins Sonnenlicht und sah ein kleines Mädchen in einem roten Strandkleidchen, das auf mich herunterblickte.

Hinter ihr war die Mutter des kleinen Mädchens dabei, zwei weitere Kinder in ihren Autositzen zu verstauen. Sie sah auf, als sie bemerkte, dass ihre Tochter fehlte, doch ich winkte ihr zu, um ihr zu signalisieren, dass sie hier drüben in Sicherheit war.

»Spielst du Verstecken?«, fragte das Mädchen.

»Kann man so sagen«, antwortete ich.

»Kann ich auch mitspielen?«, fragte sie weiter. Dann, ohne eine Antwort abzuwarten, setzte sie sich neben mich. »Vor wem versteckst du dich?«

Ich zeigte auf einen Mann, der ein paar Meter weiter Einkäufe in sein Auto lud. Er trug seine Baseballkappe verkehrt herum und hatte seine Jeans bis zu den Knien hochgekrempelt. Er sprach mindestens zwei Dezibel zu laut in sein Headset, anscheinend um eine Grillparty zu organisieren, wobei er dem Menschen am anderen Ende der Leitung sagte, dass sie über Nacht bleiben sollten. Ich erwog ernsthaft, ihn zu fragen, ob er noch ein Plätzchen frei hätte.

»Der Mann da drüben?«, fragte sie. »Vor dem verstecken wir uns?«

Ich nickte.

Sie lachte nachsichtig. Dann sagte sie das Klügste und Wahrste, was ich seit Wochen gehört hatte: »Da werden wir uns aber einen besseren Ort suchen müssen.«

13

Die Sommergäste in den Hamptons liebten es, ihren Häusern Namen zu geben. Und wenn es eine Geschichte gab, die den Unterschied darüber auf den Punkt brachte, was es hieß, dort aufzuwachsen oder dort die Ferien zu verbringen, dann war es wohl die von der *Villa Schiffbruch* – unserem Nachbarhaus am Old Montauk Highway, wo ich aufgewachsen war.

Die Villa Schiffbruch war ein großes schindelgedecktes Cottage, das von seinen Besitzern – einem ortsansässigen Architekten und seiner Familie – wunderhübsch restauriert worden war. Das Anwesen befand sich schon seit mehreren Generationen im Besitz der Familie, doch der Großvater des Architekten hatte es nach dem verheerenden Hurrikan von 1936 vollständig neu errichten lassen. Es thronte hoch oben auf der zwanzig Meter hohen Felsklippe des 8000-Quadratmeter-Grundstücks und bot einen grandiosen Ausblick auf den Atlantischen Ozean.

Der Architekt vermietete das Haus oft für Partys und Hochzeiten. Eine Handvoll solcher Veranstaltungen – insbesondere während der Sommermonate – bezahlten seine Hypothek für den Rest des Jahres. Meistens jedenfalls. Doch eines Sommers, während der Vorbereitungen für eine im August stattfindende Hochzeit, beschloss das Brautpaar (ein Internet-Mogul und seine Model-Freundin), dass die zwei Morgen Land nicht genug Platz für ihre fünfhundert Gäste boten. Und so fällten sie, ohne das Einverständnis des Besitzers einzuholen, mehrere der unter Naturschutz stehenden Bäume hinter dem Haus, um eine größere Tanzfläche zu errichten.

Der Fall der fünf illegal gefällten Bäume ging durch zwei Gerichtsverfahren und zog sich über acht Jahre. Die Stadt verklagte den Architekten; der Architekt wiederum verklagte den Internet-Mogul; der Internet-Mogul konterte, indem er alle zusammen verklagte. Die Geschworenen entschieden zugunsten der ortsansässigen Familie und verdonnerten den Multi dazu, die Rechnung über einhunderttausend Dollar für die kaputten Bäume zu bezahlen. Danach verurteilten sie den Multi zu weiteren hunderttausend (plus Anwaltskosten) als Wiedergutmachung an den Architekten für die ihm entstandenen Unannehmlichkeiten.

Das nennt man doch ein glückliches Ende, stimmt's?

Nun, nicht ganz.

Der Internet-Mogul weigerte sich zu zahlen. Und ein paar Jahre und Gerichtsverfahren später hatte niemand auch nur einen Dollar gesehen. Der Architekt sah sich gezwungen, sein Haus zu verkaufen (es war ihm gesetzlich nicht länger erlaubt, es für Veranstaltungen irgendeiner Art zu vermieten). Und die Krönung des Ganzen? Es war der Internet-Mogul, der das Haus über einen Mittelsmann kaufen ließ.

Was mich wieder zu dem Unterschied bringt zwischen

jemandem, der hier aufwächst, und jemandem, der hier den Sommer verbringt. Einer von beiden kriegt am Ende das Haus, das ihm nie gehört hat. Und der andere sitzt da und erzählt die Geschichte.

Ich fuhr an der Villa Schiffbruch vorbei, hinter der das Meer und die Dünen im gleißenden Sonnenschein glitzerten, und bog in die Einfahrt zum Haus meiner Familie, das niemals einen Namen bekommen hatte und halb baufällig, halb hoffnungsfroh dastand und damit ganz typisch für das alte Montauk war. Eine kleinere Version davon – ein Gästehaus mit zwei Zimmern – stand wenige Meter dahinter.

Ich machte den Motor aus und betrachtete das Haus durch die Windschutzscheibe hindurch. Es war nicht so prachtvoll wie die Villa Schiffbruch oder die meisten anderen Häuser, welche diesen Teil des Old Montauk Highway säumten. Ich versuchte, es so zu sehen, wie es ein Fremder sehen würde, der zufällig diesen Teil der Dünen entlanggekommen und darauf gestoßen war: ein traditionelles Hampton-Cottage mit einer großen roten Tür, eindrucksvollen Erkerfenstern, umlaufender Veranda und einem unbestreitbaren Charme. Doch statt den Anblick zu genießen, wünschte ich mir nur, ich wäre der fremde Besucher, der versehentlich vor dem falschen Haus gelandet war. Dass ich einfach auf dem Schotterweg kehrtmachen und zur Villa Schiffbruch fahren könnte, um mich dort in einem der Gästeflügel zu verkriechen, wo mich niemand finden würde.

Ich hatte mir keinen Plan zurechtgelegt, was ich sagen oder tun sollte, wenn ich erst vor der Tür stand. Wie begrüßte man jemanden, wenn man so lange fort gewesen war?

Also blieb ich noch eine Minute länger im Auto sitzen, vielleicht auch fünf Minuten, und klopfte nervös mit den Fingern aufs Lenkrad. Ich wünschte mir, jemand möge die Tür öffnen, damit ich nicht selbst klingeln müsste, um ihnen die Möglichkeit zu geben, sie mir direkt wieder vor der Nase zuzuschlagen.

Dann vernahm ich das ferne Heulen einer Polizeisirene, das sich jedoch mit rasantem Tempo näherte. Ich blickte in den Rückspiegel und sah einen Streifenwagen, der mit Blaulicht in die Einfahrt gebogen kam. Ein Polizist stieg aus dem Wagen und brüllte in sein Megaphon – anscheinend meinte er mich. Was war hier los? Ich stieg aus meinem Auto und blinzelte verwirrt zum Streifenwagen, der in der Nachmittagssonne glänzte.

»Steigen Sie aus dem Wagen!«

»Ich bin schon ausgestiegen!«

»Weiter weg. Und die Hände schön unten halten!«, brüllte der Polizist.

Ich zeigte auf das Haus. »Nein! Hören Sie zu, das ist das Haus meiner Familie.«

»HÄNDE AN DIE SEITEN!«

Ich ließ die Hände sinken, während der Polizist im Gegenlicht auf mich zukam. Ich brauchte eine Sekunde, um ihn einzuordnen: Zeddy Morgan – wir hatten zusammen unseren Abschluss an der East Hampton High gemacht, waren zusammen in Montauk aufgewachsen. In der sechsten Klasse – oder war es die siebte? – war er sogar in mich verliebt gewesen und hatte als Zeichen seiner Zuneigung eine halb leergefutterte Packung Lakritzstangen und einen Liebesbrief vor meiner Haustür liegen lassen. Der Haustür, von der er mich gerade fernhalten wollte.

»Zeddy?«, fragte ich und schenkte ihm ein Lächeln, erleichtert darüber, dass wir dieses Missverständnis gleich aus dem Weg geräumt hätten.

Ein Ausdruck des Wiedererkennens huschte über sein Gesicht. »Sunny? Sunny Stephens! Was tust du denn hier?«

»Bin zu Besuch da.«

»Zu Besuch bei wem?«

Ich blickte ihn verwirrt an.

Er lief knallrot an. »Es tut mir leid, dir das sagen zu müssen, aber die Besitzer wollen, dass du von ihrem Grundstück verschwindest.«

Ich deutete zum Haus hinter mir – dem Haus meiner Kindheit. »Das ist mein Grundstück«, entgegnete ich.

»Na ja … nicht mehr«, erwiderte er.

»Was redest du da?«

»Die neuen Besitzer haben es schon vor ein paar Jahren übernommen. Irgendwelche Promis. Alles sehr privat. Sie sind nicht allzu oft hier.« Dann zog er seinen Notizblock hervor, um mir einen Strafzettel auszustellen. »Aber jetzt sind sie hier.«

Er reichte mir den Zettel. Ich starrte das Stück Papier an, während ich gleichzeitig versuchte zu verarbeiten, was er gerade über das Haus meiner Familie gesagt hatte, das offenbar nicht mehr das Haus meiner Familie war. Und dann versuchte ich zu verdauen, was auf dem Strafzettel stand: *$500,00. Unbefugtes Betreten.*

»Zeddy, du machst wohl Witze!«, entfuhr es mir. »Wir

haben hier mal gelebt. Würdest du das den Besitzern bitte erklären?«

Er zuckte mit den Schultern. »Hab ich versucht.«

»Und was haben sie gesagt?«

»Sie haben gesagt, dass du hier nicht mehr lebst.«

Ich steckte den Strafzettel in meine Tasche. »Nett.« Ich schaute zum Haus. »WIRKLICH SEHR NETT!«, schrie ich.

»Schon gut, schon gut«, sagte Zeddy und deutete auf mein Auto als Aufforderung zu verschwinden. »Lass uns hier keine Szene machen. Ich treffe mich gleich mit den Kollegen im *Sloppy Tuna*. Warum kommst du nicht mit? Die Portion Austern fünf Dollar, das Bier zwei fünfzig. Und normalerweise lassen sie mich umsonst trinken. Ich werde sehen, was ich machen kann. Bezüglich des Strafzettels, meine ich.«

Es war eine wirklich grauenhafte Einladung, aber es war die einzige, die ich hatte.

Ich nickte also, und Zeddy öffnete meine Wagentür.

Doch da bemerkte ich eine Bewegung auf der Veranda des Gästehauses. Ein kleines Mädchen. Zumindest glaubte ich, dass es ein kleines Mädchen war. Alles, was ich mit Sicherheit erkennen konnte, war, dass die schemenhafte Gestalt, die aus der Tür und wieder ins Haus flitzte, blonde Locken, eine Brille und dünne, flinke Beinchen hatte.

Ich wandte mich wieder an Zeddy.

»Weißt du noch, wie man hinkommt?«, fragte er. »Du fährst die Old Montauk runter, die nächste links …«

»Zeddy, wohnen sie etwa im Gästehaus?«

Er wich meinem Blick aus. »Nein.«

»Zeddy!«

»Womöglich«, sagte er.

»Und das wolltest du mir nicht sagen?«

Er zuckte die Achseln. »Ist nicht an mir, diese Information zu teilen.«

Ich ging die Einfahrt entlang auf das kleine Gästehaus zu; die Meeresbrise frischte auf und trieb mich vorwärts.

»Ich würde das an deiner Stelle nicht tun!«, rief Zeddy. »KOMM ZURÜCK! Fünf Dollar die Austern. Zwei fünfzig das Bier.«

Ich stieg die Verandatreppe hoch, zwei Stufen auf einmal nehmend, und klingelte an der Tür.

»Ich lad dich auch ein!«, rief er.

Sie öffnete die Tür. Sie war barfuß und trug ein Baby-Doll-Kleidchen. In der einen Hand hatte sie einen Ballettschuh, in der anderen ein Glas Erdnussbutter. Und Lockenwickler im Haar. Zumindest sah es wie Lockenwickler aus, bis mir klar wurde, dass es sich um klebrige Batzen Erdnussbutter handelte.

Trotzdem war sie es, die mich abschätzig musterte und die Augen verdrehte. »War ja klar!«

Die ersten Worte, die meine Schwester nach fünf Jahren zu mir sagte.

14

Ich saß am Küchentresen, während meine Schwester über dem Spülbecken hing und sich die Erdnussbutter aus dem Haar wusch, und gab mir Mühe, mich nicht allzu auffällig umzuschauen. Das Gästehaus war eher eine Gästehütte: ein Wohnbereich mit einer Galerie darüber, eine kleine Küche, ein Schlafzimmer nach hinten raus. Meine Schwester hatte es mit hellen Teppichen, einem Sofa und mehreren großen Sesseln dekoriert (soweit man das dekorieren nennen konnte), und überall waren die Kunstwerke meiner Nichte zu bewundern. Da war kein einziger Quadratmeter freier Fläche, was das Haus noch winziger wirken ließ.

»Ich muss in fünf Minuten zur Arbeit, also sag, was du zu sagen hast.« Sie zerrte und rubbelte immer noch wie wild an ihrem Haar.

»An wen hast du das Haus verkauft?«, fragte ich.

»An irgendeine Promi-Tussi und ihren Mann. Ist ja auch egal. Sie sind so gut wie nie hier.«

»Oft genug, um sich wie Arschlöcher aufzuführen«, entgegnete ich.

»Das sehe ich anders.« Sie zerrte weiter an ihrem Haar.

»Was machst du da?«, fragte ich.

»Stört es dich?« Sie deutete in Richtung Tür. »Falls ja, kannst du jederzeit gehen.«

»Ich frag ja nur.«

»Sammy findet es total witzig, mir im Schlaf Erdnussbutter in die Haare zu schmieren; und ich habe den Fehler gemacht, mich für ein Nickerchen hinzulegen, da ich heute Nachtschicht habe. Also versuche ich gerade, das Zeug wieder rauszukriegen und SIE NICHT UMZUBRINGEN!«

Den letzten Teil sagte sie sehr laut, und ich bemerkte eine Bewegung auf der Galerie über uns. Sammy.

Samantha. Ihre Tochter. Meine Nichte. Zu jedem Geburtstag zahlte ich tausend Dollar in einen Ausbildungsfonds für sie ein. Ich hatte sie nicht mehr gesehen, seit sie zwei Monate alt war. Bei ihrem Anblick fing mein Herz zu rasen an. Und, wenn ich ehrlich sein soll, auch bei dem niederträchtigen Gedanken, der mir durch den Kopf schoss: Könnte ich die sechstausend Dollar wiederhaben, wenn ich versprach, sie später zu ersetzen? Es wäre genug, um mir in New York ein Rattenloch zur Untermiete zu besorgen, zumindest bis ich wieder auf eigenen Füßen stünde.

»Wir können uns die Formalitäten sparen – ich weiß, warum du gekommen bist. Ich habe Thomas schon gesagt, dass du hundertprozentig hier aufschlagen wirst, doch er meinte, das würdest du nicht wagen. Tja, ich hab's gewusst.«

Mir war klar, dass die Erwähnung von *Thomas* eine Falle war. Es war der Name von jemandem, den ich als ihre Schwester kennen sollte, aber nicht kannte. Anstatt den Köder zu schlucken, vergewisserte ich mich rasch, ob sie einen Ehering an ihrem Finger trug. Nichts zu sehen.

»Hör zu, ich muss zur Arbeit«, fuhr sie fort. »Wenn du also einfach sagen könntest, was du brauchst – ich würde diese kleine Stippvisite nämlich gerne etwas beschleunigen. Aber falls es um Geld geht ...«

»Tut es nicht«, unterbrach ich sie. »Ich muss nur ein paar Tage irgendwo unterkommen.«

»Vergiss es«, lachte sie. Ja, genau ... Sie lachte.

»Rain ...«, setzte ich an.

Sie haben richtig gehört. Lassen Sie uns gemeinsam einen Moment innehalten, um festzustellen, dass meine Schwester mit Vornamen Rain heißt. Sunshine und Rain – Sonnenschein und Regen. Mein Vater war Musiker gewesen (und bei unserer Geburt womöglich high), aber als wir das Licht der Welt erblickten, schloss er mit dem lieben Gott den Deal, dass dieser, wenn unser Vater uns so nannte, immer schützend die Hand über seine Kunst halten würde. Schade nur, dass er nicht daran gedacht hatte, einen Deal auszuhandeln, der auch uns beschützt hätte.

»Ich will ganz offen mit dir sein«, sagte meine Schwester. »Ich habe nicht das geringste Bedürfnis, dir zu helfen.«

»Ich habe aber keinen anderen Ort, an den ich gehen könnte.«

»Du hast keinen anderen Ort? Warum versuchst du es nicht mit Georgia? Ist das nicht der Ort, wo du herkommst?«

Ich wich ihrem Blick aus, da ich sie nicht weiter reizen wollte. Sie nahm mir übel, dass ich sie mit unserem Vater allein hier zurückgelassen hatte. Sie nahm mir übel, dass ich überhaupt Montauk verlassen hatte. Es schien mir nicht der richtige Moment, sie daran zu erinnern, dass es ihre Entscheidung gewesen war hierzubleiben.

»Oder eine noch bessere Idee: Häng doch ein bisschen in deinem unglaublich tollen Loft in Manhattan ab, und lass dir das Essen nach Hause liefern, bis Gras über die Sache gewachsen ist.«

»Ich kann nicht.«

»Warum nicht?«

»Danny hat die Wohnung direkt nach der ganzen Sache verkauft ...«

»Du meinst ... direkt nachdem er herausgefunden hat, dass du mit einem anderen Kerl schläfst?« Leise lachend schüttelte sie den Kopf. »Er hat sie dir unterm Hintern wegverkauft? Tja, das ist nicht gerade nett. Womit ich nicht sagen will, dass du es nicht verdient hast.« Sie griff nach ihrem Handy und begann, eine SMS zu tippen. Ich hoffte nur, dass sie nicht an die Polizei gerichtet war. Noch ein 500-Dollar-Bußgeld für unerwünschte Besucher konnte ich mir nicht leisten. »Ehrlich gesagt interessiert es mich nicht sonderlich, ob du im großen Stil gelogen und betrogen hast. Oder ob du Tausende von Fans, die an dich glaubten, verarscht hast. Ich konnte Danny zwar immer gut leiden, aber auch das ist allein deine Sache. Nur um eins klarzustellen: Der Grund, warum ich dir nicht helfe, ist, weil du eine verdammt beschissene Schwester bist. Und das warst du schon lange bevor du irgendwem von diesen Leuten Unrecht getan hast.« Sie legte das Handy weg und fing wieder an, sich die Erdnussbutter aus dem Haar zu waschen. »Ich höre nie von dir, außer wenn du etwas brauchst.«

»Das ist nicht wahr, Rain.«

»Eine Glückwunschkarte zum Geburtstag meiner Tochter ist nicht, von sich hören lassen.«

»Tja, ist ja nicht so, als ob *mein* Telefon ständig geklingelt hätte.«

»Und wenn?«, fragte sie. »Was dann? Hättest du etwa alles stehen und liegen lassen, um mir mit dem Haus zu helfen?«

Ich schaute mich noch einmal in dem schäbigen Gästehaus um und versuchte, nicht daran zu denken, wie es gewesen sein musste, als sie und Sammy hier eingezogen waren.

»Ich weiß überhaupt nicht, warum ich meine Zeit verschwende. Sammy? Wir gehen!«

»Sie geht mit dir zur Arbeit?«

»Heute Abend, ja.«

Ich berührte ihren Arm. »Warum hast du mir nicht gesagt, dass du das Haus verkaufen musstest?«

Sie zog ihren Arm weg. »Wann? Bei einem unserer ausführlichen Gespräche?«

»Gab es denn keine andere Möglichkeit? Ich hätte dir geholfen. Und falls du meine Hilfe nicht gewollt hättest, hättest du es doch vermieten und ein Vermögen damit machen können.«

»Danke für deine brillante Finanzberatung! Das ist mir natürlich überhaupt nicht in den Sinn gekommen.«

»Ich sage doch nicht …«

»Ich musste das Haus verkaufen, okay? Die Betriebskosten waren einfach zu hoch. Außerdem brauche ich das Geld für Sammys Schule.«

Ich sah sie verwirrt an. Ein gutes öffentliches Schulsystem gehörte immerhin zu den wenigen Vorteilen, die man als ganzjähriger Bewohner der Hamptons hatte. »Wie meinst du das?«, fragte ich besorgt. »Hat Sammy Lernschwierigkeiten?«

Sie schüttelte fassungslos den Kopf und schien dabei eingeschnappter wegen meiner Unverfrorenheit, meine Sorge zu äußern, als wegen allem anderen, was ich getan hatte. »Worum geht es hier überhaupt? Willst du etwa deinen Anteil vom Haus haben?«

In der Tat, das wollte ich. »Ich habe es dir doch gesagt, ich brauche nur einen Platz, wo ich unterkommen kann, bis sich alles beruhigt hat.«

Sie zog an ihrem Haar, das nun erdnussbutterfrei, dafür aber klitschnass war. »Die Antwort lautet Nein.«

»Kann ich wenigstens hierbleiben, bis du von der Arbeit zurückkommst?«, fragte ich. »Bitte? Nur damit ich ins Internet kann und mich organisieren. Wenn ich noch mal da rausgehe, werde ich wahrscheinlich verhaftet.«

Ich hielt zum Beweis den Strafzettel hoch.

»Was glaubst du wohl, wer die Polizei gerufen hat?«

»Ist das dein Ernst?«

»Tut mir leid, aber bist du irgendwie schockiert? Habe ich etwa dein moralisches Empfinden beleidigt?«

Ich schüttelte den Kopf; ich war es leid, mir immer wieder ihre alte Geschichte anzuhören, in der stets ich die Böse war. Rain musste es mir angesehen haben – meine Wut auf sie. Was sie selbst nur noch wütender machte. Und so waren wir wieder genau dort, wo wir aufgehört hatten – beide fest davon überzeugt, dass die andere falschlag und sich absolut unmöglich verhielt.

»Hallo.«

Wir drehten uns um und sahen Sammy oben auf der Galerie stehen, die offenbar als ihr Kinderzimmer diente; sie trug eine Brille mit Drahtgestell und eine Latzhose, das Haar Pippi-Langstrumpf-mäßig zu zwei Zöpfen geflochten. Die Brille bedeckte den Großteil ihres Gesichts, was sie in Kombination mit den Zöpfen älter aussehen ließ, als sie war. Vielleicht war es aber auch die Art, wie sie ihren Kopf neigte und mich musterte, als würde sie mich analysieren – als könnte sie mit ihren sechs Jahren irgendwas analysieren.

»Sammy, wo ist deine Jacke?«, fragte Rain.

»Ich habe die Außentemperatur überprüft. Es ist in Ordnung.«

Das ließ mich stutzen – die Art, wie sie sprach. So erwachsen und klar. Ihr Blick aus den stechend blauen Augen, die bezaubernd, wenn auch etwas absurd, hinter der übergroßen Brille hervorschauten, fixierte mein Gesicht wie ein Laserstrahl. Und dann war da noch die Ähnlichkeit mit meiner Schwester. Rain war zwei Jahre älter als ich, und ich hatte meine gesamte Kindheit damit verbracht, zu ihr aufzuschauen und sie zu beobachten, um ihr nacheifern zu können. Es war schräg, diese Miniversion von ihr dabei zu beobachten, wie sie versuchte herauszufinden, wer ich war.

Sammy kletterte die Leiter runter, stellte sich direkt vor mich und unterzog mich einer noch intensiveren Musterung. Sie war zwar nur sechs Jahre alt, aber trotzdem hatte ich das Bedürfnis, ihrem Blick auszuweichen.

»Sind wir verwandt?«, fragte sie.

»Wie kommst du darauf?«, erwiderte ich.

»Nun, zunächst einmal sehen wir uns ähnlich.«

Rain hob ihre Tochter hoch. »Sammy. Wir gehen.« Sie ging mit ihr zur Tür. »Sei einfach fort, bevor wir wieder zu Hause sind.«

»Danke.«

Da drehte sie sich noch einmal um. »Bedank dich nicht bei mir«, erwiderte sie. »Lass dich einfach nicht mehr hier blicken.« Sie öffnete die Tür. Ihre Tasche über die Schulter gehängt, Sammy immer noch auf dem Arm – ein gekonnter Balanceakt, den sie offenbar mühelos meisterte. Und doch verriet ihr Gesicht sie. Meine Schwester war immer die klassische Schönheit von uns beiden gewesen: 1,72 m (im Vergleich zu meinen läppischen 1,60 m), goldblondes, seidiges Haar, bemerkenswerte Gesichtszüge und ein Lächeln, das ihr gesamtes Gesicht erstrahlen ließ. Doch heute lächelte sie nicht, ihre Augenwinkel waren von Falten durchzogen, das Haar kurz und stumpf. Heute sah sie einfach nur müde aus.

Als sie zur Haustür hinausgingen, hörte ich Sammy fragen: »Wer ist das, Mommy?«

»Das?«, antwortete sie. »Das ist niemand.«

15

Ich hatte fest vorgehabt, eine Unterkunft für die Nacht zu finden und wie versprochen zu verschwinden. Zwar hatte ich kein Geld und auch keine guten Alternativen, doch bei meiner Schwester zu bleiben hatte sich als unmöglich erwiesen. Es wäre eine Sache gewesen, wenn wir uns ein 450-Quadratmeter-Haus geteilt hätten, in dem man sich aus dem Weg gehen konnte. Doch auf 55 Quadratmetern sah die Lage anders aus. Das Dumme war nur, dass ich mit dem Laptop auf dem Bauch einschlief. Ich hatte auch keine günstigen Last-Minute-Hotelangebote recherchiert, so wie ich es eigentlich hätte tun sollen. Stattdessen hatte ich versucht, eine E-Mail an Danny zu schreiben; irgendetwas, das ihm die ganze Geschichte verständlicher gemacht hätte – das sie vielleicht uns beiden verständlicher gemacht hätte. Ich war nicht weit gekommen. Folgendes hatte ich getippt, bevor ich eingeschlafen war:

Lieber Danny, wahrscheinlich bist du

Klar, das würde ganz bestimmt alles in Ordnung bringen.

Ich wachte auf, als ich den Schlüssel im Schloss hörte. *Meine Schwester.* Ich griff nach meinem Laptop, raffte den Rest meiner Sachen zusammen, ohne auch nur den

Reißverschluss meiner Tasche zuzumachen, und stürmte zur Tür. Rain verstand keinen Spaß. Sie würde die Polizei rufen, sollte ich nicht das Haus verlassen haben, bevor sie zurückkam. Mein Plan war es, blitzschnell rauszurennen, auch wenn ich dabei an ihr vorbeimusste. Aber ich rannte zu schnell, und anstatt mich auf meiner Flucht nach draußen an Rain vorbeizuquetschen, stand da ein Mann vor mir. Ein großer, kräftiger Mann.

»Oha!«, rief er und packte mich an den Schultern, um einer Kollision zu entgehen. Der Kerl war schmutzig und stank; er trug Fischerklamotten und hatte einen Müllsack in einer Hand. Bei seiner Berührung wich ich abrupt zurück, wobei meine Habseligkeiten durch die Luft segelten und mein Laptop krachend auf dem Boden landete. Ich kniete mich rasch hin, um alles wieder aufzusammeln.

Er blickte auf mich herab, wobei er sich ein Lachen zu verkneifen schien. »Wohin haben Sie es denn so eilig?«

Ich funkelte ihn wütend an. »Noch nie was von Anklopfen gehört?«, gab ich zurück.

»Ach, ist das üblich, da wo Sie herkommen? Denn ich glaube, ich bin hier derjenige mit dem Schlüssel.« Er kniete sich neben mir nieder und begann, meine Sachen auf einen Haufen zu legen, wobei seine Hände sich um meine Unterwäsche und meine Lippenstifte schlossen. »Ich hoffe, Sie hatten hier nichts allzu Wertvolles drin«, sagte er.

»Nein, nur alles, was ich besitze«, erwiderte ich.

Er hob meinen Computer auf, über dessen Bildschirm sich ein Riss zog. »Was Sie besessen haben, wäre wohl treffender.«

Ich sah ihn an – der Latz seiner wasserfesten Fischerhose

war gelöst, sodass die Träger von seiner Taille baumelten. Er war so dreckig, dass man beinahe übersehen konnte, dass er auch ziemlich attraktiv war – auf eine ziemlich bodenständige Art und Weise. Ein Muskelpaket mit klaren blauen Augen und einem strahlenden Lächeln.

»Dann bist du also doch aufgetaucht«, sagte er plötzlich. »Rains Schwester. Hab ich's mir doch gedacht.«

»Meinen Glückwunsch.«

»Danke«, gab er zurück. »Ich glaube, jemand schuldet mir hundert Dollar.«

»Dann musst du wohl Thomas sein?«

»Ich wüsste nicht, warum«, antwortete er.

Ich war nicht in der Stimmung für diesen Kerl, der ziemlich von sich selbst eingenommen war. Ich wollte gar nicht erst so tun, als hätte ich ein Interesse daran, so etwas wie eine Beziehung mit dem Freund meiner Schwester aufzubauen – geschweige denn mit meiner Schwester selbst.

Er stand auf, und ich tat es ihm nach, wobei ich meine Tasche aufhob. Er zeigte zum Schlafzimmer. »Ich bin nur kurz hier, um ein paar Sachen zu holen«, sagte er.

»Rain ist bei der Arbeit, also …«

»Ich weiß, wo Rain ist.«

»Also weiß sie, dass du hier bist, um ein paar Sachen zu holen?«

Ich wurde aus seinem Blick nicht schlau. »Du stellst eine Menge Fragen, wenn man bedenkt, dass ich derjenige mit dem Schlüssel bin«, antwortete er.

»Eigentlich war es nur eine einfache Frage. Und weißt du was? Es ist mir egal. Ich verschwinde.«

»Kommst du auf deinem Weg zufällig in Sag vorbei?«

»Nein, warum?«

Er lächelte verschmitzt. »Ach, nur so. Da hängt womöglich eine kleine Reklametafel mit den neuen Kochsendungen von *Food Network*.«

Ich schloss die Augen und atmete tief ein. »Na, super, also werden mich alle erkennen.«

»Na ja, du bist mehr so in der Ecke des Plakats«, sagte er. »Außerdem, nimm's mir nicht übel, aber die Reklame-Version von dir schaut wesentlich besser aus, also …«

»Vielen Dank, sehr freundlich.«

»Ich will nur sagen, dass du dir deswegen keinen Kopf machen musst. Ich glaube nicht, dass es hier besonders viele Leute interessiert, wenn jemand ein paar Rezepte stiehlt.«

»Und warum erzählst du es mir dann?«

Thomas zuckte die Achseln. »Ich dachte, du würdest auf dem Weg gern dran vorbeifahren.«

Ich bedachte ihn mit einem vernichtenden Blick, aber da hörte ich einen anderen Schlüssel im Schloss.

Diesmal war es meine Schwester, die die Tür öffnete. Sammy schlief tief und fest in ihren Armen. Rain schaute erst zu Thomas, dann zu mir.

»Scheiße, ich glaub's einfach nicht«, zischte sie und gab sich Mühe, ihre Stimme im Zaum zu halten.

Thomas hob kapitulierend die Hände. »Mein Fehler«, gestand er. »Ich habe sie mit Fragen gelöchert.«

»Und wessen Fehler bist du?«, gab sie zurück.

Sie stapfte an uns vorbei und legte Sammy auf dem Bett in ihrem Schlafzimmer ab.

Er lachte. »Ich glaube, sie ist echt angepisst!«

»Ich an deiner Stelle würde nicht lachen. Ein Teil davon schien an dich adressiert.«

»Ach was. Ich bin nur ins Kreuzfeuer geraten.«

Rain kam ins Wohnzimmer zurück. Sie verschränkte die Arme vor der Brust und wandte sich zuerst an Thomas. »Ich musste Sammy die gesamte Schicht über bei mir im Hotel behalten.«

»Tut mir leid«, sagte er.

»Wo ist Thomas?«, fragte sie Thomas.

Ich blickte ihn verwirrt an. »Ich dachte, du wärst Thomas.«

Meine Schwester zeigte auf ihn. »Nein, das ist Ethan.«

»Du hast mir gesagt, du wärst Thomas.«

Er schüttelte den Kopf. »Ich glaube, wenn man das Gespräch zurückspult, warst du es, die mir erzählt hat, dass ich Thomas wäre.«

»Und wer bist du dann?«, wollte ich wissen.

Er streckte die Hand aus. »Ethan Nash. Und du bist die Schwester von Rain. Die YouTube-Sensation.« Er hielt einen Moment inne. »Na ja, so was in der Art.«

Ich schaute seine Hand an, ergriff sie aber nicht. »Du hättest mir auch die Wahrheit sagen können.«

»Ja, das hätte ich.« Er grinste. »Nur eine Frage … Warum eine Tomatenfarm in Macon, Georgia? Das ist doch landwirtschaftlich nicht besonders attraktiv. Warum habt ihr nicht Texas genommen? Das hat wenigstens noch diesen Südstaaten-Flair.«

»Offenbar hätten wir dich um Rat fragen sollen.«

»Offenbar.«

Meine Schwester verdrehte die Augen. »Hör mal, Ethan, wo steckt Thomas?«, fragte sie, völlig desinteressiert an unserem Austausch. »Er hätte Sammy längst im Hotel abholen und nach Hause bringen sollen. Sie wird morgen völlig übermüdet sein!«

Ethan drehte sich zu ihr. »Wir hatten einen kleinen Autounfall.«

Die Wut wich aus ihrem Gesicht und machte Entsetzen Platz. »Wie bitte?«

»Es geht ihm gut. Nichts passiert.«

Sie stieß Ethan gegen die Schulter. »Verflucht noch mal, Ethan! Könntest du nächstes Mal gleich damit herausrücken?«

»Er war mit dem Fahrrad nach East Hampton unterwegs, um Sammy abzuholen.«

Ich sah die beiden verwirrt an. »Er wollte Sammy auf dem Fahrrad heimbringen?«

Rain hob eine Hand, um mich zum Schweigen zu bringen. »Echt jetzt? Würdest du es bitte unterlassen, deine Meinung zu meinen Erziehungsmethoden kundzutun?«

Ethan zuckte die Achseln. »Jedenfalls waren ein paar Teenager zu schnell auf der Ocean Road unterwegs und haben ihn vom Rad gefegt. Er hat womöglich ein paar gebrochene Rippen abbekommen. Und sein Knie ist futsch.«

»Wo ist er?«

»Im Southampton Krankenhaus. In der Chirurgie.«

»Wie bitte? Und warum sagst du dann, dass es ihm gut geht?«

»Thomas wollte nicht, dass ich es dir heute Abend erzähle. Er hat mich gebeten, nur ein paar seiner Sachen zu holen.«

Sie begann hektisch auf und ab zu laufen. »Ich fass es nicht! Dieses gottverfluchte Fahrrad!«

»Ja, ich weiß echt nicht, warum er nicht wollte, dass ich es dir erzähle«, sagte Ethan trocken.

Sie ging zum Schlafzimmer. »Ich wecke Sammy, dann fahren wir ins Krankenhaus …«

»Musst du nicht. Ich könnte doch auf sie aufpassen«, warf ich rasch ein.

Sie blieb stehen und drehte sich um. »Du würdest doch alles sagen, nur damit du hierbleiben kannst.«

»Ja, das stimmt«, erwiderte ich. »Aber ich würde es trotzdem gerne tun.«

»Sie kennt dich überhaupt nicht«, wandte sie ein.

»Dann ist es ja gut, dass sie schon schläft«, erwiderte ich.

Rain sah auf ihre Uhr, aber sie hatte keine Alternative. »Falls sie aufwacht – was nicht passieren wird –, aber falls sie aufwacht, will ich, dass du mich sofort anrufst. Nein, ich will, dass sie mich anruft.«

Ethan ging an uns vorbei ins Schlafzimmer und fing an, Thomas' Klamotten in den Müllsack zu stopfen.

»Normalerweise steht sie um sieben, halb acht auf … wenn du Glück hast. Morgen passt unsere Freundin Gena auf sie auf. Sie kommt um sechs Uhr dreißig vorbei. Du wirst bis dahin hoffentlich nicht das Haus abfackeln?«

»Ich bin ziemlich sicher, dass ich klarkomme.«

»Und ich bin ziemlich sicher, dass du das nicht tust. Aber ich habe gerade nicht wirklich eine Wahl«, gab sie zurück.

»Wenn du demnächst ins Krankenhaus willst, solltest du aufhören, mich zu beleidigen.«

Ethan kam ins Wohnzimmer zurück. »Ja«, sagte er. »Wir sollten wirklich los.«

»Na schön.« Sie war offensichtlich durcheinander, während sie nach ihrer Handtasche und ihren Schlüsseln griff. »Ethan, was braucht denn Thomas fürs Krankenhaus?«

Ethan legte ihr die Hand auf die Schulter. »Ich hab schon alles.«

Rain stand wie angewurzelt da und schien unsicher, ob sie gehen sollte. »Ich habe kein gutes Gefühl bei der Sache.«

Ethan schulterte seinen Müllsack. »Was kann schon Schlimmes passieren? Ich meine, es ist doch allemal besser, als das arme Kind aufzuwecken und ins Krankenhaus zu schleifen.«

Sie zeigte mit dem Finger auf ihn. »Du brauchst mir nicht mit Ratschlägen zu kommen!«

»Was habe *ich* denn jetzt getan?«

»Du hast Thomas das Fahrrad gekauft!«

Ethan öffnete die Tür. »Wir müssen.«

Rain nickte und trat hinaus. Dann drehte sie sich noch einmal um. Doch als ich ihrem Blick begegnete, traf es mich völlig unvorbereitet ... der Ausdruck in ihren Augen. Es war eine Mischung aus Sorge und Wut. Aber dahinter lag noch etwas anderes. Etwas, das mich daran erinnerte, wie Danny mich angeschaut hatte. Als würde sie mich überhaupt nicht kennen. Und womöglich wollte sie das auch nicht mehr.

»Nur damit du es weißt, das ändert gar nichts«, sagte sie.

Und damit war sie fort.

16

Als ich am nächsten Morgen aufwachte, brauchte ich einen Moment, um zu begreifen, wo ich war. Mein Nacken schmerzte von der Nacht auf Rains Sofa, und ich seufzte schwer, als mir Amber wieder einfiel. Die Erinnerungen an die letzten grauenhaften Tage kamen mit voller Wucht zurück. Ich schwor mir, dass dies der letzte Morgen wäre, an dem ich in den Klamotten vom Vorabend aufwachte, und die letzte Nacht, die ich bei meiner Schwester übernachtete.

»Gena kommt nicht«, schreckte mich eine Stimme auf.

Es war Sammy. Ich drehte den Kopf und sah sie am anderen Ende des Sofas auf dem Boden sitzen. Sie war bereits vollständig angezogen, trug eine Jeans und ein Hemd und las ein Buch, während sie geduldig darauf wartete, dass ich aufwachte.

Ich rieb mir verwirrt und immer noch todmüde die Augen. »Bist du sicher?« Sie hob ihr Handgelenk, an dem sie eine kleine Uhr trug, auf deren Band in Glitzerbuchstaben SAMMY prangte. »Es ist acht Uhr, und sie ist immer noch nicht hier.«

»Das bedeutet nicht, dass sie überhaupt nicht kommt.«

»Also, statistisch betrachtet, tauchen Personen in neunzig

Prozent aller Fälle innerhalb von einer halben Stunde ab der vereinbarten Uhrzeit auf, oder sie kommen überhaupt nicht. Ihre halbe Stunde war vor einer Stunde vorbei.«

»Woher weißt du das?«

»Das hat mir Thomas gesagt.«

»Und woher weiß er das?«

Sie zuckte die Achseln. »Das musst du ihn fragen.«

Ich gab mir Mühe, den Schlaf abzuschütteln, während ich mir überlegte, was ich jetzt mit Sammy machen sollte.

»Nun, dann sollten wir wohl deine Mutter anrufen«, sagte ich schließlich.

Sie schüttelte den Kopf. »Sie hat erst vorhin angerufen und mir gesagt, dass Thomas sich Aua gemacht hat und dass du auf mich aufpassen wirst, bis Gena kommt. Also habe ich ihr gesagt, dass sie schon da ist.«

»Du hast deine Mutter angelogen?«

Sie zuckte wieder die Achseln. »Sie wird sich nur Sorgen machen, und es bringt nichts, wenn sie sich Sorgen macht.«

Ich legte den Kopf schräg und sah sie aufmerksam an. »Wie alt bist du?«

»Sechs.« Sie hielt inne. »Wie alt bist du?«

»Älter.«

Sie sah wieder in ihr Buch. »Offensichtlich. Viel älter.«

Rain und ich hatten nicht besprochen, was ich ihr erzählen sollte. Wer ich war … oder in welchem Verhältnis ich zu ihr stand. Eigentlich hätte Gena jetzt Dienst, nicht ich.

»Hat deine Mutter dir etwas über deine Familie erzählt?«

»Nicht wirklich viel. Nur dass ich nach meinem Großvater benannt bin.«

Ich zuckte innerlich zusammen, versuchte mir jedoch nichts anmerken zu lassen; allein der Gedanke, jemand könne nach meinem Vater benannt worden sein, ärgerte mich. »Hat sie dir noch etwas anderes erzählt?«

»Mom hat mir am Telefon gesagt, dass du ihre Schwester bist. Die, die zum Geburtstag die Schecks schickt.« Sie zeigte keinerlei besondere Reaktion darauf und schien auch keine weiteren Informationen zu wünschen. »Danke«, sagte sie.

»Wofür?«

»Die Schecks.« Meine langsame Auffassungsgabe schien sie zu verwirren.

Ich schleuderte meine provisorische Decke von mir (aus Fleece, mit dem ABC drauf). »Du bist bestimmt hungrig«, sagte ich. »Was möchtest du zum Frühstück?«

»Zimttoast.«

Toast. Na super. Sofort waren meine Gedanken wieder bei Amber und ihren bescheuerten Toastbroten. Vor Kurzem erst hatte sie ein Special zum Thema *Süße Köstlichkeiten* gemacht und ihre ureigene Version davon zubereitet – mit Zimt und Muskatnuss auf Vollkornweizentoast, der vor Butter und Olivenöl nur so triefte. Aus einem mir unerfindlichen Grund hatte ich mir die Folge angeschaut, und ich erinnerte mich noch, wie stolz sie auf ihre Idee mit dem Muskat war – als hätte sie eigenhändig das Zimt-Toast-Rad neu erfunden.

Ich stand auf, um es für Sammy zusammenzubasteln. Doch bevor ich zur Tat schreiten konnte, sagte sie: »Ich esse nur den Zimt-Toast von *John's Pancake House*. Pünktlich um acht Uhr dreißig.«

Ich drehte mich um und sah sie an. »Hättest du Lust, jetzt mit mir hinzufahren?«

»Habe ich das nicht gerade gesagt?«

»Nein, du hast gesagt, dass du nur dort isst.«

»Ist doch Jacke wie Hose.« Sie wandte sich wieder ihrem Buch zu, und ich musste mir auf die Lippe beißen, um nicht loszulachen bei diesem seltsamen Kind, das es schaffte, sich in ein und demselben Gespräch wie sechs und sechsundvierzig gleichzeitig anzuhören. »In Anbetracht des Ferienverkehrs werden wir sofort aufbrechen müssen, wenn wir es rechtzeitig schaffen wollen«, sagte sie.

»Ich bin bereit, wenn du es bist.«

Sie blickte auf und musterte skeptisch meine Klamotten, die zerknittert an meinem Körper hingen.

»Bist du dir da sicher?«

17

Die Fahrt zu *John's Pancake House,* für die man im Winter fünf Minuten benötigte, dauerte bereits fünfmal so lang, und wir hatten noch nicht mal die Hälfte geschafft.

Sammy saß auf dem Rücksitz und ließ sich davon nicht beim Lesen stören; mich hingegen störte es gewaltig – nicht nur der Verkehr, sondern das, wofür er stand. In den letzten Jahrzehnten hatte Montauk seinen Status als letzter unerschlossener Ort der Hamptons verloren; stattdessen rühmte er sich nun für eine andere Art der touristischen Erschließung. Montauk war bei Weitem nicht so protzig wie der Rest der Hamptons. Der Ort verfügte über eine viel zurückhaltendere Eleganz, die eine andere Sorte wohlhabender Leute anzog, die sich für etwas Besseres hielten, weil sie ihr Geld, statt für extravagante Schlitten, lieber in Hybridautos und perfekt hergerichtete Cottages voller Shabby-Chic-Möbel steckten. Man kaufte gemütliche Sofas, die zwölftausend Dollar kosteten (tatsächlich hießen sie sogar Montauk-Sofas) und gusseiserne Töpfe, die nie zum Einsatz kamen. Es war ein ganz eigener Kult der Widerwärtigkeiten: diese Show, die nicht aussah wie eine … was wiederum eine Show für sich war.

Der Ortskern selbst spiegelte genau das wider. Oberflächlich betrachtet, war es weniger ein glamouröses Strandbad, sondern mehr ein Örtchen aus längst vergangenen Tagen mit Surfshops und Restaurants, die dringend eine Aufhübschung benötigten. Doch verstreut zwischen diesen Urgesteinen Montauks, befanden sich die modischeren Neuzugänge: ein Yogastudio, eine überteuerte Bar, eine Designerboutique, die ihren Glamour hinter dem gleichen rustikalen Chic verbargen, während der eine oder andere Luxusschlitten davor das ganze Unterfangen verriet.

Und mir in den Weg kam. Ein Range Rover legte eine scharfe Rechtskurve hin und nötigte uns so, bis zur nächsten Grünphase zu warten.

Als wir endlich auf den Parkplatz von *John's Pancake House* bogen, war meine gute Stimmung dahin; ich war genervt von Montauk, genervt von all diesen Leuten, die vorgaben, etwas zu sein, das sie nicht waren. Aber worin unterschied sich das von dem, was ich getan hatte?

Und prompt wurde ich auch schon daran erinnert, was ich getan hatte. Auf dem Weg ins Restaurant kamen wir am Zeitungskiosk vorbei, wo die Morgenausgaben auslagen – die *New York Post* an vorderster Front. Auf der oberen Hälfte der Titelseite prangte eine Schlagzeile. **STARKÖCHIN ALS EHEBRECHENDE BETRÜGERIN ÜBERFÜHRT (S.10)**

Ich zog eine Ausgabe heraus und blätterte schnell zu Seite 10.

AIN'T NO SUNSHINE. Kein Stern für diese feldfrische Fälschung lautete die Überschrift, direkt über einem kleinen (wenig schmeichelhaften) Foto von mir in einem Gemüsegarten.

Sammy zeigte auf das Foto. »Warum bist du in der Zeitung?«, fragte sie. »Und warum haben sie *dieses* Bild genommen?«

Ich hörte ein Klopfen am Fenster, und als ich aufblickte, sah ich Karen McCarthy, ein Mädchen aus meiner Highschool – zehn Kilo leichter und zwanzig Jahre älter, aber zweifelsohne sie. Karen winkte wie wild durch die Fensterscheibe von *John's Pancake House.*

»Schwing deinen Hinter hier rein!«, formte sie mit den Lippen.

Schnell warf ich die Zeitung wieder hin, während Sammy neben mir sich versteifte.

»Oh nein«, sagte sie.

Ich hielt die Tür auf, aber Sammy schüttelte den Kopf.

»Ich möchte nicht dort sitzen, wo Karen bedient«, erklärte sie.

»Ich glaube, da bist du nicht allein«, erwiderte ich.

Sammy sah verärgert aus. »Ich meine es ernst. Sie lässt den Toast immer kalt werden.«

Aber es war zu spät. Karen kam schon herbeigeeilt. »Ich fass es nicht, wen haben wir denn da!«, rief sie aus. »Sunny Stephens!« Sie drückte mich an sich; dann tätschelte sie Sammys Kopf. »Und unsere kleine Sammy Stephens ist ja auch da.«

Sammy strich sich ihr Haar wieder zurecht. »Bitte fass mich nicht an.«

Karen lachte. »Oh, stimmt ja. Entschuldige, Sammy«, sagte sie. Dann verschränkte sie die Arme und wandte sich wieder mir zu. »Wie lange ist es her?«, fragte sie.

»Lange«, antwortete ich. »Du siehst fantastisch aus!«

»Nicht wahr?« Sie musterte mich von oben bis unten, als suche sie nach einer Möglichkeit, das Kompliment zu erwidern. »Was ist bei dir los? Kehrst wohl in Schande nach Hause zurück, was?«

Ich zuckte unwillkürlich zusammen. »Du hast es also schon gehört?«

Sie legte den Kopf schräg und schaute mich verdutzt an. »Was gehört?«

Und einen wunderschönen Augenblick lang glaubte ich wirklich, Karen hätte keine Ahnung. Das war eine der wenigen Sachen, die ich an Montauk mochte. Die Stadt raubte einem zwar die Luft zum Atmen – jeder steckte seine Nase in die Angelegenheiten des anderen –, aber wenn man die Frechheit besaß und sie verließ, hörte man förmlich auf zu existieren. Es war durchaus möglich, dass Karen heute früh die Zeitung nicht gelesen hatte und gar nicht wusste, was mit *A Little Sunshine* geschehen war. Vielleicht kannte sie *A Little Sunshine* überhaupt nicht.

Karen beugte sich mit verschwörerischer Miene vor. »Ob du es glaubst oder nicht, aber ich habe hinten noch Pfannkuchen von gestern, die ich euch mit Freuden servieren werde!« Dann brach sie in ein herzhaftes Lachen aus, ganz begeistert von ihrem eigenen Sinn für Humor. Innerlich fasste ich einen Vorsatz: Sie hatte noch dreißig Sekunden, um mit dem Gegacker aufzuhören, oder ich würde mir Sammys Buch ausleihen, um es Karen über die Rübe zu ziehen.

Sie fing sich wieder und lächelte. »Natürlich hab ich es gehört. Wir arbeiten doch im selben Business!«

»Nicht ganz«, sagte ich.

»Na ja, nicht mehr!«, erwiderte sie. »Aber du hattest ziemlich Erfolg, bevor du gehackt wurdest. Ich meine, dank unserer Loyalität.«

Ich sah sie verwirrt an.

»Alle hier …«, sie machte eine ausholende Bewegung – vermutlich, um ganz Montauk einzubeziehen, »wir alle gingen davon aus, du hättest vorgegeben, von woanders herzukommen, um das Erbe deines Vaters zu schützen. Das war der Grund, warum wir dich nicht haben auffliegen lassen. Ich meine … Er war ein echter Künstler. Er konnte unmöglich eine Tochter haben, die das tat, was du getan hast.«

Wollte sie allen Ernstes damit sagen, dass hunderttausend Zuschauer seiner Tochter peinlich für ihn gewesen wären? Oder meinte sie damit die 150000 verkauften Exemplare meines Kochbuchs? Vielleicht auch die Tatsache, dass ich so viele Follower hatte, dass *Food Network* beschlossen hatte, eine Kochshow mit mir zur besten Sendezeit auszustrahlen? Aber dann wurde mir klar, welcher Teil ihm peinlich gewesen wäre – dass ich überhaupt nicht kochen konnte; dass ich nicht der Mensch war, der ich vor aller Welt vorgab zu sein.

»Ich habe Hunger«, meldete sich Sammy. »Ich will mich hinsetzen, und ich will essen.«

Karen sah zu Sammy hinunter. »Na, dann setz dich doch hin, Süße! Ich bitte darum! Kann ich dir einen Zimt-Toast bringen?«

Sammy schaute wieder in ihr Buch und blätterte um. »Ich weiß nicht. Kannst du das?«

Karen brach in Gelächter aus. »Du bist echt der Brüller, Sammy!«, sagte sie. Dann wandte sie sich an mich. »Wir reden bald mal in Ruhe, okay? Außerdem hätte ich mich wirklich bei dir melden sollen, als das damals passiert ist. Es tut mir leid wegen deinem Vater. Er war wirklich ein großartiger Mensch.«

Ich spürte, wie meine Brust sich zusammenschnürte. Ich wusste nicht, was ich sagen sollte – ich hatte noch nie gewusst, was ich sagen sollte, wenn jemand über meinen Vater sprach. Vor allem nicht bei jemandem wie Karen, die vermutlich genauso viel über ihn wusste wie ich. Er war früher jeden Morgen hierhergekommen, um seine Zeitung zu lesen und einen kleinen Stapel Buttermilch-Pancakes zu essen – aber niemals die drei Stück, die sie normalerweise servierten, denn das hätte Unglück gebracht.

»Wir vermissen ihn hier immer noch«, fuhr sie fort.

»Oh, gut, dann wären wir ja schon eine.«

Ich war unnötig harsch, aber ich war genervt von ihrer Aufdringlichkeit; und ich hatte nicht die Energie, so zu tun, als wäre mein Vater nicht der gewesen, der er war.

Karen trat einen Schritt zurück. Sie nahm die Beleidigung offenbar persönlich. »Ich lasse euch die Speisekarte von meiner Kollegin bringen.« Und damit stakste sie davon.

Sammy jedoch grinste breit. »Wow, der hast du es aber gezeigt«, kommentierte sie. Anscheinend gefiel es ihr, wenn man ihre persönliche Kalte-Toast-Erzfeindin runterbutterte. »Hat sie gerade von Opa gesprochen?«

Ich nickte. Sie hatte ihn nie kennengelernt, und doch lag

da eine gewisse Vertrautheit in der Art, wie sie *Opa* sagte. Was hatte Rain ihr erzählt?

»Können wir uns jetzt an eins der anderen Fenster setzen? Alisa ist eine viel bessere Bedienung.«

»Hervorragende Idee«, antwortete ich.

18

Ich hasste es, die Geschichte meines Vaters zu erzählen. Er war nicht etwa Alkoholiker gewesen. Er schlug uns auch nicht. Er hatte ganz allgemein nicht viel getan, was, wie ich vermute, wohl die beste Art war zu beschreiben, was mit ihm nicht stimmte.

Steve Stephens. Seine Eltern hatten ihn tatsächlich so genannt, was, wie er gerne sagte, einiges darüber verriet, wie er aufgewachsen war. Ich persönlich fand es vielsagender, dass er in Charleston, South Carolina, über dem Restaurant seiner Eltern aufgewachsen war. Sie hatten ursprünglich vorgehabt, nur Mittagessen zu servieren, aber niemand schien ihr Essen zu mögen. Um also über die Runden zu kommen, begannen sie, auch Abendessen anzubieten. Auch das fand keinen Anklang bei den Gästen, aber dafür schenkten sie Alkohol aus, und den wiederum mochte jeder. Auf der Stereoanlage liefen alte Balladen, die Leute blieben und tranken bis spät in die Nacht, und die Musik drang noch bis zwei Uhr morgens die Treppe hinauf bis ins Kinderzimmer meines Vaters. Womöglich klingt das romantisch, doch mein Vater betrachtete es keineswegs so. Er sagte immer, dass es in ihm eine tiefe Sehnsucht nach Stille geweckt hatte.

Ist es so gesehen nicht ironisch, dass er später ein berühmter Komponist wurde? Er war bekannt für seine Filmmusik und komponierte die Musik für insgesamt achtzig Filme. Außerdem gewann er alle möglichen Preise und Auszeichnungen; seine kleinen Goldstatuen und die Titelbilder diverser Zeitschriften säumten die Wände seines Musikstudios. Jahrzehntelang untermalten seine Melodien die Bildschirme und Leinwände auf der ganzen Welt. Dann plötzlich verließ ihn der Erfolg. Er nahm weiterhin Aufträge an und ließ sich nicht beirren, doch die Anerkennung blieb aus. Niemand rief mehr an. Es wurde still um ihn.

Es wäre einfach gewesen, hätte man es mit dem Zeitpunkt verknüpfen können, als meine Mutter ihn verließ. Ich war fünf Jahre alt, als sie einfach so zur Tür hinausspazierte. Doch ihr Verschwinden hielt ihn nicht von seiner Arbeit ab; tatsächlich hatte er danach noch mehr Erfolg. Es war die Frau danach (die junge, attraktive Vorzeigefrau), die seine Arbeit störte – Louisa Lorraine, meine Exstiefmutter. Als Louisa aus der Tür spazierte (kurz nachdem sie hereinspaziert war), begann seine Karriere zu leiden. Das war die Zeit, als er anfing, seine Regeln aufzustellen – die Regeln, die er befolgen musste, damit seine Musik wieder den Weg zurück zu ihm fände. Damit seine Kompositionen wieder Erfolg hätten. Damit er dem Ganzen Sinn verleihen könnte. Ein Beispiel: An Vormittagen, an denen er im Studio arbeitete, durfte er nur weiße Sachen essen. An Tagen, an denen er potenzielle Kunden traf, musste er immer eine ganz bestimmte Jeans tragen (und als diese Jeans auseinanderfiel, musste er zum selben Laden gehen, um sie durch eine neue zu ersetzen). Rain und mir waren nur ganz bestimmte Getränke erlaubt (Apfelsaft war okay; Mineralwasser hingegen furchtbar). Wir durften das Haus nur zu bestimmten Tageszeiten verlassen (oder nach Hause zurückkehren). Diese Regeln einzuhalten wurde besonders schwierig, als mein Vater begann, die Zeit zwischen vierzehn und siebzehn Uhr als problematisch zu erachten. Und so drückten wir uns nach der Schule im Ort herum und versuchten, so auszusehen, als ob wir irgendwohin unterwegs wären. Aber das hier war Montauk – es gab nur eine beschränkte Auswahl an Orten, zu denen man angeblich unterwegs sein konnte.

Und falls Sie denken, dass ich mich da in eine Lügnerin verwandelte, so muss ich zugeben, ich hatte ein hervorragendes Vorbild. Sie hätten mal die Lügen hören sollen, die mein Vater erzählte. Um seine Regeln aufrechtzuerhalten, log er jeden um sich herum an: die Leute, für die er arbeitete (so erfand er Gründe, um seine neuen Stücke nur an ganz bestimmten Tagen abgeben zu müssen); die Leute, die für ihn arbeiteten (er hatte eine Vielzahl verschiedener Aufgaben für sie, sodass sie stets zur richtigen Zeit ins Studio kamen oder es verließen); unsere Schule (er überlegte sich Entschuldigungen, um nicht an Elternabenden teilnehmen zu müssen, da er beschlossen hatte, dass das seine Arbeit verhexen könnte). Seine eigentliche Arbeit jedoch bestand darin, seinem komplizierten System an Ritualen zu huldigen. Er betrog alles und jeden, um sein Regelwerk aufrechterhalten zu können und sich Spielraum für seine neuen Regeln zu verschaffen, wann immer ihm welche in den Sinn kamen.

Meine Schwester und ich reagierten vollkommen unterschiedlich darauf. Sie war die typische fürsorgliche Erstgeborene. Sie versuchte, ihm dabei zu helfen, sein System am Laufen zu halten. Sie machte morgens den Kaffee, damit er nicht vor der Arbeit in die Küche gehen musste. (Wenn sie den Kaffee für ihn machte und ihm in sein Studio brachte, war es ihm erlaubt, ihn zu trinken.) Sie brachte ihm das Abendessen auf den »sicheren« Tellern, so konnte sie ihn leichter dazu bringen, etwas zu essen.

Auf der anderen Seite war da ich, die Zweitgeborene, und ich tat alles, was in meiner Macht stand, um seine Regeln zu sabotieren und ihm zu zeigen, dass sie zu nichts führten. Ich servierte ihm das Frühstück auf den »bösen« Tellern und erzählte es ihm erst danach. Ich dachte, es würde ihm beweisen, dass die Regeln nichts brachten; denn er war nach dem Essen trotzdem in der Lage gewesen zu arbeiten, und er war auch nicht beim ersten Bissen tot umgefallen. Doch er betrachtete meine Lektionen nie als liebevolle Hinweise – für ihn waren es feindselige Akte.

Wenn ich versuchte, ihm zu erklären, dass, wenn die Regeln tatsächlich funktionieren würden, er wohl schon längst wieder damit begonnen hätte, Musik zu komponieren, auf die er stolz wäre, machte er vollends dicht. Er sah die Sache grundlegend anders. Er betrachtete die Regeln als einzigen Weg zurück zu seinem künstlerischen Erfolg. Meine Unfähigkeit, das zu akzeptieren, schien ihm lediglich ein Beweis für meinen Trotz. Ein Beweis, dass es mir in meinem eigenen Leben an Vorstellungskraft fehlte.

Da Rain allen seinen Wünschen nachkam, wandte er sich

eben ihr zu – und zog sich langsam und vollständig von mir zurück.

Ich glaube, das hat mir meine Schwester nie verziehen. Sie verzieh unserem Vater seine Regeln und Spleens – vielleicht kapierte sie, dass es ihm unmöglich war, davon loszukommen –, aber sie glaubte, dass ich hätte helfen sollen, sie aufrechtzuerhalten. Dass ich *ihr* hätte helfen sollen, damit sie nicht alles alleine stemmen musste.

Sie war wütend auf mich, weil ich Montauk verlassen hatte, um auf die Uni zu gehen. Immerhin hatte sie nach ihrem Highschool-Abschluss genau die gegenteilige Entscheidung getroffen. Aber so wütend sie auch war, dass ich fortgegangen war, so war sie noch wütender, dass ich während unserer gemeinsamen Zeit nicht auch so getan hatte, als ob mein Vater ganz normal wäre, dass ich nicht geholfen hatte, unser Leben unter seinem Wahnsinnsregime am Laufen zu halten.

Was uns zu unserer gegenwärtigen Beziehung führte – beziehungsweise dem Mangel einer solchen. Es erklärte, warum wir uns seit der Beerdigung unseres Vaters vor neun Jahren ganze fünf Mal gesehen hatten. Beim ersten Mal war es um das Testament gegangen. Es war kein Geld da, das wir hätten teilen können; nur das Haus, um das man sich kümmern musste. Das zweite Mal war zu meiner Hochzeit mit Danny gewesen. Rain war ein Fan von ihm – wahrscheinlich, weil auch mein Vater einer gewesen war. Das dritte Mal zu ihrer Hochzeit mit dem Mann, der Sammys Vater wurde. Er war Professor am Southampton College – *Rains* Professor am Southampton College –, und es war unser bestes Wiedersehen, da Rain viel zu glücklich war, um sich darauf zu konzentrieren, mich zu hassen. Das vierte Mal war zu Sammys Geburt – Sammys Vater, der Rain wegen einer anderen Studentin schwanger sitzen ließ, war da bereits weg. Und das fünfte Mal war, als Sammy zwei Monate alt war. Danny arbeitete gerade an einem Haus in East Hampton, und ich machte den Fehler zu erwähnen, dass ich aus diesem Grund zu Besuch gekommen war. Sie hingegen machte den Fehler, es nicht als nette Geste zu betrachten, sondern mich rauszuschmeißen. Als sie die Tür schloss, hielt sie Sammy, das süße kleine Baby, fest in ihren Armen.

Selbst nach all den Jahren konnte meine Schwester mir nicht vergeben, dass ich sie mit unserem Vater allein gelassen hatte.

Ich hatte ihr ebenfalls nicht vergeben – wenn auch aus dem gegenteiligen Grund. Ich hatte ihr nicht vergeben, dass sie so viel Zeit damit verbracht hatte, sich um meinen Vater und seine Regeln zu kümmern, obwohl sie die einzige Mutterfigur war, die ich hatte. Dass sie aufgehört hatte, sich um mich zu kümmern.

Meine Schwester glaubte, dass ich sie verlassen hatte. Aber wenn sie nur ein wenig nachdachte, konnte sie begreifen, dass sie schon nicht mehr da gewesen war, um von mir verlassen zu werden.

19

Das gesamte Frühstück hindurch schmökerte Sammy in ihrem Buch, ohne sich auch nur ein bisschen mit mir zu beschäftigen.

Wieder daheim, verzog sie sich auf ihre Galerie, und als ich aus der Dusche kam, fand ich Rain im Schlafzimmer vor, die sich für die Arbeit umzog.

Rain war leitende Angestellte im Maidstone, einem netten kleinen Hotel in East Hampton. Sie hatte dort mit einundzwanzig als Rezeptionistin angefangen, und heute managte sie praktisch das gesamte Hotel. Es gab nichts an dem Job auszusetzen – außer, dass er nicht zu meiner Schwester passte. Erstens hasste sie Menschen und hatte dort den ganzen Tag mit ihnen zu tun. Zweitens hatte sie die East Hampton High als Jahrgangsbeste abgeschlossen und war nichts Geringeres als ein Mathegenie. Die Harvard University hatte sie gewollt, genauso wie die Princeton. Sie hätte überall hingehen, hätte alles tun können. Sie hätte in irgendeiner Denkfabrik arbeiten können, wo sie nie wieder zu einem Menschen hätte freundlich sein müssen. Sie hätte woanders hingehen sollen als nur ein Stück die Straße runter.

Sie verschränkte die Arme vor der Brust und versuchte erst gar nicht, ihre Geringschätzung für mich zu verbergen.

»Wo ist Gena?«, fragte sie.

»Sie ist nicht aufgetaucht«, antwortete ich. »Womöglich solltest du deine Babysitter-Auswahl noch mal überdenken.«

Kopfschüttelnd ging sie zum Kleiderschrank. »Sammy muss wirklich damit aufhören, mich anzulügen.«

»Wie geht es Thomas?«

»Er wird wieder.« Sie seufzte. Offensichtlich war sie immer noch aufgewühlt wegen des Unfalls, aber genauso offensichtlich hatte sie keinerlei Interesse, mit mir darüber zu sprechen. »Hat sie dich überredet, zu *John's* zu fahren?«

»Ja«, gab ich zu. »Karen McCarthy war da. Wirklich sehr sympathisch.«

Sie lachte. »Hat sie dich vorgeführt? Das muss ein Riesenspaß gewesen sein.«

»Deine Tochter scheint auch kein großer Fan von ihr zu sein.«

»Tja, sie ist eben ein kluges Mädchen.«

»Schon, oder? Sie hat das gesamte Frühstück durch gelesen. Ich meine, ich weiß ja nicht, was andere Sechsjährige so tun, aber …«

»Woher auch?«, unterbrach sie mich. Offensichtlich hatte sie kein Interesse an meinem plötzlichen Interesse. Oder der Vertraulichkeit meiner Frage. Die Strafe folgte umgehend. »Im Krankenhaus lag eine Ausgabe von der *USA Today* herum«, sagte sie.

Ich wandte den Blick ab, um sie nicht noch mehr zu ermuntern.

»Ich glaube, die Überschrift lautete: **VON DER KOCHBUCH-PRINZESSIN ZUR SCHMAROTZERIN.**«

Ich zuckte die Achseln und tat so, als würde mich das nicht weiter berühren. »Die konnten das auch schon besser.«

»Sogar ich könnte es besser.« Sie zog einen Schal aus dem Schrank. »Eigentlich haben sie sich vor allem auf die Affäre gestürzt, aber das finde ich nun wirklich affig. Mit wem du schläfst oder nicht, ist doch gar nicht das Problem. Das Problem ist, dass du ums Verrecken nicht kochen kannst.«

Ich berichtigte sie nicht, obwohl auch sie das eigentliche Problem nicht begriffen hatte. Sicher gab es Leute, die sich daran rieben, dass ich nicht wirklich kochen konnte. Allen anderen ging es um eine viel wesentlichere Sache: dass sie geglaubt hatten, mich zu kennen, und sich nun betrogen fühlten. Das war das Geschäft, auf das wir gesetzt hatten: Ich sollte sie an meiner wundervollen Ehe teilhaben lassen, an meinem reizenden Heim und den Rezepten, mit denen ich es wärmte. Und genau das hatte ich ihnen gestohlen.

»Tatsächlich habe ich fast Mitleid mit dir bekommen«, sagte sie.

Schlug sich meine Schwester etwa auf meine Seite? »Nun, das ist zwar noch kein ›Das hast du wirklich nicht verdient‹, aber ich nehme es trotzdem gerne an.«

»Solltest du nicht.«

So viel zum Thema schwesterliche Harmonie.

Sie betrachtete sich im Spiegel, versuchte, ihr müdes Gesicht zu einem frischen Lächeln zu verziehen, gab dann auf.

»Folgendes … wir haben heute Abend eine Hochzeit im Maidstone. Normalerweise passt Thomas bei so was auf Sammy auf.«

»Ist das etwa eine Einladung hierzubleiben?«

»Nicht wirklich.« Verlegen trat sie von einem Fuß auf den anderen. »Ich will damit nur sagen, dass die Welt sich zu deinen Gunsten verschworen und meinen Freund ins Krankenhaus befördert hat.«

Ich musste an den schrecklichen Artikel in der *New York Post* denken und an Dannys Gesicht, sollte irgendein Trottel bei der Arbeit ihm die Zeitung unter die Nase halten. Während ich noch an Danny dachte, fiel mir meine ruinierte Karriere ein: meine aufgelösten Verträge, mein leeres Konto, die Tatsache, dass momentan niemand in der Welt etwas mit mir zu tun haben wollte. Karen McCarthy tweetete ihren hundert klatschsüchtigen Followern bestimmt schon über unsere Begegnung. Amber Rucci schwelgte in ihrem Triumph. »Ich glaube ja nicht, dass die Welt sich *zu meinen Gunsten* verschworen hat«, erwiderte ich, »aber ich nehme das Angebot gerne an.«

»Seit Thomas angefangen hat, auf diesem Ding herumzufahren, ist er schon fünfmal im Krankenhaus gelandet, also ist es eher keine Verschwörung.«

»Jemand sollte ihm das Rad wegnehmen.«

»Niemand ist perfekt«, gab sie abwehrend zurück, und ihre Stimme klang wie früher, wenn sie über unseren Vater sprach. Sie blickte auf den Boden, als würde sie darüber nachdenken, wie sie sich in diese Falle manövriert hatte, beschloss aber offenbar, dass keine Zeit für solche

Überlegungen war. »Sammy muss bis Montag ein kleines Experiment für das Feriencamp vorbereiten. Meinst du, du kannst ihr dabei helfen?«

»Was für ein Camp ist das?«

»Ein Camp für Kinder, die gerne lernen«, antwortete sie.

»Sammy ist ein besonderes Kind, nicht wahr?«

»Wie oft willst du das noch fragen?«

Mir fiel keine gute Antwort ein, und Rain wollte ohnehin keine haben. Sie wollte mit mir nicht über Sammy reden – was in Ordnung war. Ich wollte auch nicht mit ihr reden.

Sie zögerte einen Moment. »Da ist noch etwas«, begann sie. »Ich will nicht, dass sie sich heute zu sehr an dich gewöhnt oder Zuneigung entwickelt.«

»Ich glaube nicht, dass ein großes Risiko besteht, wenn ich sie heute dazu nötigen muss, ein Experiment vorzubereiten.«

»Vergiss es, ich nehme sie mit.«

»Nein, nein! Das geht in Ordnung, Rain, wirklich.«

»Spar dir einfach nur irgendwelche Geschichten über unsere Kindheit. Alles darüber, wie ihre Mutter früher war. Ich meine es ernst.«

Ich nickte, und mir kam der Gedanke, dass wir beide die Person versteckten, die wir einst waren – und das vor den Menschen, die uns am meisten bedeuteten.

»Hör zu, Sammy ist von Montag bis Freitag im Camp. Sie geht seit dem Ferienanfang hin … Gott sei Dank, denn letztes Jahr hat sie sich geweigert.« Sie schüttelte den Kopf. »Aber um diese Zeit ist im Hotel wirklich die Hölle los, und ich weiß nicht, was ich am Wochenende mit ihr anstellen soll. Eigentlich war Thomas mein Wochenendplan für sie. Ich schätze mal, dass wir im Moment beide nicht besonders viele Optionen haben.«

»Es ist doch schön, etwas gemeinsam zu haben.«

20

Nur für den Fall, dass Sie befürchten, das hier würde sich in eine dieser Geschichten über eine Frau verwandeln, die begreift, dass sie an den Ort ihrer Kindheit gehört, so möchte ich Sie daran erinnern, dass ich es hasste, wieder in Montauk zu sein. Ich hasste es, mich mit meiner Schwester und ihrem unfairen Urteil über mich auseinandersetzen zu müssen. Ich hasste es, unser ehemaliges Haus anzuschauen, in dem Wissen, dass sie über den Tisch gezogen worden war und es wahrscheinlich für ein Viertel seines Wertes verkauft hatte.

Allein die Adresse hätte ihr eine stolze Summe einbringen müssen. Es ging nämlich vor allem um das, was es außerhalb seiner Fenster bot: die wundervollste Aussicht überhaupt auf Montauks unberührte Strände.

Man musste nur aus der Hintertür hinaus und ein paar wackelige Stufen hinunter, und schon war man da. Vor einem lag der Atlantische Ozean, und links und rechts erstreckten sich seine ruhigen weißen Sandstrände, so weit das Auge reichte. Das Schönste an meiner Kindheit hier war es gewesen, diese Stufen zum Meer hinunterzusteigen, den Wind im Gesicht zu spüren und mich wenigstens für eine kleine Weile frei zu fühlen.

Doch heute verwandelte sich selbst diese Erinnerung in etwas anderes. Sammy hatte ein Spiel, bei dem sie versuchte, ihre eigene Bestzeit für die Strecke bis zum Meer zu unterbieten. Sie schaffte es in fünfundzwanzig Sekunden. Sammy die Stufen hinterherzujagen, in der Hoffnung, sie möge nicht stolpern und stürzen, nahm mir den Großteil der Freude daran.

Als ich am Strand ankam, war ich völlig außer Puste. Sammy bückte sich und füllte ein Einmachglas mit Wasser. »Wir machen heute Regen«, verkündete sie. »Ich muss nur den Deckel gut schließen, dann können wir wieder nach oben gehen.«

Ein Stück weiter den Strand runter spielte eine Gruppe Kinder in Sammys Alter Ball. Kein Einmachglas weit und breit.

»Sammy, wir können gerne noch ein Weilchen hier am Strand abhängen. Was hältst du davon?«

»Warum sollten wir das tun?«, wollte sie wissen.

»Da hinten ist ein ganzer Haufen anderer Kinder«, sagte ich. »Wir könnten doch hingehen und schauen, was sie so machen?«

Sie schüttelte den Kopf und sah nicht einmal in die Richtung. »Nein, danke.«

»Warum denn nicht?«

»Ich habe nicht wirklich Lust dazu.«

»Verbringst du jemals Zeit mit irgendwem außer deiner Mutter?«

»Thomas«, sagte sie. »Und manchmal auch Ethan.«

»Ich meine, jemand in deinem Alter?«

Sie seufzte. »Nein, in letzter Zeit nicht.« Sie schien nicht einmal niedergeschlagen deswegen, was es irgendwie noch trauriger machte. Es war, als hätte sie sich damit abgefunden, keine Freunde zu haben.

Doch für Sammy hatte sich das Gespräch damit erledigt; sie rannte bereits Richtung Gästehaus, während ich, weit abgeschlagen, hinterherhetzte.

Als ich die Stufen hochstieg, blickte ich zum Haupthaus hinauf, über dessen gesamte Rückseite sich die großzügigen Erkerfenster zogen, die eine grandiose Aussicht auf das Meer eröffneten. Ich versuchte auszumachen, ob jemand zu Hause war, konnte aber aufgrund der Dunkelheit, die drinnen herrschte, kaum etwas erkennen.

In der Einfahrt jedoch stand ein Sportwagen, ein rot glänzender Porsche. Er wirkte fehl am Platz auf dem Schotterweg, zu protzig, und erinnerte mich an die Partys, die mein Vater hier früher gegeben hatte und bei denen sich die schicken Autos der Gäste um unseren alten VW-Käfer quetschten. Mein Vater behielt das Auto während seines ruhmreichen Aufstiegs als Musiker und auch meine gesamte Kindheit über. Er tauschte ihn nie gegen einen besseren Wagen ein, obwohl er es sich finanziell durchaus hätte leisten können. Dabei ging es um Loyalität, sagte er.

Als ich am Gästehaus ankam, saß Ethan rauchend auf der Verandatreppe. Er trug wieder seine Fischerkluft. Er winkte in meine Richtung. »Schau einer an, sie ist ja immer noch hier«, sagte er.

»Wohnst du hier oder so was?«

Er schüttelte den Kopf. »Nö. Ich wohne im Hafen.«

»Was willst du dann hier?«

»Ich bin befreundet mit euren Nachbarn.« Er hielt inne. »Mit der Nachbarin, um genau zu sein.«

»Die Promi-Dame, deren Namen niemand auszusprechen wagt?«, fragte ich.

Er nickte. »Genau die«, bestätigte er. »Die *Ehefrau.*« Er grinste, und da kapierte ich, was er meinte. Er war mehr als nur befreundet mit der Promi-Ehefrau.

»Im Ernst?«, entfuhr es mir. »Und überhaupt, wer raucht heutzutage noch?«

Er deutete zum Porsche. »Ihr Ehemann ist unerwartet nach Hause gekommen. Also verstecke ich mich. Die Zigarette dient nur als Tarnung.«

»Na klar!«

Zum Beweis drückte er die Zigarette am Absatz seines Schuhs aus. »Außerdem haben die Leute alle möglichen Arrangements. Wenn einer das wissen sollte, dann …«

»Du weißt gar nichts über mich.«

Er sah nachdenklich zu mir auf. »Das stimmt wohl.«

Ich setzte mich auf die unterste Stufe, zu erschöpft, um herauszufinden, ob er es ernst meinte. »Ist Sammy schon drin?«

»Ja, gesund und munter.«

Ein überwältigender Gestank nach Fisch ging von ihm aus, und ich verzog unwillkürlich das Gesicht.

»Tut mir leid, ich hatte noch nicht die Gelegenheit zu duschen.«

»Es gibt Schlimmeres«, erwiderte ich.

Er grinste. »Ich glaube, das ist das Netteste, was du seit

unserem Kennenlernen zu mir gesagt hast«, sagte er. »Danke schön.«

»Was fischst du überhaupt?«

»Heute? Schwertfisch. Aber es kommt darauf an. Ich bin zusammen mit Thomas Mitglied eines Seefahrer-Kollektivs hier draußen. Wir fischen nachhaltig, daher haben wir strenge Vorgaben, wie es zu laufen hat.« Er beugte sich zu mir. »Nachhaltig bedeutet: frisch gefangener Fisch aus lokalen Beständen. Der Fang wird nicht über weite Strecken transportiert, du weißt schon, zwecks besserer CO_2-Bilanz.«

»Ich weiß, was nachhaltig bedeutet.«

Er zuckte die Achseln. »Ich weiß ja nicht, wie weit das mit deiner Betrügermasche ging. Ob sie dir überhaupt was über Lebensmittel beigebracht haben.«

Ich beschloss, ihn zu ignorieren. »Wie geht es Thomas? Rain wollte nicht darüber reden.«

»Ist auf dem Weg der Besserung, aber er wird so schnell nicht mit mir rausfahren können. Das heißt, mein Sommer ist gerade noch etwas komplizierter geworden.«

»Ich bin sicher, du kannst den Fisch selbst an Bord ziehen.«

»Ja, ich schätze, das stimmt.« Er neigte nachdenklich den Kopf. »Bist du eigentlich auf der Suche nach einem Job? Ich meine, während du hier bist?«

»Ich kann unmöglich so riechen wie du.«

Er grinste. »Ich wollte dir doch keine Stelle bei mir anbieten. Ich weiß nur zufällig, dass der Köderladen im Hafen Aushilfen sucht. Ich könnte dir wahrscheinlich einen Job an der Kasse besorgen.«

Ich lachte laut auf.

»Ich weiß, es ist nicht besonders sexy, aber ...«

»Nicht?«

Er hob kapitulierend die Hände. »Ich wollte nur sagen, dass ich ein gutes Wort für dich einlegen würde. Das ist alles.«

Wir hörten eine Tür zufallen, und als wir aufblickten, sahen wir den Ehemann der Promi-Dame, der das Haus verließ und zu seinem roten Porsche ging. Er war groß und attraktiv, auf eine jungenhafte Art. Etwas zu groß und zu dünn vielleicht. Ein typischer geschniegelter Großstädter.

Er erblickte uns auf der Treppe. »Ethan! Hab ich mir doch gedacht, dass du das bist«, rief er.

Ethan winkte. »Hey, Henry. Bist wohl gerade erst angekommen?«

»Ja, bin vor zwei Stunden eingehubschraubert«, sagte er. Dann wandte er sich an mich. »Sie kommen mir irgendwie bekannt vor. Sind wir uns schon begegnet?«

Mein Herzschlag beschleunigte sich, und ich gab mir Mühe, lässig zu klingen. »Eher nicht.«

Ethan deutete auf mich. »Sunshine Mackenzie, geborene Stephens, die Fernsehköchin, die kürzlich gehackt wurde.«

Ich zwang mich zu einem Lächeln und stieß Ethan mit dem Ellbogen in die Seite.

»Oh, entschuldige, die *YouTube*-Köchin, die gerade gehackt wurde«, berichtigte er sich. »Hat es leider nie so ganz ins Fernsehen geschafft. Obwohl drüben in Sag ein großes Werbeplakat mit ihr hängt.«

Henry erwiderte das Lächeln. »Stimmt! Ich glaube, meine

Frau ist ein großer Fan von Ihnen. Und ich bin mir *absolut* sicher, dass wir Ihr Kochbuch bei uns stehen haben.«

»Ist sie nicht«, flüsterte Ethan, während er weiterwinkte. »Und nein, haben sie nicht bei sich stehen.«

»Sehen wir uns später noch, Kumpel?«, rief Henry. »Vielleicht bei einer kleinen Runde Wellenreiten?«

»Unbedingt«, sagte Ethan.

Henry reckte den Daumen. Dann verschwand er in seinem Wagen und brauste davon.

Nachdem er fort war, sah ich zu Ethan, der nur die Achseln zuckte. »Ich habe paarmal den Fisch für ihre Dinner-Partys geliefert, deswegen weiß er, dass wir uns gut verstehen«, erklärte er. »Er weiß nur nicht, *wie gut.*«

»Wie überaus reizend«, erwiderte ich ironisch. »Und musstest du mich wirklich so vor ihm bloßstellen?«

»Ach, bitte! Du willst eine gute Figur machen vor dem Typen, der gerade *Hubschrauber* als Verb verwendet hat?«

»Ich versuche, hier unterzutauchen und möglichst nicht aufzufallen. Zumindest so lange, bis ich so tun kann, als ob das alles niemals passiert wäre.«

Er runzelte die Stirn. »So tun als ob? Nichts für ungut, aber ist das nicht, wie du überhaupt erst in dieses Schlamassel hineingeraten bist? Wenn du mich fragst …«

»Ich frage dich nicht.«

»… solltest du wahrscheinlich aufhören, irgendwem was vormachen zu wollen.« Damit stand er auf und schlenderte zum Haupthaus hinüber, in dem ich aufgewachsen war und das nun seiner berühmten Freundin gehörte.

»Gib mir Bescheid, falls du deine Meinung zum

Köderladen-Job ändern solltest«, rief er. »Ich werde ein gutes Wort für dich einlegen.«

»Und warum solltest du das tun?«

Er drehte sich um. »Ich weiß nicht. Einfach so, weil ich es kann.«

»Tja, da, wo ich herkomme, tun die Menschen nicht einfach so nette Dinge füreinander.«

Er lächelte und deutete um sich herum. »Das hier ist, wo du herkommst.«

21

Die Wahrheit war: Ich brauchte einen Job.

Einen ganz bestimmten Job. Und das war der Grund, warum ich mich überhaupt darauf eingelassen hatte, nach Montauk zu gehen. Ich brauchte eine Arbeit, die mir den Start auf meinem persönlichen Pfad der Wiedergutmachung ermöglichen würde, an dessen Ende eine neue Show mit einem ganz frischen Ansatz stand. Im Geiste war ich schon dabei, einen neuen Plan auszuformulieren. Eine neue Story, wenn Sie so wollen: Sunshine kehrt an den Ort ihrer Kindheit zurück, um zu akzeptieren, wer sie wirklich ist; während dieses Prozesses lernt sie kochen – und dieses Mal wirklich. Aber nicht einfach bei irgendwem. Nein, beim Meisterkoch der Hamptons höchstpersönlich!

Das wäre der erste Schritt, um mir alles zurückzuholen. Die Kochbücher, die Show.

Ich hatte schon das Ambiente der neuen Show vor Augen – elegant und echt, sandig und geerdet, ein Traum. Wir würden in einer Küche mit Blick auf den Atlantik drehen, mit frischem Fisch auf der Theke und Zitronen und weißen Muscheln als Deko.

Ich würde quasi als abgespeckte Version meiner selbst

aus der Versenkung auftauchen – sonnengebräunt, strahlend und von einer noch natürlicheren Grazie als zuvor. Alles, was nötig wäre, war ein kurzes, schmerzloses Schuldeingeständnis nach dem Motto: *Wenn du dich mit den falschen Leuten umgibst, besteht immer die Gefahr, dass du selbst ebenso falsch wirst.*

Aber jetzt hatte ich mich mit den richtigen Leuten umgeben: mit meiner Familie, meinen alten Freunden und einem neuen Freund, einem herausragenden Koch, der mich als seinen Schützling auserkoren hatte. Und ich konnte es kaum erwarten, meine neuen köstlich-maritimen Rezepte mit der Welt zu teilen – natürlich hausgemacht.

Ich wäre rehabilitiert, und Amber Rucci wäre vergessen.

Doch zuerst musste mich besagter Koch unter seine Fittiche nehmen – was keine leichte Aufgabe sein würde, angesichts der Tatsache, *wer* er war. In einer Welt, in der jeder Koch nach Buchverträgen, Fernsehsendungen und Aufmerksamkeit lechzte, zeigte er keinerlei Interesse an all dem. Er wollte in Ruhe gelassen werden – was einer der Hauptgründe war, warum er sein Restaurant in den Hamptons eröffnet hatte.

Das Restaurant, das er *28* genannt hatte, befand sich auf dem Weg nach Amagansett, nur ein paar baumgesäumte Straßen abseits des Montauk Highway. Der Name kam daher, dass das Etablissement lediglich über einen Speiseraum mit achtundzwanzig Sitzplätzen und eine Kochtheke verfügte. Die fünf Plätze an der Theke waren die begehrtesten, aber überhaupt einen Tisch in dem kleinen Speiseraum zu bekommen, grenzte an ein Wunder. Wer etwas von Essen verstand (und auch wer nicht), hatte von diesem Restaurant gehört. Es war ein Restaurant, für das man extra anreiste; ein Ort, an dem man sich verlobte; ein Ort, an dem man seine Hochzeit feierte; ein Ort, an dem man nicht mal eine Reservierung bekam.

Und mit etwas Glück wäre es auch das Restaurant, an dem mein langer Weg der Wiedergutmachung begann.

Ich holte Sammy ein Eis bei *Craig's* (zwei Kugeln in der Waffel, Schoko und Vanille) und ließ sie damit im Foyer stehen, damit ich allein ins *28* gehen konnte. Die Einrichtung des Speiseraums war Understatement pur: Holzbalken, dunkle steinerne Tischplatten, schlichte Windsor-Stühle. An der Wand hingen zwei Gemälde – eines von Montauk, um 1938, mit dem Titel *Hurricane* am unteren Rand des Rahmens; das andere ein Stillleben von einem Holzlöffel und einer Holzgabel, die überkreuzt auf einer weißen Tischdecke lagen. Ich konnte mir nicht erklären, was dieses so einfache, so schlichte Bild derart faszinierend machte, und doch wollte man ein Teil davon sein, genauso wie vom Restaurant selber.

Eine Frau stand an der Empfangstheke und war damit beschäftigt, die Menükarten für das Abendessen in ihre Halterungen zu schieben. Sie war Anfang sechzig, makellos frisiert und trug einen weißen leichten Pullover zu einer dunklen Anzughose. Förmlich und professionell. Und so unaufdringlich, dass man sie hätte übersehen können, wäre da nicht ihr Parfüm gewesen – eine penetrante Mischung aus Lavendel und Löwenzahn, die Frau roch, als hätte ihr jemand gesagt, dass man bei Naturdüften so viel auftragen dürfe, wie man will. Und anscheinend wollte sie eine ganze Menge davon.

Sie blickte auf und sah mich in der Tür stehen. »Wir haben bis zum Abendessen geschlossen«, sagte sie.

»Eigentlich bin ich auf der Suche nach der Geschäftsführerin … Lottie Reese?«

Sie setzte ein gezwungenes Lächeln auf; vermutlich dachte sie, ich wäre gekommen, um sie um eine Reservierung anzubetteln. »Das bin ich.«

Ich nickte, als hätte ich das nicht gewusst. Dabei hatte ich es gewusst. Ich hatte brav meine Hausaufgaben gemacht und mir genau diesen Zeitpunkt ausgesucht, um im Speiseraum aufzukreuzen, wenn sie da wäre: Lottie Reese – Chefkoch Zs rechte Hand und die erste Angestellte, die er anheuerte, als er das *28* eröffnete. Chefkoch Z mied den Speiseraum – er mischte sich nicht gern unter seine Gäste; dafür kümmerte sich Lottie jeden Abend um alles, was im Publikumsbereich ablief. Und tagsüber um alles andere.

Ich schenkte ihr ein breites Lächeln, sah mich im Restaurant um und lauschte den Klängen aus der Küche. Ich nahm die Gerüche in mich auf – eine Mischung aus Zitrusfrüchten und frisch geschnittenen Kräutern –, die mich daran erinnerten, dass ich den ganzen Tag noch nichts gegessen hatte.

»Was kann ich für Sie tun?«, fragte Lottie.

»Peter Gerbertson hat mir gesagt, ich soll direkt nach Ihnen fragen. Ich habe früher im *Per Se* für ihn gearbeitet.«

Ihre Augen weiteten sich, während sie versuchte, sich nichts anmerken zu lassen. Peter war dort Geschäftsführer gewesen und eine Berühmtheit in der Welt der Edelgastronomie. In Anbetracht dessen, dass ich sie anlog – ich hatte Peter nie getroffen, geschweige denn für ihn gearbeitet –, war es ein ziemlich riskanter Zug, seinen Namen zu verwenden. Aber er verlieh mir eine gewisse Seriosität. Ich wusste, dass das *Per Se* sie nicht kaltließ. Auch wenn Chefkoch Z das Geschäftsgebaren im Gastronomie-Business missbilligte, gefiel Lottie der Gedanke, dass die gehobenen Etablissements dieser Welt, wie das *Per Se* und *Blue Hills,* das *28* kannten und so respektvoll über sie redeten, wie Lottie dies ihrerseits tat. Ihr aufgesetztes Lächeln verwandelte sich in ein echtes, und ich konnte sehen, wie sie meine Kleidung in Augenschein nahm, die ich sorgfältig ausgewählt hatte: eine weiße schlichte Bluse zu einer klassischen Jeans. Das Haar offen und gelockt. Dazu eine ovale Schildpattbrille mit dickem Rahmen, die mein Gesicht verbarg. Mit der Brille und ohne Make-up sah ich nicht ganz so sehr wie ich selbst aus. Es war meine Clark-Kent-Verkleidung für alle Fälle, auch wenn ich natürlich noch nie Superman gewesen war.

»Wie geht es Peter?«, fragte sie.

»Es geht ihm gut«, antwortete ich. »Er lässt Sie grüßen. Und er meinte, Sie seien diejenige, an die ich mich bezüglich einer Stelle im *28* wenden sollte.«

»Nun, es ist sehr nett von ihm, dass er Sie bei mir vorbeischickt, Miss …«

Sie wollte meinen Namen wissen, was ich für ein gutes Zeichen hielt. »Sammy«, sagte ich. »Sammy Stephens.«

Ich hätte wahrscheinlich gründlicher nachdenken sollen, bevor ich den Namen meiner Nichte nannte, aber er war der erste, der mir in den Sinn kam.

»Freut mich, Sie kennenzulernen, Sammy«, sagte sie.

»Auch wenn wir diese Saison ehrlich gesagt schon überbesetzt sind. Aber wenn Sie uns Ihren Lebenslauf dalassen, gebe ich Ihnen Bescheid, falls etwas frei wird.«

Ich tat so, als würde ich in meine Tasche greifen, um einen Lebenslauf herauszuziehen, auch wenn ich absolut nicht die Absicht hatte, ihr einen zu geben. Ich würde diese Schlacht jetzt und hier gewinnen oder verlieren.

»Das wäre super«, sagte ich. »Es muss hart sein, die Leute jeden Sommer wieder neu einzulernen.«

»Es geht schon«, erwiderte sie.

In diesem Moment ertönte ein Brüllen aus der Küche. Britischer Akzent. Laut und furchterregend. Chefkoch Z.

Lottie überspielte es gekonnt und musterte mich aufmerksam. Sein Gebrüll verwies nur zu deutlich auf die offensichtlichen Missstände: wie viele Leute Chefkoch Z feuerte. Wie schwer es für sie war, überhaupt irgendwelche Mitarbeiter zu halten, da niemand gut genug für Z war, niemand seinen Ansprüchen genügte – eine Herausforderung, die in den dünn besiedelten Hamptons umso schwieriger ausfiel.

»Die Gegend lebt weitestgehend vom Sommergeschäft, und das gilt natürlich auch für die Gastronomie hier«, sagte Lottie diplomatisch.

Ich nickte. »Natürlich, aber ich komme von hier. Ich bin in Montauk geboren und aufgewachsen und habe nicht vor wegzuziehen. Meine Schwester hat eine kleine Tochter, deswegen will ich in ihrer Nähe sein. Falls es also mit uns klappen sollte, hätten Sie selbst in den ruhigeren Jahreszeiten eine Mitarbeiterin, auf die Sie zählen können.«

Sie neigte den Kopf und schien nachzudenken. »Wie lange waren Sie im *Per Se?*«

Ich schenkte ihr mein umwerfendstes Lächeln. »Eine ganze Weile. Und davor habe ich in der *Gramercy Tavern* gearbeitet. Ich bin absolut damit vertraut, wie eine Küche wie diese läuft.«

Sie lächelte. »Solange man nicht hier gearbeitet hat, hat man keine Ahnung, wie eine Küche wie diese hier läuft.«

»Auch wieder wahr. Aber ich würde es gerne herausfinden.«

Ihr Lächeln verschwand, und ich fragte mich, ob ich mich zu weit aus dem Fenster gelehnt hatte. »Entschuldigen Sie«, sagte sie. »Ich überlege gerade nur … warum Sie mir so bekannt vorkommen?«

»Wahrscheinlich habe ich Sie mal bedient.«

»Na schön, Sammy, wenn Peter dich schickt, werde ich dir eine Chance geben; aber du wirst die Probezeit absolvieren müssen wie alle anderen auch.«

»Verstanden.«

»Wir servieren das Abendessen in zwei Sitzungen: achtzehn dreißig und einundzwanzig Uhr. Sei um siebzehn Uhr da. Ich lasse dich für den Anfang bei Douglas über die Schulter schauen, und je nachdem, wie du dich anstellst, bist du dabei.«

»Wunderbar, dann bis später«, sagte ich und wollte schon gehen.

»Warte mal!«, rief sie. »Jetzt weiß ich, warum du mir so bekannt vorkommst.«

Ich wappnete mich innerlich und drehte mich um.

»Hat man dir schon mal gesagt, dass du wie dieses Mädchen aussiehst? Dieses Kochsternchen … die, die gar nicht kochen kann. Wie war doch gleich ihr Name?«

Ich schob die Brille ein Stück höher. »Ich glaube, es war … Sunshine.«

»Stimmt, Sunshine … Du siehst ihr zum Verwechseln ähnlich.«

Mein Herz begann zu rasen, aber ich zuckte nur die Achseln und ließ mir nichts anmerken. »Ja, das hat man mir schon oft gesagt, auch wenn ich nicht wirklich finde, dass es stimmt.«

Lottie nickte. »Na ja, sie ist dünner.«

»Ich kenne sie nicht wirklich, also …«

»*Viel* dünner«, sagte Lottie.

22

Als wir zu Hause ankamen, saß Rain mit einem Glas Wein auf der Veranda. Sie wirkte erschöpft, auch wenn sie versuchte, es zu verstecken, indem sie Sammy ein breites Lächeln schenkte.

»Wie lief es mit dem Experiment?«, fragte sie.

»Relativ ereignislos«, sagte Sammy. »Wie war die Hochzeit?«

»Wenn ich jemals wieder das Wort Orchidee höre …«

Sammy legte den Kopf schräg. »Ich glaube, du könntest eine Pizza vertragen.«

Rain blickte ihre Tochter schmunzelnd an, und ich konnte ihr ansehen, dass die Freude an ihrem Kind jeglichen Ärger vergessen machte. »Das ist eine ganz fantastische Idee«, erwiderte sie.

Rain scheuchte Sammy ins Haus, offenbar, um die Pizza zu bestellen. Für mich gab es keine Einladung. Nicht einmal ein Hallo. Ich war die Babysitterin, deren Dienste sie nie wieder in Anspruch nehmen wollte. An der Haustür drehte sie sich noch einmal um und zwang sich zu einem Lächeln. »Du willst wahrscheinlich in die Stadt gehen, oder?«, fragte sie. »Und dir dort was zu essen besorgen?«

Ich hörte durchaus die implizite Botschaft: *Mach, dass du hier wegkommst.* Aber das war das Letzte, was ich tun wollte. Ich wollte mich vor meinen Computer setzen und mich erkundigen, was Amber und Ryan so trieben. Ich wollte Dannys Mail-Account knacken, um zu schauen, ob er sich schon beruhigt hatte und bereit war, vernünftig über unser kleines Beziehungsproblem zu reden. Ich wollte mir eine Strategie für meinen ersten Arbeitsabend bei Chefkoch Z überlegen.

»Das ist eine gute Idee«, sagte ich stattdessen.

Sie seufzte laut, als wäre sie über meine Antwort unglücklich. »Und was willst du dort machen?«, fragte sie.

»Interessiert es dich wirklich?«

»Das Einzige, was mich interessiert, ist, dass du uns nicht weckst, wenn du zurückkommst«, erwiderte sie.

Dann schloss sie die Tür.

23

Nennen Sie mir Ihren liebsten Spitzenkoch, und ich werde Ihnen vermutlich von einer unvergesslichen Erfahrung in seinem oder ihrem Restaurant berichten können. Dank Ryan (und seiner diversen Versuche einer Cross-Promotion) war ich in einigen der spektakulärsten Küchen dieser Welt zu Besuch gewesen. Ich hatte einen Nachmittag damit verbracht, von Thomas Keller zu lernen, wie man seine berühmten »Oysters and Pearls« machte – ein cremiger Tapioka-Pudding mit Kaviar und Austern. In meiner nächsten Episode von *A Little Sunshine* verlieh ich dem Rezept eine rustikale Farmersmädchen-Note, indem ich die Austern durch saftige Pilze und den Kaviar durch nachhaltigen Bio-Räucherlachs ersetzte. Ich hatte auch einen Abend im *Blue Hills* bei Stone Barns verbracht, wo ich lernte, wie man den besten Salat aussucht.

Womöglich wundern Sie sich jetzt, dass ich noch nie zuvor Chefkoch Z begegnet war. Aber dafür gab es mehrere Gründe. Der wesentlichste war, dass Chefkoch Z auf diese moderne Kochwelt, wo TV-Shows und Instagram-Feeds den Ton angaben, keine Lust hatte. Er ließ sich nicht zum allgegenwärtigen Food-Porn-Spiel herab. Er kämpfte nicht um gute Kritiken im *Zagat* oder darum, einen Gastblog auf *Epicurious* schreiben zu dürfen. Man wusste nicht einmal, wofür die Abkürzung Z stand – ein Name, den er offenbar nicht mit allen zu teilen gedachte. Er hatte im *Le Cordon Bleu* gelernt und einige Jahre als Küchenleiter in diversen Sternerestaurants in Frankreich und Spanien gearbeitet, bevor er nach New York zog, wo gleich mehrere Investoren sich darum rissen, sein Flagship-Restaurant eröffnen zu dürfen. Es befand sich in den Räumlichkeiten einer ehemaligen Bank, die nach Zs äußerst klaren Vorstellungen ausgebaut und eingerichtet wurden. Die Kritiken zur inoffiziellen Eröffnung mit geladenen Gästen waren herausragend. Z wurde bescheinigt, in einer Liga mit Daniel und Jean Georges zu spielen. Doch eine Woche nach der Eröffnung – jawohl, richtig gelesen, eine Woche – hatte Z einen Riesenstreit mit seinen Investoren und schmiss alles hin. Die Investoren klagten, er klagte dagegen, und so ging es einige Jahre hin und her. Alles, was die Investoren wollten, war, dass Z in das Restaurant zurückkehrte; alles, was Z wollte, war, nie wieder mit einem Restaurant dieser Größenordnung zu tun zu haben, da so ein Ausmaß es ihm unmöglich machte, sich angemessen auf das Essen zu konzentrieren. Schließlich einigten sie sich; und jeder dachte, dies sei das Ende von Z. Bis er in die Hamptons zog, wo er das *28* eröffnete und es mit seiner Kochkunst zu weltweiter Anerkennung sowie unglaublichen drei Sternen in der *New York Times* brachte.

Danach bot ihm Louis, mein ehemaliger Freund und Verleger, angeblich einen Vorschuss von 600 000 Dollar für ein

Kochbuch mit dem Titel Z an. Doch Zs Antwort lautete: *nicht mal für das Sechsfache.*

Z weigerte sich, in irgendeiner Form Presse für das *28* zu machen, bis auf ein einziges Interview in einem Botanik-Magazin, das ein Freund von ihm herausgab. In dem Interview sprach er vor allem über seinen Garten und die Art und Weise, wie das Obst und Gemüse, welches er dort selbst anbaute, das Menü des *28* vorgaben. Allerding ließ er sich dennoch zu einer bissigen Bemerkung in Richtung seiner ehemaligen Geschäftspartner und riesiger Fresstempel im Allgemeinen hinreißen. »Das ist letztlich nur einen Schritt von einem Hochzeitsbüfett entfernt«, sagte er. »Solange du nicht persönlich jeden einzelnen Teller kontrollierst, der bei dir auf die Tische kommt, bist du nicht mehr als ein Partyservice.«

Und so kam es auch, dass ich ablehnte, als Ryan einen halbwegs erfolgreichen Vorstoß machte, um mit *A Little Sunshine* ein Mittags-Special im *28* zu drehen (Zs stiller Investor im Hintergrund hatte einen PR-Berater angestellt, der Ryan anscheinend gut leiden konnte). Z wäre natürlich nicht dabei gewesen, aber das war nicht der Hauptgrund. Ich hatte schlicht kein Interesse, in die Hamptons zurückzukehren oder über die Hamptons zu plaudern. Und ganz sicher hatte ich kein Interesse daran, einen garstigen Koch zu würdigen, der jegliche Presse und Öffentlichkeit, die wir ihm verschaffen würden, ohnehin verachtete.

Was es wiederum umso verrückter machte, dass ich nun freiwillig in seine Küche spazierte, fest davon überzeugt, dass er der einzige Mensch war, der mir aus meiner Misere helfen konnte.

Die Küche war blitzblank und spiegelte die schlichte Eleganz des Speiseraums wider. Alles bestand aus Sterlingsilber und Chrom. Alles war makellos. Sämtliche Arbeitsplätze glänzten; jeder Koch und jeder Kellner war bereits bei der Arbeit und mit den Abendvorbereitungen beschäftigt. Die Bedienungen trugen allesamt die einfache Uniform des 28, bestehend aus einem blauen Hemd, einer dunklen Hose und Slippern.

Ich wusste, dass ich besser beraten war, niemanden zu stören; also hielt ich Ausschau nach Lottie und sah dem Treiben in der Küche zu. Den Souschefs, die hackten, schnippelten und sautierten, was das Zeug hielt; den Kellnern, die konzentriert Servietten falteten. Alles ging unheimlich still vonstatten, und Chefkoch Z war nirgends zu sehen.

Lottie rauschte an mir vorbei, legte ihre Hand auf die Schulter eines Kochs und flüsterte ihm etwas ins Ohr. Als sie aufschaute, fing ich ihren Blick auf, und sie winkte mir zu. Dann zeigte sie auf einen korpulenten Kerl, der aus allen Poren schwitzte, während er an der Kochlinie auf und ab lief, wo sich die Gasherde, Backöfen und Grillflächen reihten.

»Douglas«, formte sie stumm mit den Lippen. Er schien sie gehört zu haben, denn er blickte auf. Sie zeigte zu mir. »Sie.«

Douglas kam herübergeeilt. »Ich bin Douglas«, stellte er sich vor. »Du schaust heute bei mir zu.«

Nichts. Nicht einmal ein Lächeln.

»Im Pausenraum ist eine Uniform für dich. Zieh dich um,

und komm dann zurück. Ich bewege mich ziemlich schnell, also gib dir Mühe, Schritt zu halten.« Er sagte es, ohne eine Miene zu verziehen, doch angesichts seines Körperumfangs fragte ich mich, ob das ein Witz war.

»Du bekommst deine Anweisungen ausschließlich von mir. Sprich mit niemand außer mir. Und egal, was du tust, schau nie zu Chefkoch Z. Bei Blickkontakt wirst du gefeuert.«

»Ist er heute Abend hier?«

Douglas schüttelte den Kopf. »Noch mehr Fragen dieser Art, und du bist gefeuert. Und glaube nicht, ich wüsste es nicht, okay?« Das fügte er so schnell und glatt hinzu, dass ich glaubte, ich hätte mich verhört.

»Wie bitte?«

»Tu nicht so«, sagte er, *»Sammy.«*

Ich sah mich panisch in der Küche um, doch niemand blickte von seiner Arbeit auf. »Wer weiß noch Bescheid?«

Er zuckte die Achseln. »Ich habe keine Umfrage gemacht. Willst du, dass ich das tue? Ich könnte mir vorstellen, dass es den Spülern egal ist.«

»Bitte, ich brauche diesen Job wirklich.«

»Und ich brauche eine wirklich gute Bedienung. Lottie hat gerade erst jemanden gefeuert, und das heutige Menü ist besonders anspruchsvoll. Wenn du also mithalten kannst und deinen Job machst, ist dein Geheimnis bei mir sicher.«

»Vielen Dank.«

»Womöglich solltest du mir nicht danken, ehe du nicht meine Definition von *seinen Job machen* gehört hast.«

Bevor Douglas noch etwas hinzufügen konnte, das

irgendwie wie eine Drohung klang, öffnete sich die Küchentür, und da war er. Chefkoch Z. Er trug seine Kochjacke und -hose und hatte eine schlichte Brille mit Drahtgestell auf. Er war Mitte fünfzig und überraschend attraktiv, trotz seines roten Haars und seiner fahlen Haut, die aussah, als hätte sie noch nie die Sonne gesehen. Dabei hätte es mich nicht überraschen dürfen – eine Zeitlang war Z für die Frauen, mit denen er ausging, genauso bekannt gewesen wie für sein Essen. Er hatte dieses gewisse Etwas. Sei es Selbstbewusstsein, sei es eine gepflegte Ihr-könnt-mich-alle-mal-Einstellung. Jedenfalls fiel er einem sofort ins Auge.

»In Ordnung, Leute, legen wir los«, sagte er.

Lottie stand zu seiner Rechten, und alle anderen versammelten sich in einem Halbkreis vor ihm. Hinter ihm, auf einer Theke, waren mehrere Gerichte aufgereiht: dampfend heiße Pasta, geschmorte Lammhüfte, ein formvollendeter Seesaibling. Chefkoch Z nahm einen weiteren Teller, auf dem sich eine Art Fladenbrot-Pizza befand.

»Das ist Zs Erdbeer-*Sofrito*-Pizza«, flüsterte Douglas. »Frische Erdbeeren aus dem Garten, alte Tomatensorten, hausgemachter Ricotta, Balsamico, frisches Basilikum …«

Ich schwöre, mein Magen fing bei dem Anblick laut zu knurren an. Ich hatte Angst, Douglas könnte es gehört haben, doch seine Augen blieben fest auf Z gerichtet. So wie die von allen.

Z brach ein Stück der klebrig süßen Köstlichkeit ab, die mit ihrem perfekten Verhältnis von Tomaten zu Erdbeeren, zu cremigem, üppigem Käse wie ein absolut dekadentes Kunstwerk anmutete.

Doch Z schien weniger beeindruckt. »Kristin, wo ist das Basilikum?«

Eine von den Souschefs trat hervor, antwortete aber nicht.

»Kristin?«, fragte er erneut.

Sie deutete auf die anderen fünf Pizzastücke, die mit wunderhübschen, in feine Streifen geschnittenen Blättchen bestreut waren – so frisch und aromatisch, dass ich sie aus mehreren Metern Entfernung riechen konnte.

»Da ist es, Chef«, antwortete sie.

»Hast du heute Abend vielleicht vor, von Tisch zu Tisch zu gehen, um sicherzustellen, dass die Gäste auch ja ein Stück Pizza nehmen, dem du großzügigerweise etwas Basilikum zugestanden hast?«

»Nein, Chef.«

Er zeigte auf sein Stück. »Hier sollte es sein«, sagte er.

Dann flüsterte er Lottie etwas zu, ließ die Pizza auf die Arbeitsfläche fallen und verschwand durch dieselbe Tür, durch die er gekommen war.

Lottie seufzte. »Leute, wir haben noch eine Stunde bis zum Einsatz.« Dann bedeutete sie Kristin, ihr aus der Küche zu folgen.

Ich sah zu Douglas auf. »Sie wird doch nicht ernsthaft deswegen gefeuert?«

Douglas schüttelte den Kopf. »Was habe ich dir über diese Art von Fragen gesagt?«

Douglas konnte sich bewegen. Und wie. Ich glaube, in der ersten halben Stunde meiner Schicht rannte ich eine ganze Meile hinter ihm her. Ich begann zu schwitzen, und das nicht auf die süße, harmlose Art – nein, der Schweiß rann mir in dicken Tropfen den Rücken hinab und durchweichte mein frisches Hemd. Ich lechzte nach einem Glas Wasser, war aber zu schlau, um danach zu fragen. Ich versuchte, mir alles zu merken, während Douglas Aufgaben und Anweisungen herunterrasselte, von denen er annahm, dass ich sie aufgrund meiner angeblich jahrelangen Erfahrung in Restaurants, die genauso nobel und noch viel hektischer waren als das hier, verstand.

Immer wieder warf ich heimliche Blicke zu Chefkoch Z, der auf der anderen Seite seiner Kochlinie stand, die Bestellungen überwachte und jeden einzelnen Teller kontrollierte, bevor dieser die Küche verließ. Er sprach mit niemandem außer seinen Köchen, aber das ohne Unterlass, wobei er ihnen eine ruhige Anweisung nach der anderen gab: *Ich brauche ein* Sofrito. *Wo ist mein Salz? Fünfmal das Steak*. Er schien ein anderer Mann als vorhin. Ruhig, nüchtern, vollkommen in seinem Element. Ich dachte schon: *Warum machen alle so ein Drama und behaupten, dass seine Küche ein Albtraum sei?* Dann hörte ich es.

»Taylor!«, brüllte Z. Richtig laut.

Ich wirbelte erschrocken herum und erwartete, Chefkoch Z an der Kochlinie zu sehen. Doch er stand an einem leeren Arbeitsposten im hinteren Teil der Küche.

»TAYLOR!«, brüllte Chefkoch Z noch einmal.

Ein dürrer, schlaksiger Kerl kam aus der Toilette gerannt. Seine Arme waren mit Tattoos bedeckt – eines davon ein Zitat in markanten Blockbuchstaben. Ich versuchte unauffällig, sie zu entziffern. *You're the reason I'll be traveling on …*

Don't think twice, it's all right. Warum kamen mir die Worte so bekannt vor? Da fiel es mir ein … es war der Text eines Bob-Dylan-Songs, den ich liebte, wenn auch nicht so sehr als Tattoo.

Er wischte sich die Hände an seiner Schürze ab. »Jawohl, Chef.«

Chefkoch Z hielt einen schmutzigen Teller in der Hand, auf dem ein paar Kirschtomaten lagen.

»Was befindet sich auf diesem Teller?«, fragte Z.

»Das wären wohl Tomaten, Chef. Von der Erdbeer-Pizza, nehme ich an.«

»Du erkennst also, um was für eine Frucht es sich handelt?«

In der Küche wurde es noch stiller als zuvor. Alle taten so, als würden sie nicht genau das tun, was alle anderen taten: zwischen den beiden hin- und herblicken und keinen Mucks von sich geben.

»Eine Frage: Bevor du in deine kleine Pause verschwunden bist, hast du da diese Unmenge von liegen gebliebenen Tomaten notiert oder nicht?«

»Nein, habe ich nicht.«

»Und warum nicht? Ist es nicht deine einzige Aufgabe zu notieren, was ungegessen aus dem Speiseraum zurückkommt?«

»Ich habe es nicht als Unmenge betrachtet.«

»Ist das ironisch gemeint?«

»Absolut nicht, Chef. Es ist früh am Abend, und ich dachte, bevor ich Sie damit belästige, schaue ich erst …«

»Wenn ein Gast ein Dutzend Tomaten auf seinem Teller

liegen lässt, will ich das wissen. Wenn ein Gast *eine einzige* Tomate auf seinem Teller liegen lässt, will ich das ebenfalls wissen. Wer bitte schön lässt schon eine Tomate liegen? Ich war selbst im Garten. Ich habe sie mit meinen eigenen Händen gepflanzt. Dieser Garten ist ein Paradies. Und sie haben ein Stück vom Paradies auf ihrem Teller liegen lassen.«

»Und in ein paar Wochen ist die Tomatensaison vorbei, und sie können nicht einmal mehr verschwendet werden«, sagte ich.

Z sah sich in der Küche um, und sein Blick blieb an mir hängen. »Wer bist du?«

Alle drehten sich um und sahen in meine Richtung. Ich räusperte mich. Mir war durchaus klar, dass ich gerade ein großes Risiko eingegangen war, aber ich wusste auch, dass ich das tun musste, wenn die Sache mit Z irgendwohin führen sollte.

»Ich bin Ihre neue Bedienung. Genauer gesagt, ich werde gerade eingelernt.«

»Nicht besonders nützlich also.«

Douglas trat langsam zur Seite, als könne er von der unausweichlich folgenden Wortsalve selbst getroffen werden.

»Was hältst du von Essensverschwendung?«

»Ich bin dagegen.«

Ein Kichern ging durch die Gruppe, aber ich wusste, dass meine Antwort richtig war: kurz und bündig, selbstbewusst.

Z musterte mich eindringlich. Seine Aufmerksamkeit war voll und ganz auf mich gerichtet; genauso wie die aller anderen im Raum.

»Komm bitte her«, forderte er mich auf.

Ich zögerte eine Millisekunde, und Z begann schon mit den Armen zu wedeln. »Na los«, sagte er. »Auf, auf!«

Ich ging hinüber, und er bedeutete mir, neben Taylor hinter die Arbeitsstation zu treten. Ich schaute zu Taylor, der sich jedoch abwandte.

»Hier ist der Deal: Schau dir alles an, was Taylor aufschreibt. Falls er irgendwas vergessen sollte – falls er auch nur eine Tomate übersehen sollte –, sagst du dem Kapitän Bescheid, und du hast seinen Job.«

»Und was, wenn er alles richtig macht, Chef?«

»Dann gibt es hier nichts für dich zu tun.«

Z wandte sich ab und kehrte zur Kochlinie zurück, um die Teller für den nächsten Gang zu inspizieren.

Taylor begann, seinen Arbeitsplatz zu säubern, und beugte sich zu mir. »Warum musstest du uns da reinreiten?«, raunte er.

»Ich wollte wirklich keinen Ärger machen.«

»Nun, irgendwas wolltest du.« Kopfschüttelnd warf er die Tomaten in den Mülleimer. »Er macht das alle paar Abende. Schüchtert seine festen Mitarbeiter mit jemand Neuem ein, damit sie noch bisschen härter arbeiten. Aber er wird dir meinen Job nicht geben.«

Ich sagte nichts. Taylors Station war makellos, bereit für den nächsten Schwung Essensreste.

»Ich wurde gerade erst zum Müll befördert«, sagte er.

»Man wird zum Müll *befördert?*«

»Es ist nicht meine Stärke, aber wenn man irgendwann für ihn kochen will …«

»... muss man durch den Müll gehen?«

Er nickte. »Ganz genau, der Müll ist der Weg.«

»Und du musst nur aufschreiben, was die Leute zurückgehen lassen?«

»Hat dir schon mal jemand gesagt, dass du zu viele Fragen stellst?«

»Ja, kam schon vor. Aber ich kann absolut verstehen, wenn du sie nicht beantworten willst. Immerhin bin ich jetzt deine Konkurrenz.«

Er lächelte – anscheinend fand er meine Ehrlichkeit sympathisch. Wer hätte das gedacht!

»Die Notizen darüber, was zurückgeht, helfen ihm herauszufinden, ob es die Präsentation des Gerichts war, die nicht funktioniert hat, oder die Zutat selbst, damit er entsprechend korrigieren kann. Der Job ist ziemlich wichtig.«

»Echt schräg. Die Läden, in denen ich früher war, haben das nicht gemacht.«

»Das meiste, was Z macht, wird woanders nicht so gehandhabt. Er ist äußerst penibel.« Taylor nickte voller Stolz, dass er hier arbeiten durfte.

Allmählich verspürte ich eine Art inneren Zwiespalt, dass er mir half, obwohl ich versuchte, ihm den Job wegzunehmen.

Plötzlich hatte ich das Bedürfnis, es anders zu machen. »Vielleicht können wir ihn ja überzeugen, dass er zwei Leute für den Job braucht«, schlug ich vor.

Er lachte leise. »Nein, entweder du oder ich.«

»Ich wollte nur eine Alternative vorschlagen.«

»Nichts für ungut«, sagte er. »Aber die einzige Alternative

ist, dass du deine kurze Episode im *28* beendest, kaum dass sie begonnen hat.«

Das Besondere an der Arbeit in einer Restaurantküche ist, dass es selbst unter massivem Druck wirklich sehr schnell sehr ruhig wird. Das Einzige, was zu hören ist, sind die Geräusche der Küche selbst – das Klirren der Edelstahltöpfe, das Zischen des Feuers, das Blubbern des Wassers –, die gemeinsam zu einem einzigen lebendigen Rhythmus finden. Das galt ganz besonders für ein Restaurant wie das *28*. Die Kellner und die Köche bewegten sich wie eine einzige große Maschine. Ich wusste nicht, wie ich mich am Müllposten machen würde, aber mir wurde klar, dass es nur gut war, dass meine Karriere als Kellnerin ein so jähes Ende gefunden hatte, da ich sonst noch vor Ende des Abends gefeuert worden wäre. Die schnellen Bewegungsabläufe, die schweren Teller, die sich auf den Armen reihten, während man auf der einen Seite von Z, auf der anderen von den versnobten Gästen eins auf den Deckel bekam.

Hier an meinem kleinen Arbeitsplatz zu stehen, umgeben von Abfalleimern, war dem deutlich vorzuziehen. Ja, selbst in Anbetracht der Abfalleimer. Ich erwischte mich dabei, wie ich Taylor aufmerksam zusah und versuchte, mitzuhalten und zu lernen. Ich nahm sämtliche Teller in Augenschein, die vom Service zurückkamen, und merkte mir, was die Leute gerne aßen. Und was sie nicht anrührten.

Manches davon war nicht allzu überraschend. Keine einzige der hausgemachten Nudeln von Zs pfeffrigem, käsebedeckten *cacio e pepe* verirrte sich zu uns. Und Taylor hatte recht gehabt: Die liegen gelassenen Tomaten waren ein Ausrutscher. Abgesehen von den paar Tomaten, die Zs Missmut erregt hatten, kehrte jeder Erdbeerpizza-Teller blitzeblank zu uns zurück.

Das einzige Gericht, das im Verlauf des Abends wenig Anklang bei den Gästen fand, war die vegetarische Tagine.

Es war Mitternacht, als Chefkoch Z vorbeischaute.

»Wie sieht es aus, Taylor?«, fragte er.

»Die Tagine-Sauce«, antwortete Taylor.

»Was genau in der Sauce?«

Ich betrachtete die sämige Sauce; mir war schleierhaft, wie Taylor diese Frage beantworten sollte, als mir die Antwort plötzlich selbst klar wurde.

»Ich würde auf die eingelegten Zitronen tippen, Chef«, sagte Taylor.

»Ach ja?«

»Es blieben öfter Stückchen ganz unten in der Schüssel liegen.«

Chefkoch Z öffnete den Müllsack und spähte hinein. Dann sah er mich an. »Stimmt das?«

Ich zögerte. Ich brauchte diesen Job. Ich musste an Chefkoch Z rankommen, damit mein Plan aufging. Dann sah ich zu Taylor. Wenn ich eine andere Antwort gab als er, wäre er wahrscheinlich seinen Job los. Oder? War das nicht zu einfach gedacht für das Spiel, das Z hier abzog?

»Die eingelegten Zitronen, Chef.«

Es war nicht so, als ob ich urplötzlich so etwas wie ein Gewissen entwickelt hätte; mir war nur eine schlauere Idee gekommen, wie ich diese Situation auflösen konnte.

Z schien überrascht, dass ich Taylor nicht in den Rücken gefallen war. Taylor selbst sah geradezu geschockt aus.

»Okay«, sagte Z.

»Aber ich glaube nicht, dass die Zitronen das Problem sind«, fuhr ich fort.

»Und was ist das Problem?«

»Die getrockneten Kirschen. Sie sind von ihrer Konsistenz her zu nah an den Zitronen dran. Und wenn die Leute erst mal etwas Süßes hatten, haben sie vermutlich weniger Interesse an Pikantem.«

Chefkoch Z trat viel zu dicht an mich heran. »Habe ich dich etwa um eine Bewertung meines Gerichts gebeten?«, wisperte er.

»Nein, Chef.«

»Dann behalte sie für dich. Vor allem wenn du keine Ahnung hast, wovon du redest«, sagte er. Trotzdem konnte ich ihm ansehen, dass er nicht allzu beleidigt war, was für einen Narzissten wie ihn beinahe an Anerkennung grenzte.

Z sah erst zu Taylor, dann zu mir. »Also? Wer von euch bleibt?«

Das war keine Frage.

»Ich würde sagen, wir sollten beide bleiben.«

»Das ist nicht möglich.«

»Aber das Problem mit dem weggeworfenen Essen hat doch zwei Seiten, Chef. Taylor hat akribisch genau alles notiert, was liegen geblieben ist; aber da gibt es noch einen weiteren wichtigen Aspekt – diejenigen Komponenten, die bevorzugt wurden. Wenn man sich anschaut, was verzehrt wurde und was nicht, muss auch das berücksichtigt werden. Es ist also wirklich eine Aufgabe für zwei Personen.«

Er blickte auf seine Uhr. »Das waren fast neunzig Sekunden, die ich nicht mehr zurückbekomme.«

Ich nickte sachte, um eine Entschuldigung anzudeuten.

Chefkoch Z wandte den Blick nicht von mir. »Taylor, geh weg.«

»Wie bitte?«, fragte Taylor.

»Geh weg.«

»Chef, Sammy kann Ihnen versichern …«

»Wer ist Sammy?«

Ich hob meine Hand.

»Dämlicher Name.« Er schüttelte den Kopf. »Haben dich deine Eltern so genannt, oder hast du ihn selbst so abgekürzt?«

Ich sah mich in der Küche um und fragte mich, wer auf die Lüge reagieren würde. Wer meinen echten Namen kannte. Doch alle anderen arbeiteten stumm weiter und reinigten ihre Arbeitsposten, um Feierabend zu machen. Selbst wenn jemand Interesse daran haben sollte, mich zu outen, würde er es nicht tun – nicht jetzt, nachdem sie alle vierzehn Stunden auf den Füßen waren und davon träumten, ohne eine Konfrontation mit Z ins Bett fallen zu können.

Z wandte sich von mir ab und musterte Taylor von oben bis unten. »Taylor, warum stehst du noch hier?«

Taylor verließ die Küche, ohne noch etwas zu sagen, und ließ mich mit Z alleine zurück.

»Also, *Sammy.* Das ist ab sofort dein einziger Job – der Müll. Du schaust dir an, was die Leute auf ihren Tellern liegen lassen. Und du schreibst es auf. Dann wirfst du es weg. Ist das so weit klar?«

Ich nickte, wobei ich versuchte, mir meine Freude nicht anmerken zu lassen. »Ich werde Sie nicht enttäuschen, Chef«, sagte ich.

»Natürlich wirst du das«, erwiderte er.

Dann ging er raus.

24

Auf dem Heimweg hielt ich an einer Telefonzelle am Montauk Highway, um Danny anzurufen. Ich wusste, dass er nicht rangehen würde, wenn ich von meinem Handy aus anrief, also musste ich es anders versuchen. Es hätte sich nicht richtig angefühlt, einen Abend wie diesen hinter mir zu haben und ihm nicht davon zu berichten – nicht sein Lachen zu hören, wenn ich erzählte, wie gruselig Chefkoch Z war … und auch Douglas. Vermutlich würde er sagen, dass Douglas der Gruseligere war. Und es fühlte sich falsch an, ihm nicht zu erzählen, dass ich einen ersten Sieg errungen hatte bei meinem Versuch, mein Leben zurückzubekommen.

Wir hatten die Tradition, jedes Mal ein superungesundes Fastfood-Gericht nach Hause zu bringen, wann immer einer von uns einen besonderen Tag an der Uni oder bei der Arbeit hatte. Das Ganze hatte in unserer ersten Wohnung angefangen, als wir dermaßen pleite waren, dass jeder Imbiss ein wahres Festessen war. Und wir hatten die Tradition beibehalten.

An dem Abend, als aus *A Little Sunshine* eine richtige, professionell produzierte Serie wurde, sind wir nicht in ein schickes Restaurant gegangen. Und natürlich habe ich auch nicht gekocht. Ich holte uns Chili-Hähnchen und Frühlingsrollen, und wir verputzten das Ganze auf dem Sofa, während wir uns ausmalten, was wir mit dem kleinen Geldsegen anstellen wollten. Es wäre genug, um einen ordentlichen Teil der Anzahlung für das Haus in Red Hook zu leisten. Aber ich zögerte.

Ryan hatte bereits den Mietvertrag für das Studio in Chelsea unterschrieben. Er wollte, dass Danny und ich uns etwas suchten, das nicht allzu weit entfernt lag.

So angesagt Red Hook mittlerweile auch war, entschied Ryan, dass die Zuschauer mehr mit einer Wohnung in Manhattan anfangen könnten – vor allem die Zuschauer, die New York nicht gut kannten. Manhattan war der Traum, den die Leute anstrebten; nicht so wie wir, die wir von einem Leben abseits der ausgetretenen Pfade träumten. Die Leute könnten sich nicht in gleichem Maße mit jemandem identifizieren, der meilenweit entfernt von der nächsten U-Bahn-Station wohnte.

Die Leute wollten das, was sie aus dem Fernsehen kannten, ihr Bild davon, wie New York sein sollte: belebte Straßen voller hipper Menschen, angesagte Bars und Clubs, schicke Restaurants. Dazu noch eine Traumwohnung inmitten des Geschehens, bei der sie selbst ins Träumen geraten konnten, eines Tages dort zu leben.

Danny beharrte darauf, in Red Hook zu bleiben – er war einfach noch nicht bereit, unseren Traum aufzugeben. Doch noch während ich mein fettiges Hähnchen verschlang, malte ich mir voller Freude die Wohnung im East Village aus, von der Ryan dachte, dass sie perfekt zu uns passen würde. Sie lag direkt am Astor Place, nagelneu und mit einer Dusche, die größer war als unser jetziges Bad. Ich sagte Danny, dass wir es uns gemeinsam überlegen würden, aber ich glaube, ich hatte bereits beschlossen, dass es der Weg war, den ich gehen wollte. Scheiß auf Träume und Fastfood – ich war bereit gewesen, unsere Ideale zu verraten.

Als ich Dannys Nummer wählte, fiel mir die Überraschungsparty wieder ein. Danny hatte mir das Angebot mit dem Imbiss gemacht: Sushi holen und einen schlechten Film anschauen. Warum hatte ich mich nicht darauf eingelassen? Vielleicht hätte ich die Sache mit den Tweets besser gehandhabt, wenn wir zu Hause gewesen wären. Ich hätte Danny davon überzeugt, dass es nicht das war, was uns ausmachte – was natürlich auch stimmte.

Doch im Moment gab es keine Möglichkeit, uns einen Imbiss zu holen. Das Äußerste, worauf ich hoffen konnte, war, seine Stimme zu hören. Und selbst das war um 01:45 Uhr eher unwahrscheinlich.

Trotzdem war ich enttäuscht, als er nicht ranging. Stattdessen meldete sich die Mailbox, und alles, was ich hören konnte, war die künstlich wiedergegebene Version seiner Stimme, die verkündete, dass er zurückrufen würde.

Ich wusste, dass es nicht stimmte.

Statt also eine Nachricht zu hinterlassen, hielt ich den Hörer vom Ohr weg, sodass er hören konnte, was ich hörte: die nächtliche Brise, den heranrauschenden Ozean und irgendwo unten am Strand das ferne Lachen eines Unbekannten, der sich über etwas freute, das ich nicht sehen konnte.

25

Es war kurz nach zwei, als ich mich auf Zehenspitzen ins Gästehaus schlich und das Küchenlicht anschaltete.

»Ich hätte geschworen, du hast dich aus dem Staub gemacht!« Meine Schwester saß auf dem Sofa.

Ich machte einen Satz zurück. »Heilige Scheiße! Du hast mir vielleicht einen Schreck eingejagt.«

Sie war sauer. »Ich habe dich erschreckt? Ich dachte, du wärst einfach abgehauen.«

»Und hätte alle meine Sachen hier liegen lassen?«

»Hast du doch letztes Mal auch gemacht.«

Ich sagte nichts, schaute sie nur an. Ich musste mich erst einmal von dem Schreck erholen. Ich fühlte mich, als wäre ich plötzlich wieder fünfzehn und zu spät nach Hause gekommen. Mein Vater schrieb uns nie vor, wann wir abends zu Hause sein sollten. Aber wenn ich auch nur eine Sekunde nach 22 Uhr durch die Tür kam, löcherte Rain mich mit einer Million Fragen, wo ich gesteckt hatte. Es war nicht so, dass sie sich Sorgen um mich machte. Sie sorgte sich um unseren Vater. Sie wollte nicht, dass er aufwachte und sie sich am nächsten Tag kümmern müsste, weil sein Regelwerk in Unordnung geraten war. Sie wollte die Belastung nicht.

»Wo warst du?«, fragte sie und stand auf. »Ich wollte ins Krankenhaus und Thomas besuchen. Ist das nicht der Grund, warum du hier bist? Du kriegst einen Platz zum Schlafen und hilfst mir dafür mit Sammy? Wo zur Hölle hast du gesteckt?«

Ich setzte mich auf die Sofakante. Mir taten die Füße weh. »Weißt du, ich kapiere wirklich nicht, warum du so unfreundlich sein musst.«

»Weil ich weiß, wie du tickst«, erwiderte sie. »Und ich weiß, wenn du dabei bist, etwas auszuhecken.«

»Ich habe einen Job in einem Restaurant gefunden.«

Sie schnaubte. »Wo?«

»Im 28.«

»Das 28 hat dich für zwei Wochen eingestellt?«

»Ich habe ihnen nicht gesagt, dass es nur für zwei Wochen ist.«

Sie schüttelte den Kopf. »Natürlich nicht.«

Ich hob ermattet die Hände. »So nett dieses Gespräch unter Frauen auch ist, aber ich bin hundemüde. Wenn du mich also bitte ...«

Sie ignorierte mich. »Hat dich jemand erkannt?«

»Ein paar der anderen Angestellten. Sieht aber nicht so aus, als ob sie mich verpfeifen würden.« Ich seufzte. »Zumindest nicht, bis sie davon profitieren können.«

»Und wie ist das passiert? Mit dem Job, meine ich? Hat Ethan seine Beziehungen spielen lassen?«

»Was für Beziehungen? Er ist doch nur ein Fischer.«

»Nein, er ist *der* Fischer. Schau mal im Internet nach. Ethan Nash. Beeindruckender Kerl.«

Ich streckte meine Beine aus, bereit, in genau dieser

Position einzuschlafen – Lichter an, Klamotten an –, sobald sie mit ihrem Vortrag zu Ende wäre.

»Er fährt einmal die Woche mit der Fähre nach New Haven, um in Yale ein Seminar über den Klimawandel und Ozeanographie zu halten. Verdient sich damit eine sichere Lebensgrundlage.« Sie legte eine erwartungsvolle Pause ein, als müsste ich voller Bewunderung vom Sofa aufspringen. »Es gibt eine Warteliste von dreißig Restaurants, alle wollen seinen Fisch. Das *Le Bernardin* bereitet seinen Fisch zu, das *Per Se* ebenso ... Chefkoch Z serviert überhaupt keinen Fisch von irgendwem sonst. Eine Restaurantgruppe hat ihm einen Vertrag über eine Million Dollar angeboten, damit seine Fischer diese Saison exklusiv nur für sie arbeiten.«

»Und er hat das Angebot nicht angenommen?«

»Geld ist nicht der Grund, warum er diesen Job macht. Nicht dass jemand wie du das verstehen kann ...« Sie ging zu ihrem Schlafzimmer. »Glückwunsch zum neuen Job. Ich kann nicht glauben, dass du eine ganze Schicht durchgehalten hast. Jede Wette, dass du Ende der Woche wieder draußen bist.«

»Danke für das Vertrauen«, gab ich zurück.

»Dann schätze ich mal, dass ich mit Sammy wieder auf mich allein gestellt bin.«

»Nein, ich arbeite nur abends. Ich kann morgen also den ganzen Tag auf sie aufpassen.«

Sie schien überrascht. »Danke.«

Ich fügte nicht hinzu, dass morgen Feiertag war und das Restaurant am vierten Juli ohnehin geschlossen hatte – es erschien mir klüger, einfach ihren Dank einzuheimsen. Zumal mir klar war, dass ich gerade dabei war, mein Glück herauszufordern.

»Wenn du willst, kann ich sie diese Woche morgens wecken und ins Camp fahren, damit du vor deiner Schicht noch bei Thomas vorbeischauen kannst. Und nachmittags kann ich sie auf dem Weg ins Restaurant bei dir im Hotel vorbeibringen.«

Sie dachte kurz nach. »Das sollte funktionieren. Zumindest diese Woche.«

Ich nickte und gab mir Mühe, erfreut dreinzuschauen. War es wirklich so weit gekommen, dass ich mit Rain verhandeln musste, um einen Platz auf ihrer lausigen Couch zu ergattern?

Rain blieb an der Schlafzimmertür stehen und tippte mit den Fingern gegen den Rahmen. »Warum hast du den Job angenommen?«, fragte sie. »Was steckt dahinter?«

»Gar nichts.«

»Gar nichts? Blödsinn.«

Ich wandte den Blick ab; es ärgerte mich, dass sie mir Unterstellungen machte, auch wenn sie damit richtiglag.

»Nicht jeder hegt ständig irgendwelche Hintergedanken, weißt du«, sagte ich.

Sie lächelte. »Nein, nicht jeder. Aber du schon.«

»Du sahst vorhin irgendwie traurig aus, als du dachtest, dass ich verschwunden wäre«, gab ich zurück.

Ihr Lächeln verblasste. »Ganz bestimmt nicht aus dem Grund, den du dir vorstellst«, erwiderte sie. Damit verschwand sie in ihrem Zimmer.

26

Man wird so leicht selbstgefällig. Als ich jünger war, war ich nicht so. Ich blieb stets wachsam. Sie dürfen es als eine Art Nebenwirkung meiner väterlichen Erziehung betrachten. Seine sich ständig wandelnden Regeln machten es nicht einmal ansatzweise möglich, so etwas wie Selbstzufriedenheit zu empfinden. Wir wussten nie, was als Nächstes von uns verlangt wurde. Es gab ein paar dauerhafte Regeln, auf die wir uns verlassen konnten – so wie die Pancakes zum Frühstück –, aber auch andere, die sich in Sekundenschnelle ändern konnten – zum Beispiel die »verbotenen« Zeiten. Immerhin war mir die Zeit mit ihm eine gute Lehre: Sich in Sicherheit zu wähnen war eine gefährliche Sache. Warum also vergaß ich immer wieder diese so wesentliche Lektion?

Ich erwachte auf der unbequemen Couch, draußen regnete es in Strömen, und tatsächlich kam mir der Gedanke: *Ambers Hacker-Angriff ist Vergangenheit.* Ich war voll und ganz auf meinen Wiedergutmachungsplan fokussiert. Schritt eins: meine Karriere wieder auf Kurs bringen; Chefkoch Z kannte mich, und Chefkoch Z würde mich bald schon lieben lernen. Schritt zwei: mein Privatleben wieder in Ordnung bringen.

Ich setzte mich auf, um eine E-Mail an Danny zu verfassen. Eine lange E-Mail, in der ich ihm meine Sicht der Dinge darlegte, wie es zwischen uns so weit hatte kommen können. Ich beschloss, dass es nicht besonders förderlich wäre, ihn ganz aus der Verantwortung zu nehmen. Ich würde den richtigen Ton treffen – irgendwo zwischen Sensibilität und Stärke. Und ich würde mich nicht übermäßig entschuldigen. Immerhin hatte er jetzt auch Dinge, für die er sich entschuldigen musste – beispielsweise den überstürzten Verkauf unserer Wohnung. Ich würde ihn deswegen nicht abstrafen, aber ich würde das Thema dennoch anschneiden.

Ich würde einfließen lassen, dass ich meine kleine, süße Nichte jeden Tag in ihr Feriencamp fuhr. Sicherlich würde ihn beeindrucken, dass ich versuchte, aus uns eine heile Familie zu machen. Und er würde sich wieder daran erinnern, dass so die Frau war, die er liebte. Eine Nacht in vierzehn Jahren hatte daran nichts geändert.

Nur ... als ich meinen Computer öffnete, empfing mich der nächste Hack.

Eine E-Mail von **AintNoSunshine.**

Wollte mich bloß mal melden. Na, hast du dich gefreut, dass du gestern in den Schlagzeilen warst?

Darunter befand sich ein Link zu meinem YouTube-Channel – *A Little Sunshine.* Ich klickte ihn an, doch anstatt eines neuen Videos von mir stand da in dicken Buchstaben **Tollster Toast der Stadt** und darunter ein Link zu Amber Ruccis YouTube-Channel. Ich starrte ungläubig auf den Bildschirm. War Amber tatsächlich so schamlos, meine Fans auf ihren Channel umzuleiten?

Widerwillig klickte ich den Link an und erblickte Amber in ihrem eleganten Upper-West-Side-Apartment; sie hatte es sich in einem kuscheligen Pulli und Jeans (und natürlich vollständig geschminkt) auf dem Sofa bequem gemacht und kündigte das Erscheinen ihres Kochbuchs an; dann sagte sie, sie habe eine weitere große Neuigkeit für ihre Fans.

»Ich komme ins Fernsehen!«, quietschte sie und schaltete ihren Fernseher an, der schon auf *Food Network* eingestellt war. »Bleibt dran! Im wahrsten Sinn des Wortes.«

Mein Auftritt bei *Food Network* als Moderatorin – jetzt war es Ambers Auftritt. Sie war der ideale Ersatz. Ich sah alles förmlich vor mir … den Marketingleiter, der neue Werbeplakate bestellte … den Produzenten, der den Bossen erfreut versicherte, dass Amber sowieso die bessere Wahl sei. Ich drückte auf Pause und versuchte, meine Wut zu zügeln. Amber hatte auf ihrer Mission, sich meine Karriere unter den Nagel zu reißen, einen weiteren Punkt abgehakt. Einen wichtigen Punkt. Den Buchvertrag. Die TV-Show. Ich betrachtete Ambers selbstgefällige Miene – so überaus erfreut, mein Leben gestohlen zu haben. So überaus glücklich, all das zu bekommen, wovon sie glaubte, dass sie es verdiente. Ich konnte nicht anders, ich drückte wieder auf Play.

»Der perfekte Toast, um die erste Folge zu genießen?«, flötete Amber und sprang fröhlich auf. »Also, ich stimme für … gegrillte Ananas und Haselnuss-Schoki auf schönem dunklem Pumpernickelbrot. Auf den Gewinner!« Sie hob den Toast hoch, wobei die Schokolade verführerisch vom saftigen Pumpernickelbrot tropfte und die Ananas herrlich golden glänzte. Sie nahm einen großen Bissen und grinste mir direkt ins Gesicht.

Mir wurde schwindelig. Ich fühlte mich ernsthaft einer Ohnmacht nahe. Also schaltete ich meinen Laptop mit dem gesprungenen Bildschirm aus.

Und warf ihn gegen die Wand.

»Wow, das ist aber laut!«

Ich drehte mich um, und da stand Sammy und beobachtete mich.

»Tut mir leid, Sammy.«

Sie zuckte die Achseln. »Das war ja nicht mein Laptop.«

Beinahe musste ich lachen.

Sammy ging zum Fenster und sah in den Regen hinaus. »Ich möchte heute einen Film gucken«, sagte sie. »In Anbetracht des Wetters.«

Ich bückte mich, um meinen Laptop aufzuheben, während meine Gedanken immer noch bei Amber waren. »Gute Entscheidung«, sagte ich.

Sie ließ sich aufs Sofa plumpsen und wickelte sich in meine Decke. »Du schaust aber mit mir zusammen?«, sagte sie, und es klang mehr wie ein Befehl denn wie eine Frage.

»Solange es kein Horrorfilm ist«, antwortete ich.

»Darf ich nicht schauen«, erwiderte sie.

Ich dachte an Amber mit ihrer dämlichen Ananas, und sofort brodelte meine Wut wieder hoch. »Und keine Kochsendung.«

»Kein Interesse«, sagte sie.

Mit dem Laptop in den Händen, setzte ich mich zurück aufs Sofa.

Sie zeigte auf meinen Computer. »Warum hast du den eigentlich gegen die Wand geworfen?«, wollte sie wissen.

»Das war dumm von mir. Ich war wütend auf eine Frau, die etwas Gemeines getan hat.«

Sammy sah mich verwirrt an. »Ist das ihr Computer?«

»Nein.«

Sammy griff nach der Fernbedienung. »Dann war das wirklich ziemlich doof.«

27

Wenn jemand ganz unverhohlen versucht, dich fertigzumachen, hast du nur zwei Möglichkeiten: Entweder lässt du zu, dass der Schmerz dich aufzehrt, oder du lässt dich von ihm antreiben.

Ich wählte letztere Option.

Mir war klar, dass der erste Schritt darin bestand, Chefkoch Z für mich zu gewinnen, und das wiederum bedeutete, dass ich zu einem großen Rundumschlag ausholen musste.

Für meinen ersten Schlag würde ich an diesem Montagmorgen zur nahegelegenen Farm des *28* in Amagansett aufbrechen. In seinem einzigen Interview hatte Z erwähnt, dass er jeden Vormittag um zehn nach seinem Gemüse schaute, um das Menü für den Abend vorzubereiten. Ich hatte in Erfahrung gebracht, dass seine Souschefs etwas früher eintrafen als er. Ich würde mit einem von ihnen plaudern und ihn überreden, mir den Garten zu zeigen (die frisch sprießenden Pilze, die Tomaten und Kräuter). Auf die Weise würde ich »zufällig« da sein, wenn Chefkoch Z eintraf. So könnte er mit eigenen Augen meine Wissbegierde sehen, meinen außerordentlichen Eifer, einen weiteren Aspekt seiner Herangehensweise an das Kochen zu verstehen. Wie viele Mitglieder seiner Küchenbrigade taten das schon? Vor allem von denen, die für den Müll verantwortlich waren?

Mein Plan war es, Sammy in ihr Camp zu bringen und dann zur Farm zu fahren. Doch als wir ankamen, zögerte Sammy, bevor sie ausstieg.

»Ich habe einen Preis im Camp gewonnen«, sagte sie.

Ich war gerade damit beschäftigt, im Geiste mein Wissen über sommerliches Obst und Gemüse durchzugehen, und überlegte, was ich Kluges Z gegenüber erwähnen könnte, darum reagierte ich im ersten Moment nicht. Doch dann fuhr Sammy fort.

»Ich habe eine Anlage gebaut, die nachts die Pflanzen wässern kann«, erklärte sie. »Während wir schlafen. Die ist ziemlich toll.«

Mein Blick zuckte zur Uhr auf dem Armaturenbrett. »Das klingt super, Sammy. Freut mich für dich.«

»Heute Vormittag gibt es eine Versammlung, bei der sie die Erfindungen zeigen.«

»Hast du es deiner Mom erzählt? Sie würde bestimmt gerne dabei sein.«

»Ich weiß, dass sie arbeiten muss, also …«

Ich wusste, worum Sammy mich bat. Ich wusste, was ich darauf antworten sollte. Was sie sich wünschte.

Sammy zuckte die Achseln. »Es ist keine große Sache.«

Ich schloss die Augen und überschlug die Zeit. Wenn die Preisvergabe weniger als eine Stunde dauerte, würde ich es noch rechtzeitig schaffen.

»Und was, wenn ich mitkomme?«

Sammy sah mich eindringlich an, während ich

schuldbewusst darauf hoffte, dass sie ablehnte. »Okay«, sagte sie. Sie sah nicht aus dem Fenster, stattdessen blickte sie mir unverwandt in die Augen, als wolle sie mich auf die Probe stellen.

Meine Zuversicht schwand, und ich stand kurz davor, mein Angebot zu widerrufen. Sechs Jahre hin oder her – die Sache kam mir ungelegen. Ambers nervtötender Video-Blog lief in Dauerschleife in meinem Kopf, und mir war klar: Der einzige Weg sie loszuwerden bestand darin, sie mit ihren eigenen Waffen zu schlagen. Doch um das zu tun, musste ich zur Farm und Z abfangen. Außerdem wollte ich davor noch unbedingt einen Zwischenstopp einlegen, um einen anständigen Kaffee zu trinken. Von dem Gebräu in der Thermoskanne, die ich im Gästehaus eingepackt hatte, wurde mir unglaublich übel. Normalerweise konnte ich problemlos jede Plörre trinken, was mir nur wie ein weiterer Beweis vorkam, dass ich wohl allergisch gegen Montauk selbst war.

Doch hier saß ein kleines Mädchen vor mir, das ein Kleinmädchengesicht machte, dem man nur schwer widerstehen konnte. Wenn ich stärker gewesen wäre, hätte ich widerstanden. Aber vielleicht wäre genau das der Beweis gewesen, dass ich nicht stark genug war.

Ich legte meine Hände aufs Lenkrad. »Zeig mir, wo ich parken kann.«

28

Die Veranstaltung dauerte fünf Stunden.

Zumindest fühlte es sich an wie fünf Stunden.

All diese kleinen Kinder führten ihre Erfindungen vor – manche in Zweier- oder Dreiergruppen –, und es schien, als käme Sammy niemals dran. Sammy hatte nicht erwähnt, dass sie ihren Preis als Letzte bekommen würde – das große Finale der ganzen Veranstaltung. Sammy bekam ihre Auszeichnung deswegen als Letzte, weil es, wie Sammy nicht ganz klargemacht hatte, die wichtigste Auszeichnung war.

Sie durchquerte die Aula und ging nach vorne, um ihre Erfindung zu präsentieren, während die leitende Betreuerin des Camps, eine Frau namens Kathleen, stolz hinter ihr stand. Kathleen war hübsch auf Bibliothekarinnen-Art. Sie hatte die Haut einer Porzellanpuppe und langes rotes Haar, das sie im Nacken zu einem Pferdeschwanz zusammengebunden hatte. Ihre Bewunderung für Sammy war offensichtlich. Nach jedem Teil ihrer Vorführung gab sie dem Publikum ein Zeichen zu applaudieren, was wir auch eifrig taten.

Als Sammy fertig war, legte die Betreuerin ihr eine Hand auf die Schulter. »War das nicht ganz fantastisch?«

Ich saß auf meinem Platz in der zweiten Reihe und verkniff mir ein Kichern, während ich Sammy zuschaute, die so aussah, als müsste sie sich allergrößte Mühe geben, die Hand nicht von ihrer Schulter zu schlagen.

»Sammy Stephens hat bewiesen, dass sie ein echter Star ist«, fuhr Kathleen ahnungslos fort. »Allein die Tatsache, dass sie bereits dabei ist, ein sich selbst versorgendes Bewässerungssystem zu entwerfen, wo wir das Thema Wasser lediglich im Fach Geologie streifen … Nun, ich sage nur, da kann sich jeder ein Tröpfchen H_2O abschauen! Herzlichen Glückwunsch!«

Das Publikum brach in Gelächter aus. Echt jetzt … Wasserwitze? Ich war definitiv im nerdigsten Feriencamp Amerikas gelandet. Kathleen reichte Sammy eine Schleife – sie vergaben heutzutage immer noch Schleifen? –, und ich konnte sehen, wie sich ein strahlendes Lächeln über Sammys Gesicht breitete. Und da musste ich stutzen. Was war es, was ich da gerade spürte? Es ließ sich nicht leugnen: Stolz.

Als alle aus dem Saal strömten, kam Sammy auf mich zugerannt und hielt ihr Siegerschleifchen in die Höhe. »Hast du das gesehen?«, fragte sie.

»Natürlich habe ich das gesehen. Herzlichen Glückwunsch!«, gratulierte ich ihr.

»Danke«, sagte sie.

»Ich muss mich jetzt wirklich beeilen, aber lass uns nachher ein Eis kaufen, wenn ich dich abhole.«

Das Lächeln fiel ihr aus dem Gesicht. »Aber es gibt Kuchen. Für die Eltern. Also jetzt.«

Das konnte doch nicht wahr sein. Hatte ich mir gerade

nicht genügend Fleißsternchen verdient? »Es tut mir leid, Sammy. Nächstes Mal, okay?«

»Es ist wirklich leckerer Kuchen«, presste sie hervor.

Wie oft würde ich sie noch fragen lassen? War ich wirklich so verdammt egoistisch? »Das nächste Mal«, wiederholte ich und klopfte ihr unbeholfen auf die Schulter, während ich mich bereits nach dem nächstgelegenen Ausgang umschaute.

Dann hörte ich jemanden meinen Namen rufen. »Sunshine?«

Ich drehte mich um und sah Kathleen auf uns zukommen; sie hatte ihr Haar jetzt offen und winkte aufgeregt.

Ich zwang mich zu einem Lächeln. Ich würde diesen Ort nie verlassen dürfen.

»Hallo«, begrüßte sie mich und beschleunigte ihren Schritt. »Kathleen Teague.«

»Hallo, Kathleen«, erwiderte ich.

Sie streckte ihre Hand aus. »Wie schön, Sie kennenzulernen. Sammy hat erwähnt, dass ihre coole Tante heute dabei sein würde.«

Ich sah zu Sammy runter und fragte mich, ob sie wirklich das Wort »cool« benutzt hatte. Aber was auch immer sie gesagt hatte, es war vermutlich nett gewesen, sonst wäre Kathleen jetzt nicht so freundlich. Damit gab es schon einen Menschen auf der Welt, der mich nicht von Grund auf verabscheute, auch wenn dieser Mensch erst sechs war.

Kathleen beugte sich zu meinem Ohr vor. »Und nur zu Ihrer Information«, flüsterte sie. »Ich glaube nicht alles, was ich in den Zeitungen lese.«

Ich wich zurück. »Ich muss mich wirklich beeilen.«

»Bevor Sie gehen, habe ich noch eine Bitte. Könnten Sie Rain daran erinnern, dass ich ihr ein paar Nachrichten aufs Band gesprochen habe?«

»Klar«, sagte ich.

Doch dann griff sie nach meinem Arm. »Sie muss mich unbedingt zurückrufen«, insistierte sie.

Ich schaute zu Sammy, die sich auf ihre Schleife konzentrierte. »Ist alles in Ordnung mit ihr?«, fragte ich.

»Oh, ja! Sammy ist wunderbar. Mehr als nur in Ordnung. Sie hat wirklich viel Spaß hier im Camp. Es freut mich sehr, wie gut die Ferien für sie laufen.« Wieder legte sie ihre Hand auf Sammys Schulter, woraufhin Sammy sich unbehaglich wand. Merkte diese Frau eigentlich gar nichts? »Ich verstehe ja, warum Rain meine Anrufe ignoriert«, sagte sie. »Manchmal kann es genauso beängstigend sein zu hören, dass dein Kind in Ordnung ist, wie, dass etwas nicht stimmt.«

»Ich schätze, sie hat momentan einfach viel zu tun.«

»Vielleicht«, sagte sie. »Aber bitte erinnern Sie sie trotzdem daran. Sie dürfen hier übrigens vorbeischauen, wann immer Sie wollen; unsere Türen stehen für Sammys Familie jederzeit offen.« Dann lächelte sie Sammy zu und ging davon.

Sammy blickte zu mir auf. »Das ist die Leiterin des Camps«, erklärte sie. »Ich mag sie eigentlich.«

»Sie scheint nett zu sein«, sagte ich.

»Aber sie spricht sehr viel.«

Ich nickte. »Ist schon okay.«

»Aber du bist spät dran«, sagte Sammy. »Es tut mir leid.

Ich hätte dich nicht bitten sollen herzukommen.« Sammy senkte den Blick und zupfte an ihrer Schleife. Sofort bereute ich meinen Tonfall von vorhin – ich bereute, dass ich ihr ein schlechtes Gewissen gemacht hatte, nur weil sie wollte, dass jemand für sie da war.

Ich beugte mich runter, sodass ich ihr in die Augen schauen konnte. »Nein«, sagte ich. »Ich bin froh, dass du gefragt hast.«

»Nein, bist du nicht.«

»Bin ich wohl.« Ich holte tief Luft und konnte selbst nicht fassen, was ich im Begriff war zu sagen. »Außerdem kann ich kaum glauben, dass ich wegen einer albernen Besorgung beinahe den Kuchen hätte sausen lassen. Das war wirklich eine verrückte Idee.«

»Echt?« Zaghaft lächelnd, blickte sie auf und musterte mich, als versuche sie herauszufinden, ob ich mich wirklich freute, dass ich mitgekommen war. Dann beschloss sie offenbar, dass es keine Rolle spielte. Sammy nahm meine Hand, und wir machten uns auf den Weg zum Kuchenempfang. Unsere Finger verschränkten sich ineinander, als sei es das Natürlichste von der Welt – ihre kleinen um meine großen.

Ich sah auf unsere Hände hinab und ermahnte mich, keine große Sache daraus zu machen, doch ich umschloss sie noch ein bisschen fester. Womöglich hatte ich vorhin gelogen, als ich sagte, ich sei froh, hier zu sein. Aber im Moment fühlte es sich an wie die Wahrheit.

29

Nachdem ich Sammy im Maidstone Hotel abgesetzt hatte, schaffte ich es gerade noch rechtzeitig zur Arbeit. Ich rannte zu meinem Posten und setzte meine Brille auf, als ich hinter mir eine Männerstimme aus *Casablanca* zitieren hörte: »Nicht zu fassen: Von allen Kaschemmen der ganzen Welt kommt sie ausgerechnet in meine.«

Ich drehte mich um und erblickte Ethan in Kapuzenpulli und Jeans, mit einer Kühlbox in der Hand. Das Haar frisch gewaschen, die Bartstoppeln fort. Er sah gut aus, zumindest für seine Verhältnisse, auch wenn der Fischgestank, der womöglich aus der Kühlbox kam, ihm immer noch anhaftete.

Er lächelte. »Was tust du hier?«

»Meinen Arbeitsplatz herrichten.«

Er prustete los, und zwar richtig laut. »Z hat dir hier ganz sicher keinen Job als Koch gegeben«, stellte er fest.

»Nein, ich kümmere mich mehr so um die Qualitätskontrolle.«

Er legte den Kopf schräg. »Du bist also der neue Taylor?«

»Du kennst Taylor?«

»Gut genug, um zu wissen, dass Müll durchschauen weit entfernt ist von Qualitätskontrolle.«

Ich spürte, wie ich rot anlief. »Es ist Teil eines größeren Plans.«

»Daran habe ich keinerlei Zweifel«, erwiderte er. »Eine Brille wie diese steht für einen ausgeprägten Geschäftssinn.«

»Außerdem habe ich versucht, seinen Job zu retten.«

»Es gibt keine Rettung vor Chefkoch Z«, sagte er. »Aber es war nett von dir, dass du es versucht hast.«

Ich dachte an meinen Tag mit Sammy und wollte schon sagen, dass ich dabei war, ein neues Kapitel in meinem Leben aufzuschlagen, doch dann kam mir der Gedanken, dass ein neues Kapitel aufzuschlagen wahrscheinlich bedeutete, weniger Worte, sondern mehr Taten sprechen zu lassen.

»Was?«, fragte er.

»Versteh mich nicht falsch, aber von deinem Geruch wird mir echt übel.«

Ethan schmunzelte. »Wie könnte ich das falsch verstehen?«

Ich deutete auf sein Outfit. »Du bist ja fast schon schick angezogen«, fuhr ich fort. »Gibt es einen besonderen Anlass?«

»Ich bin heute Abend noch zum Essen verabredet«, erklärte er.

»Mit der namenlosen Promi-Dame?«

Er lächelte. »Du wirst nachher schon selbst einen Blick in den Speiseraum werfen müssen«, sagte er. »Z schiebt mich in die zweite Sitzung rein.«

»Das ist echt unglaublich. Aber jetzt weiß ich wenigstens, welcher Mensch einen Tisch im 28 ohne Reservierung oder Vorankündigung bekommen kann.«

»Tja, was soll ich sagen?« Er zuckte die Achseln. »Der Mann liebt mich eben.«

»Das tun viele.«

»Was soll das denn heißen?«

»Meine Schwester hat neulich Abend mit deinen Leistungen geprahlt. Du hast mir gar nicht erzählt, dass du hier ein ganzes Fischereikartell gegründet hast.«

»Ein *Fischereikartell?*«

»Du weißt genau, was ich meine, *Yalie.*«

»Ich glaube ja nicht, dass das die offizielle Berufsbezeichnung ist, wenn man an der Yale lehrt.« Er hob die Kühlbox etwas höher. »Also habt ihr euch neulich Abend über mich unterhalten?«

»Ein wenig. Zwischen ihren Vorträgen darüber, was für ein schrecklicher Mensch ich bin, kamen wir auch auf dich zu sprechen.«

Er grinste. »Ich muss mich beeilen, also wirst du mir ein anderes Mal davon erzählen müssen. Und übrigens, du brauchst kein allzu schlechtes Gewissen wegen Taylor zu haben. Z feuert sogar Leute, die von Läden wie dem *Cordon Bleu* kommen. Ich gebe dir bis Schichtende.«

»Würdest du ein gutes Wort für mich einlegen? Ich muss diesen Job wenigstens noch ein Weilchen behalten.«

»Z ist der einflussreichste Koch der Ostküste. Er ist hier in den Hamptons der Abnehmer für achtzig Prozent meiner absoluten Spitzenprodukte.«

»Also wirst du es tun?«

Ethan nickte und wandte sich zum Gehen. »Ganz sicher nicht.«

30

Ethan erschien tatsächlich zum Abendessen – aber in Begleitung eines älteren Herrn, den ich nicht erkannte. Keine Promi-Dame weit und breit.

Ich spähte durch das kleine Küchenfenster.

»Was tust du da?«, hörte ich Chefkoch Z. Er stand immer noch an der Kochlinie, das Gesicht abgewandt, weswegen ich nicht sofort kapierte, dass er mit mir sprach. Er nickte einem seiner Köche zu. »Ist sie schwerhörig?«, hakte er nach.

Ich erstarrte. Meinte er mich?

Chefkoch Z war gerade dabei, seine gegrillten Sardinen mit eingelegten Zwiebeln zu veredeln. Ein Hauch Zitrone, ordentlich Kapern. Essig, Zucker und Salz. Eine einzige eingelegte Gaumenfreude.

»Warum schaust du durch mein Fenster, Samantha?«

Ich deutete mit dem Daumen auf die Tür. »Tut mir leid, Chef«, entschuldigte ich mich. »Ethan Nash ist ein Freund von mir.« Namedropping als billiger Versuch, meine Haut zu retten – ich war nicht gerade stolz auf mich.

»Spionierst du allen deinen Freunden nach, wenn sie essen gehen?«

»Nein, Chef.«

Er inspizierte den nächsten Teller, ohne sich auch nur umzudrehen. »Dann lass es auch bei diesem hier bleiben.«

Erst gegen Ende meiner Schicht hatte ich wieder die Gelegenheit, mit Z zu sprechen. Es war null Uhr dreißig und das Restaurant so gut wie leer. Er kam schon mit mürrischer Miene an meine Station und verlangte den Bericht. Ich war bereit, mein vorheriges Missgeschick auszubügeln. Ich hatte aus den Abfällen einen kleinen Teller des am wenigsten beliebten Produkts zusammengeklaubt, das zwar immer noch ziemlich beliebt war, jedoch mit Regelmäßigkeit auf den Tellern liegen blieb. Geschmorter Fenchel. Z hatte ihn zu einem in Ingwer gedünsteten Kabeljau serviert. Die Leute ließen nicht das kleinste Stückchen des zarten Fischfilets auf ihren Tellern liegen – die milde gelbe Ingwersauce machte sich ausgezeichnet dazu –, doch der Fenchel war anscheinend weniger verlockend.

Chefkoch Z rief nach Douglas. »Hol mir eine frische Portion davon«, verlangte er.

Douglas kam mit einer kleinen Schüssel kochend heißen Fenchels herbeigeeilt, aus dessen Haut die flüssige Butter triefte.

Z nahm eine Gabel davon und führte sie zu seinem Mund. Doch dann hielt er inne und wandte sich stattdessen zu mir. »Du sollst es kosten«, sagte er.

Ich sah meine Chance gekommen, mich zu rehabilitieren. Bereitwillig nahm ich einen Bissen und überlegte mir währenddessen, was ich Kluges sagen könnte, um Z davon zu überzeugen, dass er meinem Gaumen vertrauen konnte. Ich würde ihm sagen, dass der Fenchel die ideale Konsistenz hatte – knackig und doch zart – und wie herrlich die Aromen sich verbanden, mit dem Anis, der durch den Knoblauch hervorgehoben wurde. Das waren die lobenden Worte, mit denen ich bereits vertraut war. Ich hatte in meiner Show einmal eine ähnliche Kritik abgegeben, während ich mich an einem frischen Fenchelgericht direkt aus meinem falschen Ofen gütlich tat (meine Fenchelwurst mit gebackenen Eiern war ein besonderer Hit). Heute würde ich sie für Z noch einmal aufwärmen.

Aber irgendwas stimmte nicht ... Der Fenchel schmeckte säuerlich ... Er fühlte sich irgendwie falsch an in meinem Mund. Ich versuchte, meine Reaktion zu verbergen, aber Z sah sie bereits: blanker Ekel. Ich war sicher, ich würde an Ort und Stelle gefeuert. Der buttrige Fenchel klebte förmlich an meinem Gaumen, während ich verzweifelt versuchte, mich nicht zu übergeben.

Doch Z ging einfach nur davon, ohne etwas zu sagen.

Ich blickte zu Douglas, um herauszufinden, ob ich meinen Job los war.

»Ein größeres Lob wirst du niemals hören«, sagte er.

31

Nach der Fenchel-Episode folgten mehrere Abende hintereinander, an denen Z an mich herantrat und mich um meine Meinung bat – an denen es sich für einen Moment anfühlte, als würde ich in den Rhythmus des Restaurants verfallen. Aber wie oft musste ich dieselbe Lektion noch lernen?

Im Moment war es mir unmöglich, irgendeinen Rhythmus zu finden.

Am Freitagmorgen wachte ich von Rain auf, die durch die Küche wetzte und Sammy hinter sich herzog. Sammy lachte aus vollem Halse.

»Mom! Ich kann nicht so schnell.«

Ich schaute vom Sofa auf und rieb mir die Augen. »Was ist denn hier los?«, fragte ich.

»Wir spielen, dass ich das Camp schwänze«, sagte Sammy.

»Aber dir gefällt es doch im Camp«, entgegnete ich.

»Entschuldige, aber habe ich dich etwa um Erlaubnis gefragt?«, ätzte Rain.

Sammy sah skeptisch zwischen uns beiden hin und her, und ich konnte es ihr ansehen: Sie wollte mich verteidigen. Rain musste es ebenfalls bemerkt haben, denn sie ruderte zurück.

»Ich gehe heute nicht zur Arbeit und auch nicht zu Thomas ins Krankenhaus«, sagte Rain. »Ich brauche einen Tag frei. Wir wollen in den Park.«

Das war eine großartige Neuigkeit. Ich müsste Sammy nicht zum Camp fahren und auch nicht abholen. Vielleicht würde ich es sogar früher zur Arbeit schaffen und mir ein paar Fleißpunkte bei den Vorbereitungen für die Abendschicht verdienen.

»Komm doch mit!«, rief Sammy.

Ich konnte Rain förmlich ansehen, wie sie sich innerlich wand, unsicher, ob sie sich einmischen und Sammys Einladung zurücknehmen sollte. Ich beschloss, ihr eine Rettungsleine zuzuwerfen.

»Danke, aber geht ruhig ohne mich«, sagte ich. »Ich bin gerade erst aufgewacht.«

Rain schwieg einen Moment, als überlege sie, ob sie es wirklich sagen sollte. »Willst du nicht trotzdem mitkommen?«

Ihr Angebot kam so unvorbereitet, dass ich völlig verdutzt war. »Wirklich?«, entfuhr es mir.

»Zwing mich nicht, ein zweites Mal zu fragen.«

Als meine Schwester sagte, sie würden in den Park gehen, meinte sie damit den Montauk Point Park, ein Naturschutzgebiet an der östlichsten Spitze der Hamptons. Es gab Angelstellen und Wanderwege, Picknicktische und einen tollen Spielplatz. Und er lag natürlich am legendären Montauk-Point-Leuchtturm, der ein Ausflugsziel für Touristen war und außerdem Rains Lieblingsort in den Hamptons. Den meisten Leuten gefiel sein malerischer Anblick, wie er da eindrucksvoll auf seinem Hügel thronte; doch Rain liebte vor allem seine Geschichte. Als Jugendliche hatte ich mir immer gewünscht, sie hätte im Leuchtturmmuseum als freiwillige Führerin ausgeholfen, damit sie andere Leute mit den Details nerven konnte, nicht mich. Jeden Sonntag packten Rain und ich uns damals Sandwiches fürs Mittagessen ein und gingen zum Leuchtturn. Wir hatten die Abmachung, dass wir uns, während wir dort waren, nicht streiten durften – weder wegen Dad noch wegen seiner Geldprobleme (die natürlich auch schnell zu unseren wurden), einfach über gar nichts. Eines Sonntags sagte Rain unserem Vater, dass wir zum Leuchtturm wollten, doch es war ein denkbar ungünstiger Zeitpunkt. Er hatte Probleme mit einer Filmmusik, an der er gerade arbeitete, und beschloss, dass der Leuchtturm Unglück brachte. Er ging sogar so weit, Rain zu bitten, nicht zu gehen – im Grunde befahl er es ihr.

Es war das einzige Mal, dass ich mitbekam, wie sie ihm etwas verweigerte. Sie erinnerte ihn daran, dass wir schon zum Leuchtturm gegangen waren, lange bevor es die Regeln gab, und dass er uns früher sogar selbst hingefahren hatte. Dass das Pech womöglich nicht daher rührte, dass wir hingingen, sondern dass er *nicht* ging.

Das Argument schien ihn zu überzeugen. Als wir zum Leuchtturm aufbrachen, kam unser Vater sogar mit – besser gesagt, er setzte uns dort ab. Denn auf dem Weg dorthin hatte er eine Idee für seine Filmmusik und fuhr umgehend nach Hause zurück. Er hatte außerdem auch eine Regel, die es ihm untersagte, sonntags zu viele Stunden außer Haus zu bleiben, und wahrscheinlich wollte er nicht riskieren, dass er die Zeit vergaß.

Rain verbuchte das als Sieg, was es noch schwerer machte, sie davon zu überzeugen, dass die Bestätigung seines Irrsinns nicht hilfreich war – und der beste Weg, selbst diesem Wahn zu verfallen. Als ich anmerkte, sie hätte ihm einfach sagen sollen, wie es wirklich war, hob sie nur abwehrend die Hände und sagte: *Das Ergebnis ist doch dasselbe. Ich habe meinen Leuchtturm gerettet.* Sie würde sich nicht von mir zwingen lassen, ihre Mittel zu rechtfertigen – nicht an ihrem Lieblingsplatz, nicht an dem einen Ort, an dem wir versprochen hatten, uns nicht zu streiten.

Und so war es seltsam, heute mit ihr hier zu sein – so viele Jahre später, zusammen mit ihrer Tochter. Wo wir uns nicht einmal nahe genug waren, um zu streiten, aber auch nicht besonders erpicht darauf, uns zu versöhnen.

Wir saßen mit Sammy in der Mitte auf den Felsen und aßen Erdnussbutter-Pie, die Rain gemacht hatte.

Falls Erdnussbutter-Pie exotisch klingt und Sie womöglich an eine gelungene Mischung aus fluffig aufgeschlagener Erdnussbutter und hausgemachtem knusprigem Boden denken, so muss ich Sie leider enttäuschen. Rains Kreation bestand aus Erdnussbutter, matschigem Bananenmus und Schokostückchen, die sie in Cupcake-Förmchen füllte – ziemlich oldschool. Eigentlich war es nicht einmal eine richtige Pie. Sie schob die ganze Angelegenheit ins Gefrierfach, und heraus kam der allersüßeste, allercremigste Brownie, den Sie je gekostet haben.

Als ich noch klein war, war ihre Erdnussbutter-Pie mein

liebster Leckerbissen gewesen; und als sie nun die Förmchen aus der Tasche holte, kam mir das fast wie eine Geste der Versöhnung vor.

Ich brachte es nicht übers Herz, ihr zu sagen, dass meine Pie irgendwie komisch schmeckte. Die Schokostückchen waren zu bitter, die Bananen überreif oder nicht reif genug und die Erdnussbutter sauer. Konnte Erdnussbutter überhaupt sauer werden? Rains Erdnussbutter offenbar schon.

Sammy verputzte ihr zweites Stück. »Die sind echt lecker, Mom«, sagte sie.

Rain schleckte ihr Papierförmchen sauber. »Ja, sind ziemlich gut geworden, was?«

Ich wollte nicht undankbar erscheinen, also nickte ich begeistert. Und bat um ein weiteres.

»Mom, kann ich runter ans Meer?«, fragte Sammy.

»Geh ruhig«, sagte Rain. »Aber bleib in der Nähe.«

Sammy rannte den Hügel hinab. Einen Moment schien sie eine Gruppe Kinder anzusteuern, die zusammen Pizza aßen, doch dann schwenkte sie ab und begann, alleine Blumen zu pflücken.

Ich schaute zu Rain.

Sie hob die Hände. »Spar dir deinen Kommentar.«

»Was denn? Ich sitze nur hier und esse Kuchen.«

»Ich weiß, dass sie nicht viele Freunde hat«, sagte sie. »Sie ist eben anders als die anderen.«

»Anders ist doch gut«, erwiderte ich.

»Ich denke schon.« Sie schaute zu mir und erwischte mich dabei, wie ich an dem Papierförmchen zupfte. »Was tust du da?«

»Ich genieße die Pie.«

Sie musterte mich argwöhnisch und versuchte zu entscheiden, ob sie mir glauben sollte oder nicht. »Und überhaupt, ich hatte als Kind auch nicht viele Freunde, und mir geht es hervorragend.«

War das ein guter Moment, um *bist du sicher?* zu sagen?

»Ich finde, Sammy ist ein fantastisches Mädchen«, sagte ich. »Von meiner Seite also kein Widerspruch.«

Sie bedachte mich mit einem Ausdruck, den ich noch nie an ihr gesehen hatte: Dankbarkeit. »Na ja, ihre Betreuerin, die Frau, die das Feriencamp leitet, sieht das nicht so.«

»Kathleen?«, fragte ich.

Sie nickte. »Sie findet schon, dass Sammy toll ist, aber sie macht sich Sorgen ...«

»Weswegen?«

Sie schüttelte den Kopf. »Ich weiß nicht ...«

Ich hielt den Atem an – ich wollte sie nicht unterbrechen, wollte nicht, dass sie verstummte, sobald sie merkte, dass ich es war, der sie sich anvertraute.

»Kathleen glaubt, Sammy bräuchte Herausforderungen, um sich zu beweisen. Um ihr Potenzial voll auszuschöpfen. Das habe ich auch schon von ihren Lehrern gehört, weswegen ich sie nach den Ferien auf eine Privatschule in East Hampton schicke.«

Eine Privatschule? Für die wirklich guten musste man hier in der Gegend ein Eintrittsgeld von fünfzigtausend Dollar berappen. Deswegen hatte sie also das Haus verkauft.

»Und wo ist das Problem?«

»Sie ist der Meinung, die Privatschule hier sei nicht die

Lösung. Sie möchte, dass ich Sammy im Herbst zu diesem Hochbegabten-Programm schicke. Sie empfiehlt denen nie irgendwelche Schüler, aber sie hat Sammy empfohlen, und sie wurde angenommen.«

»Das ist doch super!«

»Das ist überhaupt nicht super. Diese Hochbegabtenschule ist in New York. Wie soll ich das denn bitte hinkriegen?«

Na ja … es gab Wohnungen in New York. Und es gab genug Jobs in anderen Hotels. War sie es Sammy nicht schuldig, ihr die bestmögliche Ausbildung zu bieten – sie an einen Ort zu bringen, wo sie Freunde finden könnte? Doch Rain würde Montauk nicht verlassen; und ich würde ganz sicher nicht den Fehler machen, sie dazu überreden zu wollen. Das war eine Diskussion, die wir geführt hatten, als ich ihr noch eine ganze Menge mehr bedeutete – und schon damals hatte ich verloren.

»Thomas ist mir auch keine große Hilfe«, sagte sie. »Er ist so dermaßen beeindruckt von dem Programm, dass er die ganze Zeit nur darüber redet, dass andere Familien sogar von Kalifornien wegziehen, damit ihre Kinder daran teilnehmen können.«

»Klingt, als wolle er dich unterstützen.«

Sie drehte sich zu mir. »Es gibt eine Art, mich zu unterstützen … und zwar in aller Stille.«

Ich nickte, da mir klar war, dass es der einzige Kurs war, den ich im Moment fahren konnte. Wenn sie schon sauer auf Thomas war, den sie offenbar liebte, dann würde sie erst recht sauer sein, wenn ich es wagte, ihr zu widersprechen.

»Ich möchte mir einfach nicht ständig von ihm anhören

müssen, dass wir zusammen einen Weg finden werden«, fuhr sie fort. »Als ob es bei dem Problem um uns beide ginge. Das Problem ist, dass wir hier leben … hier, in Montauk.« Sie machte eine weit ausholende Bewegung mit dem Arm, als ob die Sache sich damit erledigt hätte. Gerade so, als würden andere Leute nie umziehen. Aber ich wusste, dass sie das nicht hören wollte.

Also blickte ich aufs Meer hinaus, auf die Wellen, die gegen die Felsen krachten, und ließ Rain das letzte Wort haben.

Und da sah ich sie. *Meredith*. Ich musste zweimal hinschauen.

Sie spazierte den Strand entlang, ein Kind auf dem Arm, die anderen beiden neben ihr herlaufend, und trug ihre obligatorische schwarze Jeans, die sie scheinbar nie auszog. Sie telefonierte – mit Ryan etwa? – und lachte laut. Auf einmal hatte ich das Gefühl, keine Luft zu bekommen. Ihr Anblick brachte mit einem Schlag alles zurück: Ryan und New York, die Party, ihren Blick … diesen furchtbaren Blick, den sie mir zuwarf, bevor sie zur Tür hinausstürmte. Die Erdnussbutter-Pie in meinem Magen rebellierte. Ich versuchte, es zu ignorieren. Genauso wie das unangenehme Gefühl, das in mir aufbrandete. Ein Gefühl, das ich zuvor nicht verspürt hatte, zumindest nicht in Bezug auf sie. *Schuld*. Ich fühlte mich furchtbar wegen Danny. Und es tat mir leid, dass ich Ryan überhaupt je angefasst hatte. Aber wie ich Meredith so mit ihren Kindern sah – selbst während sie zwei Dezibel zu laut in ihr Handy plapperte –, wurde ich von Schuldgefühlen überwältigt. Ich stand kurz davor, runterzulaufen und mich bei ihr zu entschuldigen.

Stattdessen übergab ich mich.

»Echt jetzt?!«, rief Rain und rückte schnell von mir ab. »Das ist so was von eklig!«

Zu spät. Erbrochenes landete auf dem Saum ihres Kleides. Und ein bisschen Extra-Glibber tropfte an ihrem Bein runter.

»Das ist wirklich widerlich«, protestierte sie.

»Tut mir leid.«

Sie griff nach den Papierservietten und begann sich abzutupfen. »Das verzeihe ich dir nie.«

Ich zeigte zum Strand runter. »Meredith … sie ist da.«

Sie tupfte weiter und folgte meinem Blick. »Ist das die Ehefrau? Oder die betrogene Freundin?«

»Die Ehefrau.«

Sie legte die Servietten ab und rutschte noch ein Stück von der Lache weg. »Das nennt man wohl eine massive Überreaktion.«

Doch da schaute ich noch einmal genauer hin. Das war nicht Meredith. Das Haar war eher rötlich als blond. Die Beine stämmiger. Und während Ryan zwei Söhne und eine Tochter hatte, hatte diese Frau nur Töchter – bildhübsche Mädchen mit flachsblondem Haar, die ihrer Mutter hinterhertrotteten.

»Vergiss es! Das ist sie gar nicht.«

»Sag ich doch, eine Überreaktion!«, knurrte Rain. Dann sah sie mich an und reichte mir eine Serviette. »Was ist los mit dir?«

»Mir geht es einfach nicht so gut. Ich hab neulich Abend im Restaurant Fenchel gegessen, der mir nicht bekommen ist. Seitdem geht es mir nicht besonders.«

»Das liegt dann wohl eher an dir als am Fenchel.« Sie hielt inne. »Vielleicht bist du ja allergisch auf Montauk.«

Ich lachte.

»Was ist daran so witzig?«, fragte sie.

Ich wollte ihr gerade erzählen, dass ich exakt denselben Gedanken hatte, als mir von ihrem Thermoskannen-Kaffee übel geworden war.

Doch stattdessen übergab ich mich gleich noch einmal.

32

Es gibt da etwas, das die Leute einem nicht erzählen, wenn sie versuchen, schwanger zu werden (und scheitern). Dass du jedes Mal, wenn du einen Schwangerschaftstest machst, dasselbe Ergebnis bekommst. Dieses NEIN, das dir entgegenstarrt, wie eine Strafe dafür, dass du es je gewagt hast, auf ein anderes Ergebnis zu hoffen. Also hörst du damit auf. Du hörst auf, die Tage zu zählen. Du willst nicht mal mehr wissen, wann du den Test hättest machen sollen. Du hast einfach kein Interesse an einer weiteren Abstrafung. Als meine Schwester also anmerkte, dass der Grund für mein dreimaliges Übergeben innerhalb von einer Stunde eine Schwangerschaft sein könnte, glaubte ich, dass sie sich täuschte. Und während sie auf der Heimfahrt insistierte, dass ich einen Schwangerschaftstest machte, *nur um ganz sicherzugehen* – wobei sie die interessanteren Worte für Sammy buchstabierte –, weigerte ich mich standhaft. Gab jedoch nach, als Sammy zurückbuchstabierte: *eine Cousine!*

Und natürlich, als ich zurück im Gästehaus war, auf dem Badezimmerboden meiner Schwester sitzend, und tatsächlich ein JA bekam, fühlte es sich vollkommen unwirklich an. Als hätte die Natur sich irgendwie geirrt oder so was in der

Art. Ich schaute mir die Schachtel genauer an und war nicht überrascht zu sehen, dass das Verfallsdatum abgelaufen war.

Rain fuhr zur Drogerie, um einen neuen Test zu kaufen – doch auf dem stand ebenfalls JA. Es war ein absolut eindeutiges Ergebnis, das mir mitteilte, dass ein Baby unterwegs war.

»Und? Womit willst du dich jetzt herausreden?«, fragte Rain.

»Es ist nur … Wir haben es so lange versucht. Ich meine, *wirklich* versucht.«

»Und es hat nicht geklappt?«

Ich schüttelte den Kopf. *Schwanger.* Die wiederkehrende Übelkeit der letzten Wochen, das schwindelige Gefühl, das ich den Turbulenzen in meinem Leben zugeschrieben hatte … Es war ein kleines Baby gewesen, das versucht hatte, sich bemerkbar zu machen. Wie hatte ich das nur übersehen können? Meine übertriebene Reaktion auf den Fenchel, auf Ethans Fischgeruch … Ich hatte es nicht gesehen, weil mir die Möglichkeit überhaupt nicht in den Sinn gekommen war. Danny und ich waren in letzter Zeit nicht sonderlich aktiv gewesen. Wir hatten beschlossen, unsere Versuche bis Italien auf Eis zu legen. Überhaupt hatten wir viel von unserem Privatleben auf Eis gelegt – und ausnahmsweise war das mehr von ihm ausgegangen als von mir. Er war so beschäftigt damit gewesen, sich auf das Projekt in der Upper Westside vorzubereiten, dass er so gut wie nie zu Hause gewesen war.

Obwohl … zumindest einmal war er offenbar da gewesen.

Und ich konnte mir sogar ausrechnen, wann. Entweder war es der Abend gewesen, als er heimkam und mich in meinem alten schlabbrigen University-of-Oregon-Pulli in meinem Eiersessel vorfand, wo ich mir *Harry und Sally* anschaute. Oder es war der Abend gewesen, als er heimkam und mich halb weggedöst in seiner Jogginghose auf dem Bett erwischte. Trotz all meiner schicken Businessdinner der letzten Monate, zu denen ich mich immer aufbrezelte, waren es genau die zwei Abende, an denen ich wahrscheinlich am schlimmsten aussah, an denen er Lust auf Sex hatte. Ein komischer Kerl, mein Ehemann.

Meine Schwester stand auf. »Es ist aber schon von Danny, oder?«

Ich funkelte sie wütend an. »Ja, natürlich.«

Sie hob beschwichtigend die Hände. »Schon gut, wollte ja nur wissen, mit welchem Grad von Drama wir es hier zu tun haben.«

33

Schwanger. Ich konnte es einfach nicht glauben. Ich trug die Neuigkeit beinahe eine Woche mit mir herum, während ich versuchte, mich an den Gedanken zu gewöhnen. Doch mir war klar, dass es sich nicht real anfühlen würde, bis ich es dem einen Menschen erzählte, der es zur Realität machen würde. Nur, wie sollte ich es ihm sagen? Ich war durchaus versucht, nach New York zu fahren, um es ihm persönlich mitzuteilen, aber ich wusste nicht einmal, wo er momentan wohnte. Und ihn wieder bei der Arbeit zu überrumpeln – selbst mit frohen Neuigkeiten – schien mir nicht der richtige Weg.

Danny hatte sich so sehr ein Kind gewünscht – mehr noch als ich selbst. Ungeachtet dessen, was zwischen uns schiefgelaufen war, wäre er überglücklich zu erfahren, dass er Vater wurde. Warum also hatte ich solche Angst, nach dem Telefonhörer zu greifen? Warum hatte ich dieses Gefühl, dass, wenn ich nur den richtigen Zeitpunkt oder die richtige Art und Weise wählte, um ihm zu erzählen, dass wir ein Kind erwarteten, er mir vergeben würde? Dass er mehr tun würde, als mir nur zu vergeben?

Letztendlich gab ich es auf, auf den richtigen Zeitpunkt

zu warten – oder überhaupt auf einen angemessenen Zeitpunkt. Kurz vor Mitternacht rief ich Danny vom Restaurant aus an. Das war aus mehreren Gründen unklug – nicht zuletzt, weil der Speiseraum noch voll war, während die Gäste der zweiten Sitzung ihr Dessert aufaßen. Ich hatte zwar einen Großteil des Müllberichts der vorangegangenen Gänge vorbereitet, aber ich wusste nie, wann Chefkoch Z rüberkommen würde, um eine Zusammenfassung zu verlangen.

Die Verlierer des Abends waren die Pfirsiche – eine alte historische Pfirsichsorte, die, in delikate Scheiben geschnitten, zum gebratenen Lamm mit Minz-Chutney gereicht wurden.

Das Lamm war ein absoluter Hit – genauso wie das Chutney –, trotzdem waren einige der kleinen urwüchsigen Pfirsiche liegen geblieben. Ich hatte die Teller bereits aufgereiht, um sie Chefkoch Z sofort zeigen zu können, bevor ich mich davonstahl, um Danny anzurufen. Dennoch – sollte ich ihn meinen Namen brüllen hören, würde ich sofort auflegen müssen, auch wenn ich gerade dabei war, meinem Exmann mitzuteilen, dass er in einigen Monaten Vater wurde.

Abgesehen davon, bestand natürlich auch die Möglichkeit, dass Danny um diese Uhrzeit schon schlief.

Sobald sein Handy klingelte, fing mein Herz vor Aufregung zu rasen an, und ich konnte es kaum erwarten, die Worte auszusprechen. Selbst wenn er sich mit verschlafener Stimme melden sollte. Selbst wenn nur seine Mailbox ranging.

Schwanger.

Nur dass es nicht Dannys Stimme war, die am anderen

Ende der Leitung ertönte. Es war eine Frauenstimme – eine, die ich kannte –, auch wenn ich ein paar Sekunden brauchte, um sie einzuordnen.

»Hallo?«, meldete sie sich.

Maggie. Unsere Freundin Maggie, die unsere Wohnung eingerichtet hatte. Eigentlich war sie vor allem Dannys Freundin. Die beiden waren in Iowa zusammen auf die Highschool gegangen und hatten nach dem Studium die gesamte Zeit über zusammengearbeitet; sie hatten sich gegenseitig für Projekte empfohlen, wobei ihre Entwürfe oft hintereinander gezeigt wurden. Maggie hatte Danny für den Job in der Upper West Side vorgeschlagen, und es war ihr zu verdanken, dass unsere Wohnung im *Architectural Digest* abgelichtet wurde. Seine Arbeiten und ihre Arbeiten wurden prominent auf denselben Seiten präsentiert.

Ein phänomenales Team, hatte der Autor sie genannt, und wir hatten gemeinsam darauf angestoßen.

So albern es auch klingen mag, aber ich ging davon aus, dass sie mit Freunden etwas trinken waren. Wahrscheinlich hatte Maggie meinen Namen auf dem Display gesehen und war rangegangen, um zu hören, wie es mir ging. Nur dass sie gar nicht wissen konnte, dass ich es war, da ich vom Festnetztelefon des Restaurants anrief. Außerdem klang ihr allzu vertrautes *Hallo?* nicht so, als sei die Frage, warum sie mitten in der Nacht ans Handy meines Mannes ging – die Frage war vielmehr, wer die Frechheit besaß, so spät in der Nacht anzurufen.

»Wer ist da?«, fragte sie mit hoher Stimme.

»Ich bin's.«

Da wurde sie still. »Sunny. Ich, äh … Ich dachte, du wärst meine Schwester. Sie ist die Ferien über mit den Kindern in den Hamptons. Ich hab die Vorwahl gesehen und dachte, du wärst sie. Tut mir leid.«

»Warum sollte sie dich auf Dannys Handy anrufen?«, fragte ich.

Sie wurde kleinlaut. »Ich hole ihn ans Telefon, okay?«

Ich hatte keine Ahnung, von wo sie *ihn holte*. Ich wusste nicht, wo ich ihn erwischt hatte. Oder sie.

»Einen Moment«, sagte sie. Sie lief los, eindeutig das Tapsen nackter Sohlen. Und da hörte ich es im Hintergrund – das Prasseln einer Dusche.

Maggie klopfte an die Tür. »Danny!«, rief sie.

Die Wanduhr zeigte 00:02 Uhr.

Eine andere Frau holte meinen Mann aus der Dusche.

Ich legte auf.

Ich ging in der Küche auf und ab und versuchte, mein Zittern zu unterdrücken. Ich atmete tief ein und fokussierte mich auf das Baby. Bleib ruhig, tu's fürs Baby. Doch genau in diesem Moment erblickte ich sie durch das kleine Küchenfenster … da saß sie, aß ihre mehlfreie Nachspeise und lachte herzlich. Es war Zs wunderbar sämige Vanillecreme – Zucker pur mit einem genialen Hauch Meersalz – und einer der wenigen Gerüche, die ich in der Küche ertragen konnte. Doch jetzt hatte sie mir auch den verdorben.

Amber.

Sie trug ein sexy schwarzes Kleid und dazu eine dicke Goldkette. Ihr Freund war dabei sowie drei weitere Gäste; sie saßen an dem Tisch, den Z für größere Gruppen reservierte. Amber zog eine regelrechte Show ab, redete viel zu laut und nahm mit großer Geste den nächsten Happen von ihrem Nachtisch – vermutlich um ihn für ihr Gefolge zu analysieren. Die unglaubliche Konsistenz der süßen Vanillecreme, den göttlichen Hauch Meersalz. Als wäre sie eine Expertin, was solche Dinge betraf. Aber was die Leute betraf, die mit ihr am Tisch saßen, *war* sie die Expertin. Und bald schon wäre sie es für ganz Amerika.

Ich wusste nicht, was ich tat, bis ich es tat. Zuerst schob ich alle verschmähten Pfirsichscheiben auf einen Teller. Dann schwang ich – den Pfirsichteller in der Hand – die Küchentür auf und betrat den Speiseraum. Ein paar der Gäste, die an der Kochtheke saßen, blickten auf und musterten verwundert meine Schürze und mein verschwitztes Haar, das sich aus dem Dutt löste.

Ich nickte ihnen stumm zu.

Verwirrt nickten sie zurück.

Ich spazierte an ihnen vorbei, direkt auf Tisch 5 zu. Ambers Freund hatte jetzt seinen Arm um sie gelegt und schmiegte sanft seine Nase in ihre Halsbeuge. Verführerisch verspeiste sie den letzten Löffel ihres mehlfreien Desserts … und leckte den Teller ab.

Dann blickte sie auf, und ihre Augen weiteten sich, als sie mich erkannte – ungeduscht und in meiner Küchenkluft.

»Oh mein Gott!«, entfuhr es ihr, während sie mich von Kopf bis Fuß taxierte. »Was willst du denn hier?«

»Hallo sagen«, erwiderte ich. Dann lächelte ich und kippte genüsslich die Pfirsiche in ihren Schoß.

34

Als ich am nächsten Morgen auf dem Sofa aufwachte, stand Sammy schon vor mir und wartete – was nur gut war, denn das Letzte, was ich wollte, war, die vergangene Nacht in meinem Kopf Revue passieren zu lassen: Maggies Stimme, die sich an Dannys Handy meldete; Ambers aufwühlender Anblick im *28;* das Ende meiner glanzvollen Karriere bei Chefkoch Z. Nach meinem gloriosen Pfirsichwurf war ich hinausgestürmt, ohne erst meine offizielle Kündigung abzuwarten. Ich hatte mein Handy ausgeschaltet, da ich wusste, dass Danny ohnehin nicht zurückrufen würde. Ich kapierte nicht, warum die Dinge immer noch so furchtbar schiefliefen. Wie hatte das bloß geschehen können? Ich hätte mich mittlerweile auf dem besten Weg zur Wiedergutmachung befinden sollen, doch hier lag ich nun. Ohne Arbeit. Ohne Mann. Nur mit einer reizenden, charmanten Amber Rucci, die im Begriff war, die Welt zu erobern.

Sammy trat verlegen von einem Fuß auf den anderen und hielt ein neues Buch in ihren kleinen Händen. »Ich will nicht ins Camp«, sagte sie.

»Warum nicht?«

»Ich will nicht darüber sprechen.«

»Was willst du dann tun?«

»Einen Lesetag?«, fragte sie.

»Ach, weißt du was? Warum eigentlich nicht?«

Sie lächelte breit. »Super!« Umgehend machte sie sich daran, meine Füße aus dem Weg zu bugsieren, ließ sich aufs Sofa plumpsen und schlug ihr Buch auf.

Während ich ihr beim Blättern zuschaute, spürte ich, wie mir schlecht wurde. Es war wohl eine Kombination aus Morgenübelkeit und der Erkenntnis, dass ein kleiner Mensch – gar nicht viel anders als Sammy – bald zu mir gehören würde.

»Warum guckst du mich so an?«, fragte sie, den Blick immer noch auf ihr Buch geheftet.

»Ich finde, du solltest mir sagen, warum du nicht ins Camp willst«, sagte ich. »War jemand gemein zu dir?«

»Nein.«

»Sammy, falls jemand gemein zu dir war, werde ich mit dir hinfahren und dafür sorgen, dass es die Betreuerin erfährt. Du musst das Camp deswegen nicht aufgeben.«

Sie klappte das Buch zu. »Das hat damit nichts zu tun.«

»Was ist dann passiert?«

Sie blickte mir in die Augen, während sie überlegte, ob sie es sagen sollte oder nicht. »Kathleens Tochter kommt ins Camp. Und Kathleen will, dass wir beim Mittagessen zusammensitzen.«

»Und du willst das nicht?«

Sammy wirkte aufgebracht. »Ihre Tochter geht an diese Schule, die in New York.«

Ich nickte. Jetzt kam sie langsam zum Kern der Sache.

»Ich weiß, dass sie versuchen wird, uns zu Freundinnen zu machen und so. Damit ich auch hinwill.«

Es war eine seltsame Reaktion – als würde Sammy zwei Schritte überspringen. Den Schritt, bei dem sie entschied, ob sie Kathleens Tochter mochte, und den, bei dem sie entschied, ob die Schule sie interessierte.

»Und warum fühlst du dich schlecht deswegen?«

»Ich weiß nicht.« Sie zuckte die Achseln. »Ich meine, Kathleen sagt, dass es eine tolle Schule ist, aber …«

Da wurde mir klar, was sie so beunruhigte. »Deine Mom.«

Sie nickte. »Sie glaubt, die Schule ist schlecht.«

»Und was glaubst *du?«*

»Ich weiß nicht. Ich glaube, es könnte Spaß machen.«

Ich spürte einen winzigen Riss in meinem Herzen. Was war nur los mit Rain, dass sie ihrer Tochter das Gefühl gab, sich zwischen ihr oder der Schule entscheiden zu müssen? Und was war los mit der Beraterin, dass sie ihre eigene Tochter als Undercover-Anwerberin losschickte? Bekam sie eine Art Bonus, falls Sammy dort auftauchte? Plötzlich war ich wütend auf alle, außer auf dieses Kind, das vor mir auf der Sofakante saß.

»In Ordnung«, sagte ich. »Du musst heute nicht ins Camp gehen. Aber kein Lesetag, okay?«

Sie seufzte. »Warum nicht?«

»Du wirst nicht den ganzen Tag hier herumsitzen. Wenn du nicht ins Camp willst, na schön. Trotzdem wirst du etwas tun.«

»Ich tue etwas. Ich *lese.«*

Mein Blick fiel aus dem Fenster, auf unser altes Haus, den

roten Porsche davor und die namenlose Promi-Dame darin. Und dann fiel mir ihr Freund ein. »Lass uns fischen gehen«, schlug ich vor.

Ein echtes Montauker Fischerboot – nicht so eins für Junggesellenabschiede und Bierbesäufnisse, sondern eins zum Angeln – war nicht eben gemütlich. Ethans und Thomas' Küstenboot – knapp fünfzehn Meter lang, zwei Schlafkabinen – war da keine Ausnahme. Das Deck war sauber gewischt, aber es war immer noch schleimig und klebte vom morgendlichen Fang. Außerdem hing dieser penetrante Fischgeruch in der Luft, der Ethan im Vergleich wie einen Schokokeks duften ließ.

Und dennoch, sobald wir das Festland hinter uns ließen, fühlte ich mich besser; die Meeresbrise linderte meine Übelkeit und half mir, meinen Kopf freizukriegen. Ethan und ich saßen am Steuer; Sammy, fest in eine Schwimmweste gepackt, saß zu unseren Füßen und beobachtete fasziniert das Spiel der Wellen.

War nur ein Scherz. Sammy saß in der Kajüte und las. Sie hätte genauso gut zu Hause sein können.

Ethan faltete die Hände vor dem Mund und versuchte, sie mit seinem Atem zu wärmen.

»Ich hatte vorhin ein längeres Gespräch mit dem Ehemann meiner Freundin«, sagte er. »All die Leute, die behaupten, dass es zwei Montauks gäbe – eins für die Sommermenschen, eins für die Wintermenschen –, die würden gar nichts kapieren, sagt er. Es ginge einzig und allein um die Leute, die hier fischen, und die, die es nicht tun.«

»Und was ist daran falsch?«

»Henry fischt nicht. Er mietet ein schickes Boot mit seinen Kumpels aus der Firma und bezahlt jemanden, der ein Foto von ihm mit einem Speerfisch schießt. Das ist kein Fischen. Das ist ein Fotoshooting … mit einem Fisch.«

»Okay.«

»Siehst du denn nicht die Ironie dahinter? Jetzt mal im Ernst, selbst Sammy könnte die Hand ins Meer strecken und einen Speerfisch rausziehen.« Er schüttelte den Kopf. »Der Typ kotzt mich echt an.«

»Der Mann, mit dessen Frau du schläfst, kotzt *dich* an? Wir reden schon über den gleichen Typen, oder?«

»Er glaubt, er fischt hier und darf deswegen so einen Mist von sich geben. Wenn er wirklich hier fischen würde, würde er niemals so etwas Bescheuertes sagen.« Er hielt inne. »Höchstens denken.«

Ich atmete tief durch, während die Küste sich weiter und weiter entfernte. »Hörst du eigentlich auch irgendwann mal auf zu reden?«

»Hey! Du wolltest doch mit rausfahren. Verdammt, ich weiß gar nicht, warum ich mich habe breitschlagen lassen.«

»Na, weil du eine Schwäche für Sammy hast«, erwiderte ich.

Er lächelte. »Muss wohl so sein.« Er blickte aufs Wasser hinaus und steuerte weiter Richtung Norden.

»Und? Wie läuft es mit dem Job? Ich bin beeindruckt, dass du dich so lange gehalten hast.«

»Habe ich gar nicht.«

»Was ist passiert?«

»Mir sind ein paar Pfirsiche in den Schoß einer Dame gefallen.« Ich zögerte. »Nein, nicht gefallen. Ich sollte wohl sagen, dass ich sie absichtlich habe fallen lassen.«

Er lachte. »Und? Hat sie es verdient?«

»Ich glaube nicht, dass das die Frage ist, die Chefkoch Z interessiert. Aber ich bin zu schnell abgehauen, um es herauszufinden.«

Ethan schaltete den Motor aus. »Mich interessiert es.«

»Es war Amber Rucci, die Frau, die mich gehackt hat. Sie hat sich meine Kochbuchverträge und meine Sendung unter den Nagel gerissen. Dabei kann sie überhaupt nicht kochen.«

»Auch nicht.«

Ich sah ihn verwirrt an.

»Ich meine damit, du solltest wahrscheinlich eher sagen: Sie kann *auch* nicht kochen.«

»Ethan, jetzt mal im Ernst: Die Frau macht Toastbrote.«

»Also, ich mag Toast.« Er zuckte die Achseln. »Aber ich bin nicht so der Rezept-Typ. Ich improvisiere lieber … schiebe die Scheiben direkt aus der Plastikpackung in den Mini-Ofen, drehe ganz heiß auf und schaue, was dabei rauskommt.«

Ich lachte. »Ich weiß auch nicht, was ich mir dabei gedacht habe. Plötzlich saß sie da im Restaurant, und ich bin ausgetickt.«

Er zuckte die Achseln und zog einen Joint aus seiner Jackentasche. »Klingt, als hätte sie es verdient.«

Ich hätte mich besser fühlen sollen, nun, da selbst Ethan meine Rachegelüste rechtfertigte. Aber ich fühlte mich nicht besser. Ich musste daran denken, dass Amber mein Leben zerstört hatte, um ihres zu verbessern. Ich war davor schon wütend gewesen, aber bei dem Gedanken an das Kind, das ich unter dem Herzen trug, war ich mehr als wütend – ich war untröstlich.

Ethan zündete seinen Joint an, und ich bedachte ihn mit einem tadelnden Blick.

»Was denn?«, protestierte er. »Das ist mittlerweile legal, wie du sicher weißt?«

»Ja, ich bin mir nur nicht sicher, ob das auch gilt, während du ein Boot steuerst.«

»Dann ist ja gut, dass der Motor aus ist.« Er reichte mir den Joint.

Ich schüttelte den Kopf.

»Kein Interesse?«

»Nein. Schwanger.«

»Wow.« Er zog abrupt den Joint zurück. »Das nenne ich mal eine Spaßbremse. Buchstäblich.« Er blickte auf seinen Joint, während er die Nachricht sacken ließ. »Weiß es der Ehemann schon?«

Ich zuckte innerlich zusammen. *Der Ehemann.* Wie sollte ich es Danny jetzt noch sagen? Wie sollte ich ihm jemals noch irgendwas sagen? Ich schüttelte den Kopf.

»Warum nicht?«

Ich zuckte die Achseln. »Er ist zu beschäftigt damit, mit seiner neuen Freundin zu duschen.«

Er nahm einen weiteren Zug. »Wow.« Dann betrachtete er wieder konzentriert seinen Joint, und eine Weile sprach keiner von uns. »Habe ich dir schon erzählt, dass ich drei Kinder habe?«, sagte er schließlich.

Ich sah ihn schockiert an. »Wie bitte?«

Er nickte. »Von drei verschiedenen Müttern.«

»Nun, das spricht wohl für dein Sperma.«

Er lächelte. »Beim ersten kam ich nicht so gut mit der Situation klar. Ich war achtzehn und habe mich echt mies verhalten. Danach verbrachte ich den Großteil meiner Zeit damit, es bei den anderen beiden wiedergutzumachen. Aber es ist nicht dasselbe. Meine Tochter – meine Erstgeborene – verdient einen besseren Vater, als ich es war.«

»Falls du gerade dafür sorgen willst, dass ich mich besser fühle – es funktioniert nicht besonders.«

»Dass *du* dich besser fühlst? *Ich* will mich besser fühlen.«

»Immerhin warst du erst achtzehn, als du Mist gebaut hast.«

»Stimmt«, sagte er. »Und immerhin habe ich nicht mein ganzes Leben erstunken und erlogen.«

»Schon gut, es reicht.«

»Oder meinen Mann in die Arme einer anderen Frau getrieben. Oder meinen Job mit einer Portion Pfirsiche weggeworfen.«

»Würdest du bitte die Klappe halten?«

»Trotzdem, eine ziemlich ehrliche Aktion, das mit den Pfirsichen«, sagte er. »So ganz ohne Rücksicht auf die Konsequenzen.«

Ich sah ihn an und versuchte herauszufinden, ob er sich immer noch lustig machte.

Er drückte den Joint aus. »Ich meine es ernst. Wann war das letzte Mal, dass du so etwas getan hast?«

»Du meinst, so etwas Gestörtes?«

»Nein, so etwas Ehrliches«, sagte er. »Ohne darüber nachzudenken, wie das bei deinen Fans ankommen könnte. Dir einfach einen Moment zu gönnen, der nicht von vorne bis hinten inszeniert war.«

Das ließ mich innehalten. *Inszeniert.* Es war das perfekte Wort, um zu beschreiben, was von mir erwartet wurde, um der Welt *A Little Sunshine* zu präsentieren ... um mich selbst zu präsentieren. Alles, was ich die letzten Jahre gemacht hatte, diente der Inszenierung: Fotos durchsieben; nach dem optimalen Satz oder Zitat suchen; den perfekten Augenblick einfangen, den ich angeblich erlebte. Immer *noch* ein bisschen glatter, *noch* aufregender, *noch* fototauglicher.

Danny war das erste Opfer dieser Beseitigung von Realität gewesen. Jedes Mal, wenn wir ausgingen, und selbst an den Abenden, die wir nur zu Hause verbrachten, gab es den Moment, der nicht fotografiert wurde – den nicht existenten Schnappschuss von dem, was tatsächlich passierte (die miese Tiefkühlpizza beispielsweise, nachdem ich wieder mal zu lange gearbeitet hatte); aber dann gab es eben auch ein »spontanes« Instagram-Foto vom Abend, das Dutzende Selfies erforderte, bis die Kamera mich endlich im richtigen Winkel erwischte, während ich die »superleckere« Pizza genoss und mir die neueste coole TV-Serie reinzog. **#selbstgemachtePizza #kuschelnmitdemGöttergatten #Filmgucken**

Und was war dabei herausgekommen? Was war die Konsequenz dessen, dass ich uns ständig suggerierte, dass unser echtes Leben nicht gut genug war?

Ethan schaltete den Motor wieder an. »Vielleicht hast du ja einfach die Schnauze voll von den Lügen.«

»Ich habe nichts mehr, wofür es sich zu lügen lohnt.«

Er drehte das Steuerrad herum, und das Boot schoss vorwärts. »Ich an deiner Stelle würde jedes Kompliment nehmen, das ich kriegen kann.«

35

Als ich mit Sammy zu Hause ankam, schritt Rain stinksauer die Veranda auf und ab. Ich brauchte einen Moment, bis ich es bemerkte, und das obwohl *stinksauer* so ziemlich ihre normale Art war, mich zu begrüßen.

Ich ging um das Auto herum, um Sammy rauszulassen.

»Hi, Mom!«, rief sie.

Rain verschränkte die Arme vor der Brust. »Wo zur Hölle wart ihr?«

»Wir waren fischen«, antwortete ich, während wir die Stufen hinaufgingen. »Entspann dich.«

»*Entspannen?* Die Campleitung hat bei mir angerufen, weil Sammy nicht aufgetaucht ist. Und du kamst nicht auf die Idee, mich vielleicht anzurufen, bevor du auf hohe See hinausfährst?«

»Ich hab dich angerufen. Und dir eine Nachricht hinterlassen.«

»Ich auch«, meldete sich Sammy.

»Sammy, geh ins Haus.«

»Aber Mom …«

»Hinein!«

Sammy blieb an der Tür stehen. Ich lächelte ihr

aufmunternd zu, und sie winkte traurig, wie um mir zu sagen, dass sie nicht fortwollte. Offenbar konnte Rain das mit ihren unsichtbaren Augen im Hinterkopf sehen, denn sie wurde nur noch wütender.

»Rein mit dir! Sofort!«

Sammy schlurfte ins Haus, während Rain mich mit Blicken durchbohrte. »Wie konntest du das nur tun?«

»Rain, ich schwöre dir, ich wusste nicht, dass du dich so aufregen würdest.«

»Ich habe den Anruf vom Camp bekommen, bevor ich deine Nachricht gehört habe. Weißt du überhaupt, wie das für mich war? Ich dachte, ihr hättet vielleicht einen Unfall gehabt. Würdet bewusstlos irgendwo liegen. Ich wusste nicht, was passiert war.«

»Das müssen fünf echt harte Sekunden gewesen sein.«

»Findest du das etwa witzig?«

»Nein, tut mir leid, Rain. Ich dachte nur, es wäre nett, heute einen kleinen Ausflug zu unternehmen, statt zu Hause rumzusitzen.«

»Warum um alles in der Welt glaubst du, du könntest entscheiden, was du mit meinem Kind unternimmst?«

»Du lässt sie doch auch das Camp schwänzen.«

»Ja, genau, *ich!* Nicht du«, rief sie. »Es ist nicht an dir, solche Entscheidungen zu treffen.«

»Sie wollte aber nicht ins Camp. Und ich kann dir nur sagen, dass sie einen tollen Tag hatte. Sie hat gelesen, ein bisschen frische Luft abbekommen und Nachos gegessen. Es gibt nichts, worüber du dich aufregen müsstest. Sie hatte einen Heidenspaß.«

»Jetzt bist du also die Expertin, wenn es um mein Kind geht, ja?« Sie drehte sich um, stürmte ins Haus und knallte die Tür hinter sich zu.

Ich riss die Tür auf und folgte ihr. »Nein, aber ich helfe dir, auf sie aufzupassen. Wie wäre es mit einem Dankeschön?«

»Ach, bitte! Ich hätte mir auch eine studentische Aushilfe besorgen können, die Sammy morgens ins Camp fährt. Wir alle wissen doch, wer hier wem hilft.«

Sie wandte den Blick ab, und da wurde mir klar, warum sie so sauer war. Sie wollte nicht, dass Sammy einen tollen Tag hatte. Zumindest nicht mit mir. Unser Tag zusammen am Leuchtturm, die Schwangerschaft – das alles hatte rein gar nichts zwischen uns geändert. Rain wollte nicht, dass Sammy irgendwas mit mir zu tun hatte.

»Das alles war ein großer Fehler, okay?«, sagte sie. »Ich will, dass du deine Sachen packst und verschwindest.«

»Nein.«

Sie schüttelte den Kopf. »Nein?«

Genau so sah es aus. Ich würde nirgendwo hingehen. Vielleicht war es die Schwangerschaft, vielleicht der Schock. Vielleicht war es auch das, was Ethan über mich und die Pfirsiche und meine Ehrlichkeit gesagt hatte. Aber ich wollte bleiben, wo ich war. Zumindest bis ich wusste, wo ich hinsollte.

Rain schnaubte höhnisch. »Warum bist du überhaupt hier? Ich meine, jetzt mal im Ernst. Doch ganz sicher nicht, um die Familienbande zu pflegen.«

»Vielleicht doch.«

»Schwachsinn.«

Ich schaute zu Sammys Galerie hoch. »Würdest du bitte leiser sprechen?«

Rain dachte nicht daran, ihre Stimme zu dämpfen. »Was soll die ganze Farce überhaupt? Du willst doch nur Chefkoch Zs Anerkennung gewinnen, damit du dich irgendwie neu erfinden kannst, habe ich recht?«

»Und was, wenn dem so ist?«, gab ich zurück. »Oder findest du, ich soll mich zurücklehnen und die Sache einfach so hinnehmen? Amber hat mir alles genommen, wofür ich die letzten Jahre gearbeitet habe. Mir ist schon klar, dass das für dich nicht unter einem seriösen Job läuft, aber ich habe hart für meinen Erfolg gearbeitet … Nicht, dass du das nachvollziehen könntest.«

»Ach ja, weil ich nicht hart arbeite?«

Ich sprach mit gedämpfter Stimme, auch wenn sie sich weigerte. »Ich glaube nur nicht, dass du dir mit deinem Hoteljob einen Traum erfüllt hast.«

Sie sah mich überrascht an, vielleicht sogar gekränkt, dann lachte sie ausweichend. »Tja, wo wir schon bei Träumen sind: Welchen genau hast du gleich noch verwirklicht?«

»Es geht hier nicht um mich, Rain.«

»Machst du Witze? Es geht immer nur um dich. Nur weil du findest, das Gesamtbild wäre etwas hübscher, wenn ich eine beeindruckende Karriere hingelegt hätte, heißt das nicht, dass ich unglücklich bin.« Sie schüttelte den Kopf. »Ist dir jemals in den Sinn gekommen, dass niemand die Macht hätte, dir was wegzunehmen, wenn du nicht ständig in der Angst vor anderer Leute Meinung leben würdest?«

»Ach, ist das so?«

»Ja, tatsächlich.«

Ich warf einen Blick zur Galerie und trat einen Schritt auf meine Schwester zu. »Und warum hast du dann solche Angst, anderer Leute Meinung über dein Kind zu hören?«, flüsterte ich.

Sie packte mich am Arm und zog mich wieder raus auf die Veranda. »Entschuldige, wie bitte?«

»Deswegen hast du sie doch das Camp schwänzen lassen, stimmt's?«, sagte ich. »Weil die Betreuerin die Frechheit besaß, dir zu sagen, dass Sammy ein besonderes Kind ist? Dass sie spezielle Bedürfnisse hat?«

»Nach all deiner Erfahrung mit Sammy bist du also zu dem Schluss gekommen, dass eine wildfremde Frau recht hat und ihre Mutter falschliegt? Dass ich nicht darüber nachgedacht habe, was mein Kind braucht?«

»Rain, bitte, du darfst sie nicht von ihrem Glück abhalten.«

»Klar. Weil hier bei ihrer Mutter zu bleiben bedeutet, dass sie von ihrem Glück abgehalten wird.«

»Dann geh eben mit ihr nach New York. Dort gibt es auch Hotels, die du managen kannst.«

»So einfach ist das nicht. Mir gefällt es hier in Montauk. Ich habe mir hier ein Zuhause aufgebaut. Ich habe hier einen Freund. Womöglich ist das nicht besonders sexy oder glamourös und beschert uns auch keine Fernsehsendung, aber manche von uns wissen ein Heim und eine Beziehung zu schätzen.«

»Und du findest es überhaupt nicht schräg, dass dein

Zuhause nur fünf Meter von dem entfernt ist, in dem du aufgewachsen bist?«

Das schien ihr für einen Moment die Sprache zu verschlagen. »Was soll das heißen?«

Ich zögerte. Ich wusste, dass ich es nicht sagen sollte; dass es Grenzen gab, die man nicht überschreiten sollte. Aber sie war selbst so gemein, und ich war so müde. Ich konnte mich einfach nicht mehr zurückhalten. »Tja, ich weiß nicht«, begann ich. »Ich erinnere mich noch an gewisse Regeln, die besagen, dass man dieses Grundstück nie länger als ein paar Stunden verlassen darf. Und nie, unter gar keinen Umständen, außerhalb dieses Grundstücks übernachten.«

»Das ist so was von daneben.«

»Jeden zweiten Tag die Stufen runter an den Strand gehen; die Post um exakt siebzehn Uhr an der Einfahrt abholen; sonntags mit Blick aufs Meer zu Abend essen ... Unterbrich mich ruhig, falls ich irgendwas vergessen sollte. Vielleicht hast du ja mittlerweile selbst ein paar Regeln, dich nie zu weit aus dem Leben zu wagen, das Dad sich zurechtgelegt hat? Oder bist du ihm womöglich nur ein klitzekleines bisschen ähnlicher, als du es dir selbst eingestehen willst?«

Sie sah mich an – so voller Zorn, so voller Kränkung –, als könne sie es nicht glauben. Sie konnte nicht glauben, dass ich immer noch die Macht hatte, sie in ihrem Innersten zu treffen.

»Du hast zehn Minuten, um deine Sachen zu packen und zu verschwinden.«

Damit drehte sie sich um und ging ins Haus.

36

Ich raste aus der Einfahrt, meine wenigen Habseligkeiten hastig auf den Beifahrersitz geworfen, und fuhr zum *28*, während ich mir Mühe gab, die Tränen zurückzudrängen. Manchmal ist man froh, etwas loszuwerden, das einem schon lange auf der Seele lastete; doch dies hier war keines dieser Male. Mir tat es leid, all das gesagt zu haben. Ich hatte es nicht so gemeint, wirklich nicht. Aber Rain war immer so furchtbar unerbittlich mir gegenüber. Und selbst wenn ich mal glaubte, etwas richtig zu machen – Sammy einen schönen Tag zu bereiten, statt den bequemen Weg zu wählen –, hielt sie mir das auch noch vor. Wie kann man bei so jemandem gewinnen? Zumal ich selbst nicht ganz verstand, wie ich wieder hier gelandet war – gefangen in Montauk. In einem Haus mit dem Menschen, der all die Dinge verkörperte, vor denen ich versucht hatte zu fliehen. Dabei hatte ich sie überhaupt nicht verletzen wollen. Ich wollte nicht, dass sie sich so verloren und isoliert fühlte wie ich.

Tatsächlich wusste ich einfach nur nicht, wie ich sie bitten konnte, mich nicht mehr ständig daran zu erinnern, dass ich es ihrer Meinung nach verdiente, mich elend zu fühlen. Ihrer Meinung nach verdiente ich es, dass ich über Nacht meine Karriere und meinen Ehemann verloren hatte, der offenbar schon über mich hinweg war und sich anderweitig orientierte.

Ich hielt auf dem Restaurantparkplatz, warf einen kurzen Blick in den Rückspiegel und wischte die Tränen weg.

Und jetzt war da auch noch Sammy, ihre wunderliche und wunderbare Tochter. Die Sache war die – und Sie dürfen es gerne auf die Schwangerschaftshormone schieben –, dass ich mich an sie gewöhnt hatte. Ich hasste es, dass ich nicht einmal die Gelegenheit gehabt hatte, mich von ihr zu verabschieden; dass sie nicht erfahren würde, dass ich nicht hatte fortgehen wollen – zumindest nicht von ihr.

Ich ging in die Küche und steuerte meinen Arbeitsplatz an, wo bereits Douglas stand und einen jungen Typen einwies.

»Was willst du hier?«, fragte Douglas.

»Douglas«, sagte ich. »Du hast zwei Sekunden, um von meinem Posten zu verschwinden …«

»*Mein* Posten«, unterbrach mich der Junge.

Ich bedachte ihn mit einem abfälligen Blick. »Wer bist du überhaupt?«

»Ich kümmere mich um den Müll«, sagte er.

»Ich habe hier fünfhundert Dollar in der Tasche. Wenn du die nächsten fünf Minuten aufs Klo verschwindest, gehören sie dir.«

»Gebongt!«, sagte der Junge.

»Nichts da!«, erwiderte Douglas.

»Was geht hier vor?«

Wir wirbelten herum und erblickten Chefkoch Z, der hinter uns stand. Er trug wie immer seine makellose Kochjacke und hatte die Arme vor der Brust verschränkt.

»Douglas, geh da weg«, sagte er. »Und nimm Lance mit.«

»Ich bin nicht Lance«, protestierte der Junge.

Chefkoch Z hob eine Hand. »Das interessiert hier niemanden.«

Als Douglas abzog und das Milchgesicht die Toilette ansteuerte (glaubte er ernsthaft, ich würde ihm jetzt noch das Geld geben?), beugte Chefkoch Z sich zu mir vor.

»Was tust du in meiner Küche?«, flüsterte er.

Ich räusperte mich. »Ich möchte mich entschuldigen, Chef. Ich dachte, wenn Sie die Einzelheiten wüssten, warum ich getan habe, was ich getan habe, würden Sie mich vielleicht weiter für Sie arbeiten lassen.«

»Du meinst Einzelheiten darüber, warum du einen Teller Pfirsiche auf einen meiner Gäste gekippt hast?«

Ich hatte mir einen ausgeklügelten Plan zurechtgelegt – eine komplette Story. Ich würde Chefkoch Z erzählen, dass Amber das letzte Lamm-Entrée des Abends bestellt und den ganzen Teller hatte stehen lassen. Dass es mir einfach falsch erschienen war, dass sie die harte Arbeit meiner Kollegen derart missachtete. *Seine* harte Arbeit. Zumal man ihr das letzte Lamm des Abends serviert hatte. Die anderen Gäste hätten das Gericht geliebt und gewürdigt, doch dank Ambers schlechtem Einfluss hatten sie es nicht getan.

Und wie bitte schön sollte das nicht ziehen? Ich würde mit meiner Ansprache an jeden einzelnen narzisstischen Impuls dieses Mannes appellieren. Das zu verleugnen hieße, sich selbst zu verleugnen.

Nur dass ich viel zu müde war, um ihn anzulügen. Und vermutlich auch viel zu sehr aus der Übung, um ihm die Story überzeugend zu verkaufen. Denn das war doch das Problem mit dem Lügen: Sie gewöhnen sich daran; irgendwann ist es ist schlicht das, was Sie tun. Die Wahrheit verkommt zu einem leisen, gequälten Seufzen, das Sie zwar hören können, aber nicht weiter beachten müssen. Wenn Sie jedoch aus der Übung sind, wird die Anstrengung, die es braucht, um gut zu lügen – die Energie, eine Geschichte zu Ihren Gunsten zu drehen –, offenkundig. Es war beinahe so schwer wie die Wahrheit zu sagen.

Also tat ich genau das. Ich sagte ihm die Wahrheit. »Diese Frau verdient es nicht, Ihr Essen zu essen, Chef.«

Er schwieg einen Moment und überlegte. »Das tut niemand.« Dann trat er beiseite und bedeutete mir, meinen üblichen Platz einzunehmen. »Betrachte dich auf Bewährung.«

Ich nickte und schluckte meine Tränen runter.

Er schüttelte angewidert den Kopf. »In meiner Küche gibt es keine Tränen.«

»Das müssen Sie mir nicht sagen, Chef«, sagte ich.

»Offenbar doch.«

37

Um Mitternacht tauchte ich völlig erschöpft vor Ethans Haus auf. Er hatte mir erzählt, er würde im Hafen wohnen, und ein schneller Blick auf seine Website hatte mir verraten, wo genau. Er öffnete die Tür, lediglich mit einer Boxershorts bekleidet. »Hattest du nicht genug von mir für einen Tag?«

»Ich brauche einen Platz, wo ich schlafen kann«, sagte ich.

Er rieb sich die Augen. »Komm rein.«

Von außen sah sein Heim ziemlich heruntergekommen aus. Es war ein gelbes altmodisches Holzhaus, das dringend einen frischen Anstrich und neue Fensterläden benötigte. Innen war es ebenfalls eher rustikal, auch wenn es, fast wie aus Trotz, über einen gewissen Charme verfügte. Es hatte diese tollen massiven Holzdielen (definitiv die Originaldielen, die er abgeschliffen haben musste) und freundliche grüne Wände, an denen mehrere eindrucksvolle Fotografien von Tankstellen hingen. Die Einrichtung bestand aus dezenten Teppichen und einem großen Ledersessel. Und dann gab es noch ein herrliches Erkerfenster mit Blick auf den Hafen, durch welches das Mondlicht hereinschien und alles in ein weiches Licht tauchte.

Ethan führte mich ins Schlafzimmer und zeigte auf eine Matratze auf dem Boden, die mit weißen Baumwolllaken bezogen war. Es war die gleiche *Frette*-Bettwäsche, die ich zu Hause hatte. Nie im Leben hätte ich geglaubt, dass dieser Mann sich italienische Luxusbettwäsche kaufte, und mir wurde klar, dass er das wahrscheinlich gar nicht getan hatte. Es war ganz offensichtlich das Geschenk von jemandem, der nicht in dem Bettzeug schlafen wollte, welches auch immer er besessen hatte. Die Promi-Dame.

Er zuckte die Achseln. »Mehr habe ich nicht zu bieten.« Es war eher eine Feststellung denn eine Entschuldigung.

Ich war zu müde, als dass es mich gekümmert hätte. Wir legten uns hin, Rücken zu Rücken, wobei sich unsere Fersen berührten.

»Versuch ja nichts Unanständiges«, sagte er.

Und so schliefen wir ein.

38

Als ich aufwachte, war es draußen immer noch dunkel.

Ich blickte auf den Wecker. 05:03 Uhr. Glücklicherweise war Ethan schon fort. Ich brauchte eine Weile, bis ich begriff, wo ich war. Fremdes Bett, vertraute Laken. Für einen Moment ließ ich mich zu dem letzten Morgen zurücktragen, an dem ich in ebensolchen Laken aufgewacht war: Im Radio lief *Moonlight Mile*, Danny schlief neben mir, die Decke bis zu seinen Schultern und bis zu meinem Kinn hochgezogen. Wo war ich jetzt?

Ich vermutete, dass Ethan bereits im Hafen war, und ging in die Küche, um mir einen Kaffee zu machen. An Schlaf war nicht mehr zu denken. Ich setzte mich auf einen Holzstuhl, wartete, dass der Kaffee durchlief, und rief Dannys Nummer auf meinem Handydisplay auf. Ich musste ihm von dem Baby erzählen – mit wem auch immer er jetzt zusammen war. Trotzdem konnte ich es noch nicht fassen. Maggie. Und Danny. Wie war das nur möglich? So funktionierte Danny nicht. Er würde Maggie gegenüber niemals unfair sein. Sie war seine beste Freundin. Er würde nichts mit ihr anfangen, bis er wirklich bereit dazu wäre. Gab es überhaupt eine Welt, in der er so schnell bereit wäre? Womöglich war ich ja vollkommen verblendet, aber das nahm ich ihm nicht ab. Es musste eine andere Erklärung geben.

Ich goss mir eine große Tasse Kaffee ein und wollte gerade Dannys Nummer wählen, als Ethan durch die Haustür spaziert kam – eine Tüte von *John's Pancake House* in der einen und einen Papphalter mit drei Kaffeebechern in der anderen Hand. Er deutete auf meine Tasse. »Ich an deiner Stelle würde das nicht trinken.«

Ich legte mein Handy weg. »Wenn du mir jetzt Vorhaltungen machen willst, weil ich während meiner Schwangerschaft Kaffee trinke …«

»Ich mache dir nur Vorhaltungen, dass du diesen Kaffee trinken willst«, entgegnete er. »Ich hab die Maschine seit Anfang der Achtzigerjahre nicht mehr benutzt.« Er reichte mir den Papphalter mit den Bechern. »Mit Zucker. Entkoffeiniert. Mit Koffein«, erklärte er. »Ich war mir nicht sicher, wofür du dich entscheiden würdest.«

»Danke. Was ist in der Tüte?«

»Ein Eiersandwich. Aber das ist für mich. Ich brauche was mit Substanz.«

»Ach ja, und warum?«

»Ich fahre heute nach New York, um ein paar Investoren zu treffen.« Er zog das warme Sandwich aus der Tüte, und als er es auswickelte, stieg verführerisch der Dampf auf. »Wir überlegen, die Geschäfte auf ein paar Restaurants in Südkalifornien auszuweiten. Hauptsächlich Los Angeles. Darum ging es auch bei meinem Abendessen neulich im *28*«, erklärte er.

Ich schaute sehnsüchtig zu, als er das fettige, dick mit Käse und Tomaten belegte Eiersandwich an den Mund hob.

»Was? Ich führe hier kein Bed and Breakfast.« Ich muss schrecklich enttäuscht dreingeblickt haben, denn er verdrehte die Augen und reichte mir die eine Hälfte.

»Offenbar schon.« Ich nahm einen großen Bissen, wobei ich fast die ganze Hälfte in den Mund stopfte. Er wartete, bis ich geschluckt hatte, und grinste.

»Sexy«, sagte er.

Als Antwort schob ich den Rest meiner Hälfte hinterher.

»Da gibt es übrigens etwas, das ich dir gestern Nacht nicht sagen wollte«, begann er.

»Aber du meinst, fünf Uhr morgens ist der bessere Zeitpunkt?«

Er biss von seinem Eiersandwich ab. »Amber schmeißt heute Abend eine schicke Party zum Erscheinen ihres Kochbuchs drüben auf der Tyson Lane. Deswegen ist sie in der Stadt.«

»Woher weißt du das?«

»Ihre PR-Mitarbeiterin wollte einen Rabatt aushandeln. Dabei hat sie Ambers Namen fallen lassen und von der Party und all den wichtigen Leuten geschwärmt, die unseren Fisch essen würden.« Er redete mit vollem Mund weiter. »Ich schätze mal, sie wird verschiedene Stationen aufbauen, von denen jede ein Rezept aus dem Buch serviert. An der Station, für die wir den Fisch liefern sollen, gibt es Ceviche.«

»Und was will Amber liefern? Die Toastscheiben?«

»Das habe ich die PR-Frau auch gefragt.«

Ich musste lachen. »Im Ernst?«

»Jepp. Anscheinend teilt sie unsere Art von Humor nicht.«

Ich dachte daran, was die Party wohl beinhalten würde. Alle würden sie da sein: Louis, irgendwelche Food-Journalisten, die Leute vom Kochsender. Alle, die mir den Rücken gekehrt hatten und sich nun freuten, Amber huldigen zu dürfen.

Ethan nahm rasch einen weiteren großen Bissen – offenbar fürchtete er, ich könnte ihm den sonst wegnehmen. »Wie auch immer, ich werde sie keines Blickes würdigen.«

»Meinst du, du kannst mich reinschmuggeln?«, fragte ich.

Er sah mich überrascht an. »Ja, klar, aber warum?«

Ich hatte keine Antwort darauf, daher zuckte ich nur die Achseln. Ich wusste, dass es mir egal sein sollte – dass Amber und die Party nicht mein Problem waren. Doch in diesem Moment fühlte es sich wieder ganz so an.

»Würdest du es auch tun, wenn ich dir keinen guten Grund nennen kann?«

»Betrachte es als erledigt«, erwiderte er. Er reichte mir seinen letzten Bissen. »Ich bringe auch eine Extraportion Fisch mit«, sagte er. »Nur für den Fall, dass du mal was anderes über sie drüberkippen willst.«

39

Die Leute reden gerne über die glanzvollsten Straßen der Hamptons: Dune Road … Flying Point … Ocean Road … Meadow Lane … Die Tyson Lane war zu klein, um es auf die Liste zu schaffen. Und doch war sie da – direkt von der Further Lane abgehend, nur wenige Schritte vom Meer entfernt – und beherbergte einige der atemberaubendsten Häuser East Hamptons, inklusive eines prachtvollen Domizils, das dem Fotografen Helmut Lang gehörte.

Ambers Party stieg im Haus daneben, das sich im Besitz eines Risikokapitalgebers und seiner kochbegeisterten Gattin befand. Ebenfalls direkt am Meer gelegen, ebenfalls absolut exklusiv. Laternen säumten die Zufahrt zu einem unglaublichen Cottage (nicht dass *Cottage* die angemessene Bezeichnung für dieses Gebäude gewesen wäre), dessen umlaufende Veranda von Menschen überquoll. Und Kerzen. Und Blumen. Ausschließlich weiß, ausschließlich Orchideen. Riesige Tabletts mit Kaviar und Garnelen-Sushi wurden herumgereicht. Eine Jazzband am Rande des Partygeschehens spielte Standards. Es hätte genauso gut die netteste Hochzeit sein können, auf der ich je war.

Ich atmete einmal tief durch, stieg aus meinem Wagen und

steuerte die Veranda an, in dem einzigen schicken Kleid, das ich nach dem Streit mit meiner Schwester auf die Schnelle eingepackt hatte: ein lila Neckholder-Kleid mit hoher Taille und weit schwingendem Rock, der glücklicherweise meinen allmählich wachsenden Bauch kaschierte.

»Ich glaub's ja nicht«, hörte ich eine Stimme hinter mir. Ich drehte mich um und erblickte Violet, die einen eleganten schwarzen Bleistiftrock und ein Headset trug; sie sah gut aus und wirkte zufrieden. »Was machst du denn hier?«, fragte sie mit einem breiten Lächeln im Gesicht.

Ich war mir nicht ganz sicher, was ich von ihrer Freundlichkeit halten sollte. »Wollte nur mal vorbeischauen und allen Hallo sagen«, erwiderte ich schließlich.

»Ich meine nicht die Party«, sagte sie. »Ich meine, *hier!* In den Hamptons. Ich dachte, du würdest dich in deinem Heimatort verkriechen … Nashville oder wo auch immer das ist.«

»Tatsächlich komme ich von hier«, entgegnete ich.

Sie schien verdutzt. »Ich wusste nicht, dass man überhaupt von hier kommen kann.«

Ich lächelte. »Wie geht es dir?«

»Ich glaube, das ist deine erste Frage an mich überhaupt. Ich meine, *über* mich.«

Ich deutete auf ihr Headset. »Wo arbeitest du jetzt?«

»Na ja, ich habe eine Weile bei Merediths und Ryans neuer Kochshow assistiert, aber ich habe gekündigt. Das wird so schnell nichts. Ich schwöre dir, die wird abgesetzt, bevor sie überhaupt auf Sendung geht.« Sie schüttelte den Kopf. »Meredith ist eine Katastrophe. Einfach nur schrecklich vor der

Kamera. Außerdem ist sie auch ein echt schlimmer Mensch, falls du dich damit besser fühlst.«

»Du meinst, weil ich mit ihrem Mann geschlafen habe? Nicht wirklich.«

»Also, ich würde mich besser fühlen.« Sie zuckte die Achseln. »Wie auch immer, ich arbeite jetzt für Julie Diaz, und sie ist wirklich fantastisch.«

Julie war eine Agentin, die ich schätzte, und sie war die perfekte Vorgesetzte für Violet; sie würde ihr alle Wege ebnen und den Kontakt zu den richtigen Leuten herstellen.

»Sie steigt ebenfalls ins Produktionsgeschäft ein, und wir haben auch schon über meine Entwicklung bei ihr gesprochen«, verkündete Violet strahlend.

»Das ist echt super, aber ich dachte immer, du willst deine eigene Sendung.«

»Nicht mehr so unbedingt. Du weißt schon ... zu viele Leichen im Keller.« Sie zeigte auf sich selbst. »Ich will nicht, dass meine Nacktfotos irgendwann im Internet landen.«

Ich lachte und versuchte, dieses nagende Gefühl zu verscheuchen, das mich immer dann überfiel, wenn ich an mein Foto dachte, das irgendwo im World Wide Web herumgeisterte. Auch wenn es auf Twitter sofort gelöscht worden war, war es eben nicht komplett aus dem Netz. Geschäftstüchtige Leute wären jederzeit in der Lage, es wieder in die Hände zu bekommen.

»Ich arbeite wirklich gerne für Julie, aber es war vor allem die Erfahrung mit dir, die mir zu dem Job verholfen hat, also ...« Sie lächelte dankbar.

Für Violet war diese ganze Geschichte Schnee von gestern. Und warum auch nicht? Sie hatte sich neuen, besseren Dingen zugewandt. Womöglich hätte ein großmütigerer Mensch sich für sie gefreut. Und ein Teil von mir freute sich ja auch.

Violets Headset meldete sich. Sie zog das Mikro an ihr Ohr. »Ich muss springen! Die Pflicht ruft.«

»Vertritt Julie jetzt Amber?«

»Nein, sie vertritt eine gewisse prominente Freundin von Amber. Ich glaube, Amber hat das Catering für ihre Bridal-Shower-Party gemacht. Letzten Endes hat sie gar nicht geheiratet, aber das Ganze landete trotzdem auf dem Cover von *Martha Stewart Weddings,* also … haben alle gewonnen. Wie auch immer, der Exverlobte kommt auch vorbei. Deswegen stehe ich Wache, nur für den Fall, dass er seine neue Freundin mitbringt und unser Mädchen einen schnellen Abgang hinlegen muss.«

Sie wollte schon gehen, drehte sich aber noch einmal um. »Sag Bescheid, wenn du wieder in New York bist, okay? Wir sollten mal einen Kaffee trinken gehen oder so.«

Ich nickte. »Unbedingt. Klingt super.«

Sie sah mich an, als versuche sie herauszufinden, ob sie mir glauben konnte oder nicht. »Ich meine, du wirst dich doch nicht ewig hier verkriechen, oder? Nach den Sommerferien, wenn alle weg sind, wird es echt gruselig in den Hamptons … Ich meine, so richtig *Shining*-gruselig.«

Ich lachte. »Das stimmt.«

»Außerdem ist dein kleiner Skandal schon so was von durch. Es gab seitdem fünfzehn andere. Heute Morgen erst ein ganz großer: Der persönliche Assistent eines sexuell zweideutigen Hollywood-Hotties wurde gehackt, und ich sage nur ein Wort … *Campingausflug!*«

»Ich werde daran denken.«

Die Veranda hatte sich geleert. Als ich das weitläufige Wohnzimmer mit der Gewölbedecke betrat, hatten sich alle Gäste der Tür zugewandt. Einen Moment lang dachte ich tatsächlich, dass sie mich anschauten.

Immerhin hätte es genauso gut eine Party für mich sein können. Ich hatte geradezu unheimliche Flashbacks, während ich mich in dem exquisit eingerichteten Raum umsah – rustikale Holzbalken und gemauerter Kamin inklusive. Alle üblichen Verdächtigen waren da: Julie und Christopher, die Food-Blogger und die Journalisten. Das Szenario erinnerte mich an meine Geburtstagsparty im *Locanda Verde*. Nur dass nicht ich gefeiert wurde, sondern Amber. Sie trug ein Kleid von Dolce & Gabbana und stand ein Stück zu meiner Linken hinter einem rustikalen Bauerntisch, auf dem sich feldfrisches Obst und Gemüse sowie allerlei schickes Kochgeschirr häuften.

Schnell trat ich tiefer in den Raum, bevor sie mich sehen konnte … bevor irgendwer mich sehen konnte.

»Meine Damen und Herren! Wenn ich um Ihre Aufmerksamkeit bitten dürfte …«, begann Louis und legte die Hände zusammen, bis der Raum verstummte. »Vielen Dank, dass Sie heute Abend gekommen sind, um mit uns die Veröffentlichung von *Träume mit Toast* zu feiern.«

Die Menge jubelte und applaudierte – woraufhin Amber gekonnt Verlegenheit heuchelte. Ich konnte mich gerade noch beherrschen, mich nicht an Ort und Stelle zu übergeben.

»Ich kann Ihnen gar nicht sagen, wie sehr wir uns freuen, Ambers wundervolles Kochbuch bei uns veröffentlichen zu dürfen. Ihre Rezepte sind nicht nur einfallsreich, sondern sie spiegeln auch ihre ehrliche, bodenständige Herangehensweise ans Kochen wider. Und natürlich werden sie alle von ihrer unverkennbaren Zutat zusammengehalten: Toast. Traumhaft zubereiteter Toast.« Er legte eine Pause ein, während vereinzelte Beifallsrufe ertönten. »Liebe Amber Rucci, wir freuen uns, Sie in unserer Verlagsfamilie willkommen heißen zu dürfen, so wie Sie uns in Ihrem wundervollen Heim willkommen geheißen haben.«

Amber legte sich die Hand auf die Brust, als wäre sie wahnsinnig gerührt von seinen Worten, und die Leute in der Zuschauermenge lächelten einander zu, angetan von ihrer Bescheidenheit, ihrem Talent. Es war wirklich witzig, außerhalb des ganzen Theaters zu stehen. Wie schwachsinnig doch alles auf einmal wirkte. Immerhin gab Louis exakt dieselben Dinge von sich, die er auch über mich erzählt hätte.

»Und jetzt wird Amber uns eine Kleinigkeit zaubern, nicht wahr, Amber?«

Sie nickte. »Das stimmt, Louis. Ich habe uns für heute Abend etwas ausgesucht, das sowohl sexy als auch heimelig ist. Etwas, das wirklich beispielhaft für mein Kochbuch steht. Mein Ricotta-Toast mit rohem Naturhonig – natürlich nur, wenn das für alle Anwesenden gut klingt?«

»Und ob!«, rief jemand.

Amber warf den Kopf in den Nacken und lachte herzhaft.

Dann machte sie sich an die Arbeit; sie schlug geübt einen frischen, hausgemachten Ricotta aus Schafsmilch auf und beträufelte ihn mit Bio-Honig.

Während der Vorbereitungen erklärte sie jeden Schritt, den sie tat, und da konnte ich es bereits sehen: Sie würde sich großartig machen auf dem Fernsehbildschirm.

»Ich habe den Buchweizentoast natürlich selbst gebacken«, sagte sie. »Und Sie können das ebenfalls … Sie müssen nur bis Seite fünfundfünfzig in *Träume mit Toast* blättern.«

Die Menge lachte.

»Ich finde, Buchweizen ist eine wundervolle Basis für die salzig-süße Verbindung von Ricotta und Honig, aber wenn Sie gerade keine fünf Stunden übrig haben, können Sie selbstverständlich auch zur Bäckerei Ihres Vertrauens gehen und ein anderes Vollkornbrot nehmen.«

Sie war unglaublich da vorne. Ja, natürlich plapperte sie Schwachsinn, aber nichtsdestotrotz war sie unglaublich. Es war für mich nichts Neues, dass es lediglich um Äußerlichkeiten ging. Ich wusste das besser als irgendwer sonst.

»Wer mag probieren?«, fragte sie. Die Menge applaudierte, als Kellner in passenden TRAUMTOAST-Schürzen anfingen, kleine Ricotta-Honig-Toasts zu verteilen. »Mit Liebe für Sie kreiert. Lassen Sie es sich schmecken!« Die Leute applaudierten noch enthusiastischer und streckten sich nach den Kellnern, um einen Happen zu ergattern.

Meine Neugier war stärker als ich, und so angelte ich mir ein Toast-Eckchen von einem der Tabletts. Ich nahm einen kleinen Bissen. Es war einfach köstlich – cremig, leicht, mit genau der richtigen Süße. Noch während ich kaute, fiel mir ein, dass ich das wahrscheinlich nicht essen sollte – Rohmilchkäse war ein absolutes Schwangerschafts-No-Go. Aber ich hatte keine Ahnung, ob der Ricotta wirklich hausgemacht war – und wenn er hausgemacht war, ob von Amber. Soweit ich wusste, war das, was sie da oben zusammenrührte, nicht das, was im Publikum herumgereicht wurde. Der Käse kam wahrscheinlich von *Murray's Cheese* aus New York, der Honig von einer exquisiten Imkerei in North Carolina. Und selbst wenn, wer würde sie denn verraten? Niemand. Oder vielleicht doch jemand. Eines Tages. Es müsste jemanden geben, den sie so schlecht behandelte, dass er sich genötigt sah, die Illusion zu zerstören, die sie erschaffen hatte.

Gerade als Amber hinter ihrem Tisch hervortrat, um ihre Gäste zu begrüßen, erblickte ich Louis Leonard, der die Bar ansteuerte.

Ich ließ den Toast fallen und stürzte ihm hinterher; doch kurz bevor ich ihn erreichen konnte, spürte ich eine Hand an meinem Arm, die mich festhielt. Ich warf einen Blick nach hinten. Es war Ryan, der wieder einmal ziemlich umwerfend aussah in der schlichten Jeans und dem lässigen Hemd.

»Dachte ich mir doch, dass du es bist«, sagte er und blieb mit seinem Blick an meiner fülligen Taille hängen. »Aber ich war mir nicht ganz sicher.«

Ich zwang mich zu einem Lächeln, während ich angespannt Louis im Auge behielt, der sein Getränk bestellte; mir war klar, dass ich dabei war, meine Chance zu verpassen.

»Was tust du hier?«, fragte Ryan.

Widerwillig drehte ich mich zu ihm um. »Wollte mich bisschen amüsieren. Und du?«

»Na ja, das hier sind immer noch meine Leute.«

Ich lächelte matt. Das war eine so lächerliche Aussage – und so typisch Ryan. »Ach ja, stimmt!«, flötete ich. »Violet hat mir gerade erzählt, dass du dich für deinen Fernsehauftritt rüstest. Wie läuft's?«

»Super. Wirklich super. Die Testgruppen lieben Meredith. Aber das würde dir Violet bestimmt nicht sagen.« Er beugte sich vor. »Wir mussten sie leider gehen lassen.«

Am liebsten hätte ich ihn mit seiner Lüge vor aller Augen bloßgestellt, aber was konnte ich schon von ihm erwarten? Ehrlichkeit? Was konnte ich von irgendeinem dieser Menschen hier erwarten, die aus einer Welt kamen, die einzig und allein auf dem äußeren Schein beruhte? Ihre Aufgabe bestand allein darin, bei den Menschen die Sehnsucht nach der perfekten Mahlzeit zu wecken … dem perfekten Abend, dem perfekten Leben.

Ryan redete weiter. »Wir haben gerade erst die Pilotfolge oben in Scarsdale gedreht, und wir bringen echt Zeug, das noch nie jemand gebracht hat. Es ist wie diese koreanische Fusion-Sache, aber in der französischen Tradition von …« Er schwafelte weiter, und ich nickte, als würde es mich interessieren. Wie hatte ich diesen Mann jemals faszinierend finden können? Und warum dachte er, dass ich nach allem, was er getan hatte, noch irgendetwas mit ihm zu tun haben wollte. Dann fiel es mir ein: Weil er überhaupt nicht an mich dachte. Seit dem Moment, als ich nicht genau das getan hatte, was er wollte, hatte er keinen einzigen Gedanken mehr an mich verschwendet. Und doch hatte ich für ihn und seine albernen Spielchen meine Beziehung riskiert.

Ich spürte ein Brennen in meinen Augen, und Ryan bemerkte es. »Heulst du jetzt etwa?«, sagte er. »Ach, komm schon!«

Ich war drauf und dran, ihm eine zu knallen – mitten in sein unverschämtes Gesicht –, aber da spürte ich, wie mir jemand auf die Schulter tippte. Ich drehte mich um und erblickte Louis mit einem Bourbon in der Hand.

»Hallo, Ryan.«

»Louis!«, sagte er. »Wie läuft es so?« Ryan streckte seine Hand aus, aber Louis lächelte nur. »Entschuldige, aber ich muss sie mir mal ausleihen.« Ohne eine Antwort abzuwarten, lotste er uns ans andere Ende der Bar. »Ich weiß ja nicht, ob es angemessen ist, dir das jetzt zu sagen«, flüsterte er. »Aber ich hasse diesen Trottel.«

»Danke für deine Hilfe«, erwiderte ich.

»Sah aus, als könntest du sie gebrauchen.« Er hob das Glas in meine Richtung. »Ich würde ihn dir ja anbieten, aber ich stelle mich nicht noch einmal in diese Schlange.«

»Ich wollte heute Abend sowieso nichts trinken.«

Louis sah mich prüfend an. »Ich habe dich noch nie einen Drink ablehnen sehen. Ob um fünf Uhr früh oder fünf Uhr spät. Gibt es da etwas, was du mir sagen möchtest?«

Ich schüttelte den Kopf. Louis war mit Danny befreundet, und mir fiel ein, dass ich womöglich nicht die Einzige war, die mit interessanten Neuigkeiten hinterm Berg hielt. Aber wie konnte ich Louis bloß danach fragen? *Hast du meinen Noch-Ehemann gesehen, und wie geht es ihm eigentlich mit seiner neuen Freundin? Was meinst du, wird er sich über das Baby freuen?*

Louis nickte und beschloss, nicht weiter nachzubohren. »Wie hältst du dich so, Kleines?«

Ich wollte ihn am liebsten anschreien: *Du hast mich fallen gelassen, was glaubst du, wie es mir geht?* Aber ich lächelte. »Ganz gut. Und selbst?«

Er nippte an seinem Bourbon. »Wird langsam viel besser. Trotz der ganzen Meute hier, der ich noch Hallo sagen muss.«

Ich zeigte zur Terrasse, die nur wenige Schritte vom Strand entfernt war. »Wir könnten uns rausschleichen, damit du in Ruhe deinen Whiskey fertigtrinken kannst.«

Louis lächelte traurig. »Ich fürchte, das kann ich nicht.«

Ich nickte, da ich seine Antwort bereits kannte. Louis hatte mir so weit vergeben, wie es ihm möglich war. Das hieß aber noch lange nicht, dass er etwas mit mir zu tun haben wollte.

»Dann mach's mal gut«, sagte er.

»Warte!«, rief ich. »Ich muss dir nur noch etwas …«

Er schüttelte den Kopf. »Sunny, ich habe versucht, dir entgegenzukommen, aber auf das hier habe ich wirklich keine Lust.«

»Ich weiß, aber hier geht es nicht um uns. Ich meine, es geht nicht darum, dass ich dich dazu bringen will, mir zu verzeihen oder so.«

Er runzelte die Stirn. »Ich glaube, dazu hätte es erst einmal ein *Tut mir leid* geben müssen. Aber davon habe ich bisher nichts gehört.«

»Es gibt da etwas, was du über Amber wissen solltest.«

»Es interessiert mich nicht«, sagte er.

»Aber mich!«

Wir drehten uns um, und da stand Julie; sie trug einen eleganten, figurbetonten Hosenanzug und schwenkte ein beinahe leeres Champagnerglas in der Hand.

»Julie!«, begrüßte Louis sie.

Sie küsste Louis auf die Wangen. »Hallo, der Herr! Herzlichen Glückwunsch.«

Dann schenkte sie mir ein Lächeln. »Das ist aber eine Überraschung! Na ja, nicht ganz … Violet hat mir eine Nachricht geschickt, sobald sie dich erspäht hat.« Sie nippte an ihrem Glas. »Also? Was ist das jetzt für ein Amber-Tratsch?«

»Es gibt keinen Tratsch«, sagte Louis.

Ich schüttelte den Kopf und schwieg.

Julie blickte höchst interessiert zwischen uns hin und her. »Lass sie es dir doch erzählen, Louis. *Uns* erzählen.«

Louis zögerte, und da wusste ich, dass der Moment gekommen war. Ich beugte mich vor, bereit, meine Geschichte vor ihnen auszubreiten. Mein anfänglicher Plan war gewesen, Louis zu erzählen, was Amber getan hatte, ihn daran zu erinnern, dass ich nicht der Feind war, ihm zu berichten, dass ich mittlerweile für niemand Geringeren als Chefkoch Z arbeitete und ehrlich darum bemüht war, meine Fehler wiedergutzumachen und das zu werden, was ich zuvor lediglich vorgegeben hatte zu sein. Nur dass es mir, während Louis widerwillig wartete, auf einmal ganz und gar falsch schien, von Chefkoch Z zu erzählen oder zu sagen, dass ich versuchte, irgendwas in Ordnung zu bringen. Selbst über Amber zu reden, erschien mir nicht richtig. Es wäre doch nur eine andere Form der Täuschung. Ich zuckte die Achseln. »Weißt du was, es ist echt komisch, aber ich habe vergessen, was ich sagen wollte.«

Louis blickte zu Julie, dann wieder zu mir. »Ich komme nicht mit.«

Plötzlich begann mein Herz zu rasen, die Wände um mich herum schienen näher zu rücken. »Ich muss gehen«, sagte ich.

Doch da fuhr Amber schon dazwischen. »Da hast du ausnahmsweise recht!«, sagte sie laut. Die Leute an der Bar drehten die Köpfe, und ein paar der Grüppchen um uns herum wandten sich in unsere Richtung. »Ich möchte, dass du umgehend von meiner Party verschwindest!«

Julie legte die Hand auf Ambers Arm. »Schätzchen, du solltest dich womöglich beruhigen.«

»Raus hier, oder ich rufe die gottverdammte Polizei!«

Julie rückte ein Stück ab. »Oder auch nicht.«

Amber dämpfte ihre Stimme. »Weißt du eigentlich, wie viel dieses Kleid gekostet hat, das du ruiniert hast? Viel!«

»Würdet ihr mir vielleicht verraten, wovon ihr da redet?«, fragte Louis.

»Sunny hat mich in aller Öffentlichkeit mit einem Teller Pfirsiche attackiert.«

Julie prustete los, bevor sie sich rasch wieder fing. »Ich … äh …« Sie räusperte sich. »Entschuldige bitte.«

Amber bedachte sie mit einem vernichtenden Blick. Dann wandte sie sich wieder mir zu. »Was machst du überhaupt hier? Niemand hat dich eingeladen. Und du darfst mir ruhig glauben, wenn ich dir sage, dass niemand dich hier haben will.«

Ich drehte mich zu Louis um; mein Wunsch, den Weg der Gerechten zu beschreiten, verpuffte mit Ambers anmaßendem Gebahren. Jetzt wollte ich sie nur noch von ihrem hohen Ross zerren.

»Es war Amber«, sagte ich. »Sie war es, die mich gehackt hat.«

Amber stieß ein schrilles Lachen aus. »Das ist doch lächerlich.«

Ich hob beschwichtigend die Hände; ich hatte es nicht nötig, meine Stimme zu erheben oder ein Drama zu veranstalten. Die Wahrheit zu sagen war so viel witziger.

»Und woher weißt du das?«, fragte Louis.

»Sie hat es mir selbst gesagt.«

»Sie hat es dir gesagt?«, wiederholte Julie. »Sie hat es dir gebeichtet?«

»Wohl eher, damit geprahlt.«

»Das habe ich nicht!«

»Das heißt, du bist am Abend darauf nur ganz zufällig vor meinem Haus aufgetaucht?«

Sie setzte eine nachdenkliche Miene auf, als versuche sie, sich zu erinnern. »Ich glaube, ich hatte eine Reservierung in einem Restaurant um die Ecke.«

Ich schnaubte. »Oh, bitte.«

»Und selbst *wenn* ich einen kleinen Umweg eingelegt habe, um mich an dem zu ergötzen, was passiert ist, habe ich es trotzdem nicht getan. Das schwöre ich.« Sie wandte sich an Louis. »Ich schwöre es dir.«

Louis sah zwischen uns beiden hin und her; weder er noch Julie schienen zu wissen, wem sie glauben sollten.

Ich blickte Louis fest in die Augen. »Ich erwarte nicht, dass du mir eine zweite Chance gibst. Ich bitte dich nur darum, sie nicht auch noch für das zu belohnen, was sie getan hat.«

Amber schüttelte den Kopf. »Das ist doch verrückt. Ich habe genug davon, mich hier rechtfertigen zu müssen. Kein Mensch würde so etwas aus reinen Karrieregründen tun.«

»Vielleicht. Aber dann ist da noch das, was angeblich mit deinem Freund gelaufen ist«, entgegnete ich.

Julie beugte sich gespannt vor. »Was ist mit ihrem Freund gelaufen?«

»Gar nichts!«, erwiderte Amber. »Louis, würdest du mir bitte helfen? Ich habe einen Haufen Gäste hier, um die ich mich kümmern sollte.«

Ich blickte entschuldigend zu Louis. Er wandte sich an Amber, und da konnte ich es ihm ansehen: Wenn er glaubte, dass hier jemand log, dann hatte er sie im Visier.

Amber schüttelte entnervt den Kopf. »Das kann ja wohl nicht wahr sein!«, sagte sie. »Ich bin Feministin! Ich bin loyal Frauen gegenüber – selbst denen gegenüber, die ich nicht besonders gut leiden kann.« Aufgebracht blickte sie sich in der Runde um. »Außerdem, wie bescheuert müsste ich sein, bei dir vorbeizuschauen, wenn ich das wirklich getan hätte?«

»Also gibst du zu, dass es keine zufällige Begegnung war?«

»Ja, du hast mich ertappt! Ich gebe es zu. Ich habe mich gefreut, dass dich endlich jemand fertiggemacht hat, und ich wollte mich an deinem Unglück ergötzen. Ich bin auch nur ein Mensch. Ich kann nicht immer die liebe Amber sein.«

»Seit wann bist du denn lieb?«, fragte Julie.

Amber bedachte sie abermals mit einem vernichtenden Blick. Dann wandte sie sich an mich. »Ich weiß nicht, was ich dir noch sagen soll, außer, dass ich es nicht war.«

Und da geschah etwas ganz Seltsames. Ich sah einen Ausdruck auf ihrem Gesicht, den ich nicht leugnen konnte. Sie sah nicht schuldig aus. Aber wenn sie nicht hinter der Sache steckte – wer dann? Nicht Ryan. Und auch nicht Violet. Nicht Amber. Auch kein dahergelaufener Irrer – dessen war ich mir sicher. Also wer?

»Ich werde jetzt meine Party genießen. Oder zumindest das, was davon übrig ist«, sagte Amber »Aber ich erwarte fünftausend Dollar von dir. Für ein neues Kleid.«

Julie erbleichte. »Du hast fünftausend Dollar für ein Kleid gezahlt? Du willst dir diesen Freund offenbar wirklich sichern.«

Amber hob entnervt die Hände. »Charlie ist nicht mehr mein Freund. Würdet ihr bitte endlich damit aufhören?«

»Aber er ist doch heute Abend hier«, sagte Louis.

»Ich weiß. Aber mich lässt man hier ja nicht ausreden.« Amber holte tief Luft. »Charlie ist nicht mehr mein Freund«, sagte sie. »Er ist mein Verlobter.« Dann streckte sie uns zum Beweis ihren funkelnden Ringfinger hin. »Wir haben den Ring schon vor Monaten gemeinsam gekauft. Also hatte ich es wirklich nicht nötig, dich für irgendwas zu bestrafen. Ich habe gewonnen.«

Ich hielt Ambers Blick stand. Louis rückte in den Hintergrund, Julie rückte in den Hintergrund. Alles verschwand, bis auf Amber. »Was hast du da gerade gesagt?«

»Wir werden heiraten. Ich habe gewonnen.«

Und da traf mich die Erkenntnis mit voller Wucht. Mit wem ich verheiratet war und wer hier verloren hatte. Wer wirklich verloren hatte, während ich immer höher stieg. Während ich vergaß, wo ich angefangen hatte. Vergaß, was wichtig war. Da plötzlich wusste ich, wer mich gehackt hatte. Ich wusste, wer das alles getan hatte. Wer vor unserem Bett stand, als der erste Tweet reinflatterte. Unsere Wohnung unter unseren Füßen wegverkaufte. Mich dazu zwang, heute genau hier zu stehen. An einem Punkt in meinem Leben, an dem ich genauso viel verloren hatte wie er.

40

Ich schaffte die zweieinhalb Autostunden nach New York in weniger als zweien. Ich hätte noch weniger gebraucht, nur dass ich zweimal halten musste, um mir was zu essen zu holen. Einmal ein Eis, das andere Mal einen Cheeseburger. Ja, genau, in dieser Reihenfolge. Ihr kennt doch bestimmt diese Leute, die sagen, dass sie nichts runterkriegen, wenn sie aufgeregt sind? Für genau diese Leute bestellte ich noch eine extra Kugel Schokoeis … und pfefferte sie in meiner Wut gegen die Wand.

Trotzdem, als ich vor meiner alten Wohnung in Tribeca ankam, war ich wieder wie ausgehungert. Aber nicht so, dass mein Hunger meine Sorge verdrängt hätte, Maggie gegenüberzustehen, wenn ich klopfte. Doch wenn meine Überlegungen stimmten, würde mein Mann definitiv zu Hause sein.

Also klopfte ich nicht. Ich drehte den Schlüssel um und trat ein. Und da saß er am Esstisch, Danny, und arbeitete an einem Entwurf.

»Jesus!« Er sprang auf und sah mich schockiert an.

»Was machst du denn hier?«, fragte er.

»Das Gleiche könnte ich dich fragen«, entgegnete ich. »Aber ich schätze, das muss ich nicht.«

Ich sah mich in der Wohnung um. Er hatte sämtliche unserer Möbel entsorgt. Alles neu eingerichtet. Oder wohl eher Maggie – die rüschig-flauschige Couch trug definitiv ihre Shabby-Chic-Handschrift.

»Hübsch, was du aus der Wohnung gemacht hast.«

»Sunny, es ist nicht so, wie es aussieht.«

»Ach wirklich? Denn für mich sieht es ganz so aus, als hättest du mir eine Falle gestellt. Als hättest du nach allen Regeln der Kunst das Ende meiner Karriere eingefädelt, mir mein Zuhause weggenommen, und das alles nur, um mit deiner neuen Freundin zusammenzuziehen …«

Er schüttelte den Kopf. »Ich weiß, dass ich dich neulich Nacht hätte zurückrufen sollen«, sagte er. »Maggie wohnt nicht hier.«

»Aber du schon, stimmt's? Wann hast du eigentlich mit der Planung angefangen, Danny? Technischer Kram ist definitiv nicht deine Stärke. Wer hat dir gezeigt, wie man zeitlich getaktete Tweets postet? Wer hat dir gezeigt, wie man überhaupt tweetet?«

Er blieb unerträglich ruhig, so wie immer, was mich in diesem Moment zur Weißglut trieb.

»War nicht so schwer rauszukriegen«, erwiderte er.

Ich spürte, wie mir heiße Tränen übers Gesicht liefen. »Tja, ich schätze mal, du warst hochmotiviert.«

Er blickte mir in die Augen. *Vierzehn Jahre.* »Ja, ich schätze, das war ich.«

»Du hast also das mit Ryan herausgefunden und wolltest dich rächen?«

»Es ging mir nicht um Rache, Sunny.«

»Worum dann? Um Maggie? War das alles nur, damit ihr endlich zusammen sein könnt?«

»Mit Maggie läuft nichts. Sie hilft mir, die Wohnung neu einzurichten, aber das war es auch schon. Du solltest eigentlich wissen, dass ich so etwas niemals tun würde.«

»Wie kannst du überhaupt noch von mir verlangen, *irgendwas* über dich zu wissen.«

»Maggie hat einen neuen Freund. Simon Callahan. Er besitzt zwei Restaurants in Brooklyn. Ich war nicht viel außer Haus in letzter Zeit, also hat sie mich an dem Abend, als du angerufen hast, förmlich gezwungen, mit ihr auszugehen und ihn kennenzulernen. Ich war gerade von der Arbeit nach Hause gekommen, also bin ich kurz unter die Dusche. Sie wollte nur eine gute Freundin sein. Mehr nicht.«

Ich machte mir geistig eine Notiz, diesen Simon Callahan zu googeln. »Das erklärt nicht, warum sie an dein Handy gegangen ist.«

»Sie hatte ihr Handy vergessen und musste ihre Schwester anrufen, weil sie eigentlich in die Hamptons hätte fahren sollen, aber dann hiergeblieben ist, um Simon zu treffen.«

Das klang ganz nach Maggie. Trotzdem war ich unsicher. Ich wusste nicht, was ich davon halten sollte – was ich von alldem halten sollte.

»Nicht dass ich dir eine Erklärung schuldig wäre«, fuhr Danny fort. »Aber ich möchte nicht, dass du glaubst, eine Frau wäre der Grund gewesen. Das hat nur mit uns beiden zu tun. Eigentlich nur mit dir.«

Ich schaute ihn an, wollte mich zwingen, mit dem Heulen aufzuhören. Und versagte.

Er wandte den Blick nicht ab, aber er trat auch nicht auf mich zu. Er schüttelte den Kopf. »Du warst schon so lange so weit weg. Es war schlicht unmöglich, dir begreiflich zu machen, dass …«

»Also hast du dir einfach überlegt, mich stattdessen in aller Öffentlichkeit zu demütigen?«

Er lachte bitter. »Glaubst du etwa ernsthaft, ich wollte, dass die ganze Welt erfährt, dass du mich betrogen hast? Glaubst du etwa, das ist nicht demütigend? Es war die einzige Möglichkeit, damit du siehst, was aus dir geworden ist.«

»Oh, wow. Du hast ein Opfer gebracht. Ich sollte mich wohl bei dir bedanken, stimmt's?«

»Sunny …«

»Wie wäre es mit einem Gespräch unter vier Augen gewesen?«

»Das hatte ich doch zigmal versucht. Aber mir lief die Zeit davon.«

»Was soll das denn heißen?«

»Der Vertrag mit *Food Network*. Wenn die Sendung erst ins Fernsehen gekommen wäre, wäre die Anzahl deiner Follower von zwei auf zwanzig Millionen explodiert. Es wäre zu spät gewesen.« Er holte tief Luft. »Es tut mir leid, wenn du mich deswegen hasst, aber es musste getan werden.«

»Ach wirklich? Wer hat dich denn darum gebeten, dich zum Moralapostel aufzuschwingen? Was auch immer ich dir angetan habe, ich hatte nie vor, dich zu verletzen. Aber das hier ist etwas anderes. Das war einfach nur grausam.«

»Ach ja, grausam? Wie geht es dir denn?«

Ich sah ihn verwirrt an. »Was soll das heißen?«

»Wie läuft es drüben in Montauk? Denn nach allem, was ich höre, gar nicht so schlecht.«

»Ich wühle jeden Abend nach Essensresten im Müll herum und schlafe bei meiner Schwester auf der Couch. Nein, falsch, ich *schlief* bei meiner Schwester auf der Couch. Momentan wohne ich bei einem müffelnden Fischer. Mein Leben ist der absolute Hammer.«

»Wenigstens ist es ehrlich.«

Ich erwog ernsthaft, ihm eine zu knallen. »Was hast du gerade gesagt?«

»Früher mal war es dir wichtig, die Wahrheit zu sagen. Mehr als alles andere. Und jetzt erzähl mir nicht, du wärst nicht erleichtert, wieder in dieser Position zu sein.«

Ich wusste nicht, was ich darauf antworten sollte – vielleicht wollte ich auch nicht antworten. Wenn ich zugab, dass nicht alles so schrecklich war und dass mein Leben nicht völlig den Bach runterging, würde ihn das nur in seinem Gefühl bestärken, das Richtige getan zu haben. Und diese Genugtuung war das Letzte, was ich ihm gönnte.

»Ich wollte nur …« Er seufzte. »Erinnerst du dich noch an unser erstes Date?«

Glaubte er wirklich, ich war in der Stimmung, in Erinnerungen zu schwelgen? »Willst du mich verarschen, Danny?«

»Nein. Ich habe wirklich versucht, mich daran zu erinnern. Ich weiß, dass ich dich anderthalb Stunden weit weg in ein schickes Restaurant nach Portland geschleift habe, weil ich dich beeindrucken wollte. Und ich weiß, dass du mit mir zusammen die geschmorte Taube als Vorspeise probieren wolltest. Ich fand das so was von exotisch. Ich meine, wer bestellt schon geschmorte Taube? Das ist nicht unbedingt etwas, was man im Mittleren Westen erwarten würde.«

»Es war eine Wachtel.«

»Siehst du? Ich kann mich nicht erinnern.«

Ich schon. Ich hätte ihm mühelos alle Einzelheiten über diesen Abend erzählen können. Wir aßen die Wachtel, die im Übrigen furchtbar war. Besser gesagt, ich aß sie. Danny, der eine Krawatte über dem T-Shirt trug (kein Witz), bestellte Trüffel-Pommes und versuchte dann, die Trüffelteile runterzuschaben und die Pommes in Ketchup zu ertränken, um den Geschmack zu übertünchen. Und ich, ich trug ein kurzes Kleid, von dem ich glaubte, dass ich sexy darin aussah, aber wahrscheinlich sah ich nur aus, als ob ich es dringend nötig hätte. Trotzdem fiel es mir überhaupt nicht ein, deswegen verlegen zu sein. Ich dachte auch nicht daran, den letzten Happen seines Mandelkuchens abzulehnen, als er ihn mir anbot. Und als wir vor meiner Haustür standen, überlegte ich nicht lange, ob ich ihn nach oben in meine Wohnung einladen sollte oder nicht. Von Anfang an schien ich nicht über die Fähigkeit zu verfügen, Spielchen mit ihm zu spielen. Ich weiß nicht, warum ich mich in meinem schrecklichen Kleid so selbstsicher fühlte. Aber ich war es. Ich war absolut sicher, dass ich den Menschen für mich gefunden hatte – der zufällig einundzwanzig war und ein echt schräger Typ.

Danny schüttelte den Kopf. »Ich weiß, dass der Abend gut lief. Aber ich weiß nicht … ich krieg die Details nicht ganz zusammen … Vielleicht weil ich jedes Mal, wenn ich an dich denke, an diesem ersten Tag hängen bleibe, an dem wir uns kennengelernt haben.«

Ich blickte ihn stumm an. Unsicher, worauf er hinauswollte. Unsicher, ob ich es erfahren wollte.

»Wir waren bei diesem Footballspiel, stimmt's? Und du hast in der Reihe vor mir gesessen.«

»Ich saß hinter dir.«

Er schüttelte den Kopf. »Nein, ganz sicher nicht. Du hast in der Reihe vor mir gesessen, und ich habe deiner Freundin, die ein Sixpack neben sich stehen hatte, auf die Schulter getippt, um sie zu fragen, ob sie ein Bier übrig hätte. Sie wollte mir gerade eins geben, doch du hast sie davon abgehalten. Hast ihr buchstäblich das Bier aus der Hand gerissen und gesagt: ›Nichts da.‹«

Er hatte recht. Das hatte ich gesagt. Und er hatte auch recht damit, dass ich vor ihm gesessen hatte. Ich hatte mich umgedreht und ihn angeschaut – diesen Typen mit seinem Hammerlächeln, diesen Augen –, und da hatte ich kapiert, dass ihn womöglich nie zuvor jemand abserviert hatte. Niemand hatte ihm je ein Bier verweigert. Wahrscheinlich rannten die Leute sogar los, um ihm eins zu holen, wenn es sein musste.

Aber ich hatte das Bier gewollt – hatte mich schon die ganze Zeit darauf gefreut –, und ich wusste, wenn meine Freundin es ihm gab, würde sie das andere für sich behalten. Also riss ich es ihr aus der Hand und sagte ihm, er müsse sich schon selbst am Getränkestand anstellen. So wie alle anderen auch. »Sorry, habe ich dich gefragt?«, hatte er erwidert. Aber da flirtete er auch schon ein bisschen und beugte sich gespannt vor, um zu sehen, was ich erwidern würde.

Danny zuckte die Achseln. »Weißt du, die Sache ist die: Du hast keine albernen Spielchen gespielt oder versucht, mich zu beeindrucken. Du wolltest einfach nur dieses Bier.« Jetzt schaute er mir direkt in die Augen. »Ich habe Millionen Male versucht, dir zu zeigen, was du da tust, damit du endlich begreifst, was der Preis dafür ist, dass du uns ständig hintenanstellst. Welchen Preis du selbst zahlst.«

»Also hätte ich mich am besten nie verändern sollen?«

»Das sage ich doch überhaupt nicht. Ich habe nie erwartet, dass du immer bleibst wie mit einundzwanzig.«

»Klingt aber genau so.«

»Du warst der ehrlichste Mensch, den ich je getroffen habe. Deswegen wollte ich mit dir zusammen sein. Und das war auch der Grund, warum mich die gestellten Kochvideos oder deine kleine Scheinwelt nicht sonderlich beunruhigt haben. Ich hätte nie geglaubt, dass du das verlieren könntest, was dich als Menschen ausmachte. Aber genau das ist passiert«, sagte er. »Ich konnte die Person, in die du dich verwandelt hast, nicht mit der Frau in Einklang bringen, die du bist. Oder warst …«

Mein Herz raste wie verrückt. »Dann hättest du einfach gehen sollen.«

»Nein, denn es war auch meine Schuld. Du hast mich die ganze Zeit gefragt: *Ist doch keine große Sache, wenn ich ein bisschen schwindle, oder? Wenn ich den Leuten was vorgaukle?*« Er zuckte die Achseln. »Ich habe dir die Erlaubnis gegeben, dich selbst zu verraten. Aber das Schlimmste war, als du aufhörtest, mich überhaupt zu fragen, und ich zu einem weiteren Menschen wurde, dem du was vorgemacht hast.«

Ich hob die Hände, damit er aufhörte. »Ich kann mir das nicht mehr anhören.«

»Warum? Weil du es nicht hören willst?«

»Ganz genau.«

Er nickte. »Gut, dann frag mich noch einmal, warum ich es getan habe.«

Ich schaute ihn an und hatte das Gefühl, innerlich explodieren zu müssen. Stand er ernsthaft hier vor mir und wollte mir weismachen, dass er das alles nur getan hatte, um mich zu retten? Dass er es aus Liebe getan hatte? Und selbst wenn ich ihm geglaubt hätte – wer wollte schon Liebe, wenn die Liebe so aussah?

Ich hatte meinen Ehering seit unserer Trennung nicht abgenommen, kein einziges Mal, aber jetzt nahm ich ihn ab. Ich zog ihn von meinem Ringfinger und legte ihn auf das Sofa zwischen uns, das weiche, plumpe Sofa, das dort so fehl am Platz wirkte.

Dann stürmte ich aus der Tür und versuchte, das Ziehen in meinem Inneren zu ignorieren, als ich die Treppe hinunterlief. Es war das Ziehen einer tiefen Verzweiflung, die ich noch nicht spüren wollte. Der ich glaubte, entkommen zu können, wenn ich nur weit und schnell genug von ihm fortkam.

41

Ich erinnere mich nicht an die Fahrt nach Hause – nur ganz vage an einen Halt an einer Raststätte, wo ich versuchte, mich so weit zu beruhigen, dass ich heil ankam.

Ich erreichte Montauk um sechs Uhr; die Sonne ging gerade über dem Meer und den Dünen auf, die Straßen waren noch menschenleer.

Rain öffnete die Tür. Sie war vollständig angezogen, bereit, ihren Tag zu beginnen.

Ich steckte immer noch in meinem lila Kleid vom Vorabend, während die Tränen und die Wimperntusche meine Wangen hinabrannen.

Sie musterte mich von Kopf bis Fuß. Dann drehte sie sich zum Wohnzimmer um, wo ein großer Typ mit Baseballkappe auf dem Sofa saß – ein Paar extralanger Krücken neben sich, eine gezackte Narbe auf dem Knie.

Thomas. Ihr Freund. Er betrachtete mich mit weitaus mitfühlenderer Miene als meine Schwester.

Rain wechselte einen Blick mit ihm. Dann drehte sie sich wieder zu mir um.

»Du denkst also, du kannst hier einfach wieder so auftauchen?«, sagte sie. Dann trat sie beiseite und ließ mich hinein.

August

42

Wussten Sie, dass Pfifferlinge am besten im Spätsommer gepflückt werden?

Chefkoch Z liebte Pfifferlinge, und er zählte die Tage bis zu einem ganz speziellen Datum im Juli (das er sich weigerte zu verraten), ab dem er sie in seinem Garten erntete. Danach verwandelte er sie jeden Abend in das Herzstück eines jeden Ganges, solange es die Pilze eben gab. Es war acht Abende her, seit Danny meine Welt in ihren Grundfesten erschüttert hatte, und an jedem einzelnen wurde Zs Welt von seinen Pfifferlingen erschüttert.

Er begann Samstagabend mit einem Birnen-Pfifferling-Salat, machte weiter mit gefüllten Krabben-Pfifferling-Artischocken, ging von da aus über zu Pfifferling-Crostini, Pfifferling-Frikassee und Pasta mit Pfifferlingen.

Jeden Abend hielt Z seiner Belegschaft einen Vortrag über die Vielseitigkeit dieser Pilzart, ihre Fleischigkeit und ihre Anpassungsfähigkeit. Und jeden Abend war er den Tränen nahe (zumindest näher, als ich es bei ihm je gesehen hatte), wenn zu viele Pfifferlinge ungegessen in die Küche zurückkehrten.

An den meisten dieser Abende versuchte ich, ihm tunlichst aus dem Weg zu gehen, auch wenn er alle paar Minuten rüberkam, um zu fragen, warum immer mehr Gäste sie auf dem Teller liegen ließen. Ich schüttelte den Kopf und gab mir Mühe, genauso empört dreinzublicken wie er. Ich *war* empört – wenn auch wegen etwas anderem. Ich war empört über mich selbst. Über die Art und Weise, wie Danny erreicht hatte, was er wollte. Empört, weil ich es nicht gemerkt hatte. Ich konnte nicht aufhören, es immer wieder durchzugehen, doch jedes Detail war wie Salz in meinen Wunden. Mir fielen die merkwürdigsten Einzelheiten ein. So zum Beispiel die Eichenböden in der Upper-Westside-Wohnung, die Danny hatte verlegen lassen. Ganz offenbar hatte er länger an diesem Projekt gearbeitet als nur ein paar Tage. Hatte er dadurch die finanziellen Mittel gehabt, mich aus unserer Wohnung rauszukaufen? An dem Morgen, als die Geschichte ihren Lauf nahm, wurde ich von *Moonlight Mill* geweckt. Was hatte der Song überhaupt im Radio verloren? Hatte Danny auch diesen Teil geplant? War es womöglich gar nicht der Wecker gewesen, sondern sein iPhone, das am Ladekabel hing und so getimt war, dass es mich mit dem Lied weckte? Meinem Lieblingslied – als Chance, mich daran zu erinnern, wer ich war. Wer ich einst gewesen war.

Er hatte mir an jenem Abend weitere Chancen geboten. Er hatte mich gebeten, nicht auf die Party zu gehen. Ich erinnere mich ganz deutlich. Er hatte mir einen Strauß Gerbera mitgebracht und gesagt, er würde die ganze Sache abblasen, wenn ich wollte. War diese Sache, die ich bloß für die Party hielt, das Ende unseres gemeinsamen Lebens gewesen?

Warum hatte ich sein Angebot nicht angenommen? Wo wäre ich heute, wenn ich es getan hätte?

Chefkoch Z kam immer wieder zu meinem Posten rüber, und es war wie ein Blick in den Spiegel: tiefste, totale Verzweiflung. Für ihn war es die Geringschätzung, die man seinen Pilzen entgegenbrachte. Für mich die erschütternde Gewissheit, dass ich vollkommen allein war. Mutterseelenallein. Ohne Karriere, ohne Mann.

Es reichte beinahe, um ihm mein Herz auszuschütten. Und es schien, als ginge es ihm genauso.

»Diese Pfifferlinge sind verdammt gerissene Biester«, sagte er am achten Abend, den Blick auf einen himmlischen Teller Pasta gerichtet. »Sie müssen zu exakt der richtigen Zeit geerntet werden, um ihr volles Potenzial zu entfalten.«

Geschah das hier tatsächlich? Eine Verbindung? »Wenn Sie meine bescheidene Meinung hören wollen, Chef, ich finde sie köstlich.«

Er knallte den Teller auf den Tisch. »Nicht wirklich.«

Damit spazierte er davon.

Danach erwog ich ernsthaft, die zurückgegangenen Pfifferlinge den Rest des Abends zu verstecken, nur um einen anderen Ausdruck auf seinem Gesicht zu sehen. Nur um irgendwas zu unternehmen, anstatt hier herumzusitzen und vor mich hinzuschmoren.

Um dem Ganzen die Krone aufzusetzen, wurde Ambers Kochbuch ein Riesenerfolg. Es war erst eine Woche draußen, und schon ging es in die zweite Auflage. Ich war buchstäblich Schnee von gestern.

Vielleicht war das die gerechte Strafe dafür, dass ich in aller Öffentlichkeit so hemmungslos gelogen hatte. Mittlerweile war mein gesamtes Leben privat. Und zwar so privat, dass ich dabei war, ein Baby von jemandem zu bekommen, der es nicht einmal wusste.

Ein weiterer Teller Pfifferling-Pasta kam in die Küche zurück. Chefkoch Zs hausgemachte und wirklich vorzügliche Bucatini waren vom Teller verschwunden, mehrere Pilze jedoch liegen geblieben.

Ich sah mich in der Küche um, ob irgendwer schaute. Niemand schien auf mich zu achten, also schnappte ich mir einen Pfifferling und steckte ihn rasch in den Mund.

Er war köstlich, schön saftig und fleischig, mit genau der richtigen Würze. Ich griff gerade nach einem weiteren Pilz, als eine Stimme hinter mir ertönte.

»Nein, das hast du nicht wirklich …!« Ich drehte mich um und erblickte Ethan mit einer Thermoskanne in der Hand. Er schüttelte angeekelt den Kopf. »Das ist echt ein neuer Tiefpunkt.« Dann griff er auf den Teller und schnappte sich selber einen.

»Du hast dich ziemlich bedeckt gehalten in letzter Zeit«, bemerkte Ethan. »Eine Nacht schläfst du noch bei mir, in der nächsten verschwindest du.«

Wir saßen nach Feierabend auf der Bank vor dem Restaurant, und Ethan goss uns beiden heißen Kakao aus seiner Thermoskanne ein.

Er reichte mir einen Becher. »Geht es dir gut? Thomas hat mir erzählt, dass du bei ihnen auf dem Sofa schläfst.«

»Mich wundert, dass er es überhaupt bemerkt hat. Wenn ich heimkomme, bleibe ich im Wagen sitzen, bis sie alle eingeschlafen sind. Und morgens schleiche ich mich raus, bevor sie aufstehen. Wir haben uns große Mühe gegeben, nicht mehr als zwei Worte zu wechseln.«

»Das klingt wirklich gemütlich. Und auf Dauer so praktikabel.«

»Es ist super.«

»Warum übernachtest du nicht einfach bei mir?«

»Du hast deine Promifreundin. Außerdem kann ich mich nicht so aufdrängen.«

Er hob die Hand, um mich zu unterbrechen. »Erstens wäre das kein Aufdrängen. Und zweitens ist sie diese Woche sowieso in Paris, um ihre Shoppingtour für den Herbst zu erledigen.«

Ich betrachtete sein Outfit – den obligatorischen Kapuzenpulli, in dem er zu wohnen schien, wenn er nicht gerade fischen war.

»Ihr beide habt ja eine Menge Gemeinsamkeiten«, sagte ich.

»Ja, es sind eben die Hobbys, die Menschen zusammenbringen.«

Ich lachte und nahm einen Schluck von meinem Kakao.

»Also ist die Party nicht so gut gelaufen?«, erkundigte er sich.

Ich schwieg einen Moment. »Es war Danny«, sagte ich schließlich.

»Was war Danny?« Ich sah ihn an und wartete geduldig, bis er von selbst darauf kam. »Heilige Scheiße. Es war der Ehemann, der dich gehackt hat?«

Ich nickte, da ich fürchtete, in Tränen auszubrechen, wenn ich auch nur ein Wort sagte. *Vierzehn Jahre.* Die Tränen hatten die letzten Tage überhaupt nicht mehr aufgehört. Danny war mein Mann gewesen, der eine Mensch, dem ich bedingungslos vertraute. So sehr, dass ich nicht einmal auf die Idee gekommen war, dass er so etwas getan haben könnte – egal mit welcher Begründung. Doch was sagte das über mich aus? Verriet es nicht, wie wenig ich all die Zeit auf ihn geachtet hatte?

Ethan verschränkte die Arme vor der Brust. »Warum sollte er … Ich meine … warum?«

»Er sagt, er hätte es getan, weil er mich liebt«, sagte ich mit brüchiger Stimme.

»Es gibt andere Wege, jemanden zu lieben.«

Ich blickte Ethan in die Augen, auf der verzweifelten Suche nach einem rettenden Anker. »Glaubst du?«

»Ich weiß es«, sagte er. »Und welche Rolle spielt diese neue Freundin bei der ganzen Sache?«

Ich schlang die Hände um die Tasse und hielt sie an meine Brust. »Gar keine. Es gibt keine neue Freundin.«

Er runzelte die Stirn. »Und was war mit der Dusche?«

»Sie war nur da, um unsere Wohnung neu einzurichten, die jetzt übrigens Dannys Wohnung ist. Ich schätze mal, sie hat sich am Telefon nur so schuldig angehört, weil sie sich nach der Trennung auf seine Seite gestellt hat oder so …«

»Und du glaubst ihm?«

Ja, ich glaubte ihm. Klänge ich wie eine Idiotin, wenn ich das zugab? Zurück in Montauk, hatte ich im Internet nach diesem Simon Callahan gesucht, und die Dinge, die Danny über ihn erzählt hatte, stimmten. Aber ich hatte keine Fotos von ihm und Maggie gefunden. Nicht auf Promiseiten und auch nicht auf ihrer Facebook-Seite. Ich fand keinen Beweis. Dannys Wort war mein Beweis. Und es war der einzige, den ich brauchte. Was sagte das darüber aus, wo ich jetzt stand?

»Nehmen wir ihn mal beim Wort … aber was genau hat er sich davon erhofft?«

Ich seufzte schwer. »Er hat gehofft, ich würde mich daran erinnern, wer ich früher einmal war. Du weißt schon, bevor die ganze Welt mir zusah und ich es aus den Augen verlor.«

»Es?«

»Mich.«

Ethan nickte nachdenklich. »Nun, was das angeht, hat er nicht unrecht. Der Ehemann.«

Ich drehte mich zu ihm um. »Was sagtest du gerade, du Verräter?«

Er grinste. »Ich will damit nicht rechtfertigen, was er getan hat. Ich sage nur, dass er nicht unrecht hat. Neulich Abend war ich mit meiner Freundin unterwegs, als sie ein Foto von sich auf Instagram postete, auf dem sie mit zwei anderen Frauen auf dem Deck abhing, Wein trank, das Meer vor ihnen. Nein … ich berichtige mich: Sie schickte ein Foto ihrer frisch manikürten Füße in die Welt hinaus. **#Mädelsabend #dassinddiebestenAbende.**« Er füllte sich Kakao nach und nahm einen Schluck. »Das einzige Problem war, dass es sich bei den anderen beiden Damen um ihre persönliche Assistentin und die neue Lebensgefährtin ihrer Assistentin handelte. Und sie waren nur ungefähr fünf Minuten auf dem Boot, um ihren Terminplan für Paris durchzugehen und danach ihre Klamotten von der Reinigung abzuholen. Und das Foto zu schießen natürlich.«

»Du meinst also, dass alle Leute Lügner sind?«

»Ich meine, dass es die heutige Art und Weise ist, sich darzustellen; und es gibt kaum eine Möglichkeit, diesen Geist wieder in seine Flasche zurückzukriegen. Manche Leute kommen gut damit zurecht; für sie sind soziale Medien eine Art, mit Menschen zu interagieren. Aber für den Rest von uns sieht die Geschichte anders aus. Nur, darüber redet niemand … über den Preis, den man zahlt, um sein Leben derart zu inszenieren.«

Da war es schon wieder, dieses Wort. *Inszenieren.*

»Und dann ist da natürlich noch der Preis derjenigen, die sich so ein Foto anschauen und denken, so müsste ihr Leben auch sein. Und der meiner Freundin, die es in die Welt hinausschickt. Meine Freundin, die danach begierig alle Kommentare verschlang, darüber, was für eine tolle beste Freundin sie doch sei … dass nur die allerbesten Frauen lebenslange Freundschaften hätten … und so weiter und so fort. Es war beinahe so, als würde das positive Feedback sie vergessen lassen, dass das Ganze absoluter Schwachsinn war, weil sie gar keinen Abend mit ihren Freundinnen verbracht, sondern etwas ganz anderes getrieben hatte … nämlich wilden Sex auf einem Bootsdeck, während ihr geliebter Gatte in Pebble Beach golfen war.«

»Das sind mir zu viele schmutzige Details«, sagte ich.

Er lachte. »Glaub mir, das ist noch gar nichts.«

Ich bedachte ihn mit einem tadelnden Blick.

Ethan wurde ernst. »Ich halte nichts von den Methoden dieses gewissen Ehemannes«, sagte er. »Aber ich schätze, es ist durchaus möglich, dass er gute Absichten hatte.«

Ich seufzte. »Auf wessen Seite stehst du eigentlich?«

»Auf seiner«, erwiderte er. »Ist doch klar.«

Ich lächelte. Aber die Wahrheit war: Ethan hatte den Nagel auf den Kopf getroffen. Ich war weit davon entfernt, Danny zu verzeihen, aber ich glaubte allmählich, dass er womöglich recht hatte. Ich hatte so lange Zeit damit verbracht, ein Schein-Ich aufzubauen, dass ich den Faden verloren hatte, zwischen dem Menschen, der ich war, und der Person, die ich der Welt zur Schau stellte. Das war der Preis meines inszenierten Lebens. Und ich hatte keine Ahnung, wann genau ich in die Irre gegangen war.

»Bist du sicher, dass sie weg ist? Ich meine, deine Freundin?«

»Eintausend Fotos auf Instagram können nicht lügen.« Dann berichtigte er sich. »Na ja, zumindest nicht die ganze Zeit.«

»Würdest du mir bei etwas helfen? Auch wenn es illegal ist?«

Und schon erhob er sich. »Das ist meine liebste Art zu helfen.«

43

Ethan legte die Schlüssel auf der Anrichte im Flur ab und ließ mich dort stehen.

Ich nahm einen tiefen Atemzug und begann durch das Haus zu laufen. Das Haus meiner Kindheit. Es erinnerte noch vage an das Zuhause, in dem ich aufgewachsen war, aber es war von Grund auf renoviert worden. Der Boden bestand aus dunklen Holzdielen, die Wände waren in einem seidenmatten Schokobraun gestrichen und mit modernen Kunstwerken bedeckt. Farbenfrohe Leinwände säumten den gesamten Flur, opulente Art-déco-Leuchten hingen von der Decke.

Ich hatte Mühe, mir das Haus so in Erinnerung zu rufen, wie es einst war: die gebleichten Dielenböden und hell getünchten Wände, die Schwarz-Weiß-Fotografien meines Vaters – die einzigen Kunstwerke, die überhaupt irgendwo hingen. Einige der Fotografien waren Porträts, aber die meisten zeigten Montauk selbst. Dieses Städtchen war der Zufluchtsort meines Vaters gewesen und eine lange Zeit auch sein wahr gewordener Traum. Er hatte seine Liebe für diesen Landstrich in seinem Haus eingefangen: den Hafen und die Küste, den Strand von Ditch Plain und die historischen schindelgedeckten Häuser der Montauk Association, mit dem Atlantik direkt dahinter.

Ich ging weiter zum hinteren Teil des Hauses. Der Flur wurde schmaler, und an seinem Ende befand sich eine neue Küchentür aus rot lackiertem Holz. Mein Vater hatte sich beharrlich geweigert, unsere vergilbte, zerschrammte Tür auszutauschen, von der bereits die Farbe abblätterte. Am Tag, als er für seinen ersten Oscar nominiert wurde, hatte er sich – nur Momente, bevor er die Nachricht hörte – den Fuß darin eingeklemmt und dabei seinen Zeh bös gebrochen, der sich zu einem hässlichen Blauschwarz verfärbte. Dennoch beschloss er, dass die Tür entscheidend für diesen frühen Erfolg war; dass die Art, wie er sie zugeknallt hatte, irgendwie zu diesem Sieg geführt hatte. Also besagte die neue Regel, dass die Tür so blieb, wie sie war, und auf keinste Weise verändert werden durfte. Sosehr sie auch abblätterte und so schäbig sie mit den Jahren auch aussah, wollte er sie trotzdem nicht streichen. Meine Schwester mochte es trotzdem nicht, wenn ich Witze riss, dass er sich dieser Logik zufolge auch seinen Zeh nicht hätte richten lassen dürfen.

Ich fuhr mit der Hand über die glatte Oberfläche der neuen Tür, schob sie auf und durchquerte den kleinen Raum, der einst das Studio meines Vaters beherbergte. Heute bildete er den Eingangsbereich zur Küche, die von den neuen Besitzern zur doppelten Größe aufgeblasen worden war, um die erstklassigen Viking-Herde (gleich zwei davon!), eine endlos lange Kücheninsel und einen gusseisernen Kaminofen unterzubringen. Ich öffnete den geräumigen Sub-Zero-Kühlschrank, und obwohl die Hauseigentümer sich nicht in der Stadt aufhielten, war er bis obenhin gefüllt mit Eiern, Schrimps, Gemüse, frischen Erdbeeren und Milch in Glasflaschen.

In unserer Küche schien es früher nie etwas zu essen zu geben, und wir hatten auch keine besonderen Kochmöglichkeiten. Es gab lediglich einen kleinen Elektroherd und eine Kücheninsel mit Platz für zwei Barhocker. Sie war einfach und klar gewesen, wie um uns daran zu erinnern, wofür das Haus eigentlich errichtet worden war und wofür es trotz all der Umbauten immer noch da war – die wunderschöne weitläufige Holzveranda mit Blick auf den endlosen Ozean.

Ich trat nach draußen, und der süße Geruch des Strandes stieg mir in die Nase. Wie oft hatte ich als Kind hier draußen gesessen und hatte diesen Geruch für selbstverständlich genommen, während ich davon träumte, woanders hinzugehen, egal wo.

Mein Blick huschte unwillkürlich zum oberen Stockwerk. Ich ging wieder hinein und stieg die Treppe hinauf zu dem Zimmer, das Rain und ich uns früher geteilt hatten. Wir hatten zwei Betten gehabt, einen riesigen Schreibtisch mit zwei Stühlen und helllila Wände. Als wir noch klein waren, hatte unser Vater uns erlaubt, sie in dieser Farbe zu streichen, und wir hatten sie nie geändert.

Das Zimmer war heute ein Meditationsraum, inklusive Buddhafigur, einem kleinen Zen-Garten und einer breiten Yogamatte. Die lila Wände jedoch hatten die neuen Besitzer so gelassen – warum ausgerechnet die? Der Anblick der Farbe war verstörend und riss mich in der Zeit zurück, sodass alle Erinnerungen gleichzeitig über mir hereinbrachen.

Ich war fünf, zehn und fünfzehn gleichzeitig und saß in der Fensternische im Eck. Rain stets in meiner Nähe.

Ich erinnerte mich daran, wie sie am Tag ihres Highschool-Abschlusses ins Zimmer kam. Sie trug immer noch ihren Talar, und ich saß da und überlegte mir, was ich nach ihrem Auszug mit dem Zimmer anstellen würde. Rain hatte die Schule als Jahrgangsbeste abgeschlossen und ein Vollstipendium für die Princeton University bekommen. Sie würde an einem der renommiertesten Mathematik-Lehrstühle des Landes studieren dürfen, und sie wäre immer noch nah genug an Montauk, um regelmäßig zu Besuch kommen zu können. Ich wusste, wie wichtig ihr das war.

Vielleicht war das der Grund, warum ich ihr zuerst nicht glaubte, als sie sagte, dass sie nicht fortgehen würde; dass sie stattdessen zu Hause wohnen bleiben und ein paar Seminare am College in Southampton belegen wolle. *Ich würde dich doch niemals verlassen,* hatte sie an dem Tag gesagt.

Damals war ich wütend auf sie gewesen. Wie konnte sie nur eine Gelegenheit wie diese wegwerfen? Und wie konnte sie so tun, als ob das irgendwas mit mir zu tun hätte? Ich schrie sie an, dass sie nur so nett tat; dass sie nur so tat, als würde es ihr um mich gehen, wo wir doch beide wussten, dass es unser Vater war, um den sie sich Sorgen machte. Er war der Grund, warum sie so dämlich war, ein *Gratis*-Studium an einer der besten Universitäten des Landes sausen zu lassen. Ich war überzeugt, dass sie glaubte, ich würde versuchen, unseren Vater zu brechen, sobald sie nicht mehr da wäre, um als sein Puffer, als seine Beschützerin zu agieren. Dass ich versuchen würde, ihn von seinen Regeln und Traumata loszureißen. Aber sie war sich nicht sicher, ob er damit klarkommen würde. Würde es ihm besser gehen, wenn wir ihm die Krücken wegnahmen, die seine Illusionen stützten? Oder wäre er danach ein gebrochener Mann?

Sie wurde so wütend, dass sie aus dem Zimmer stürmte. Damals dachte ich, dass sie es nicht ertrug, mit der Wahrheit konfrontiert zu werden. Dass sie sich nicht schon wieder dafür rechtfertigen wollte, dass sie sich auf jede erdenkliche Art und Weise verbog, um unseren Vater zu beschützen. Aber was, wenn ich mich geirrt hatte? Was, wenn es stimmte, dass sie meinetwegen geblieben war? Vielleicht hatte sie geglaubt, wenn sie fortginge, würde unser Vater alles auf mich abwälzen.

Ich ging zu der Fensternische und setzte mich auf ein merkwürdiges Bambuskissen, das auf dem Sims lag. Ich blickte aus dem Fenster zum Gästehaus auf der anderen Seite des Gartens.

Ich hatte mich immer schon schrecklich eingeengt gefühlt von diesem Haus und von den Regeln, die darin herrschten – Regeln, die ich nie verstand. Und heute, da ich wieder hier war, hatte sich nichts daran geändert.

Die letzten acht Abende hatte ich im Auto in unserer Einfahrt gesessen und gewartet, bis die Lichter ausgingen. Einmal hatte ich durch das Fenster zugeschaut, als meine Schwester mit ihrer Tochter spät zu Abend aß. Thomas, ihr Freund, humpelte im Hintergrund umher. Es gab nichts Besonderes – einen großen Topf Spaghetti mit vorgeschnittenem Salat aus der Tüte –, aber sie wirkte glücklich, meine Schwester. Sammy aß, und Rain beugte sich gespannt vor, während ihre Tochter mit vollem Mund von ihrem Tag berichtete. Meine Schwester hatte sich eine Familie aufgebaut – ein Leben, das ihr Freude bereitete –, und ich hatte mir vorschnell ein Urteil erlaubt.

Es blieb nur eine Frage: Wohin hatte mich dieses Urteil gebracht?

Über meinem Rückspiegel hing ein Ultraschallbild. Ein gesundes kleines Baby. Kräftiger Herzschlag. Die ersten Anzeichen von Gliedmaßen. Ich wusste nicht, ob es ein Mädchen oder ein Junge war. Aber es war auf dem Weg. Da war ein Baby unterwegs, das teilweise zu einem Menschen gehörte, der glaubte, mich nicht mehr zu kennen. Wo würde dieses Bild in einem anderen Leben hängen – in einem Leben, in dem ich nicht zu einer Fremden für ihn geworden wäre? In dem ich meine Schuld eingestanden hätte, bevor es zu spät war? In dem auch er seine Schuld eingestanden hätte?

Die letzten acht Nächte hatte ich gewartet, bis die Lichter ausgingen und ich sicher sein konnte, dass meine Schwester eingeschlafen war, damit sie mich nicht mit dieser Mischung aus Ärger und Mitleid anschauen konnte, weil ich immer noch auf ihrem Sofa schlief. Damit ich nicht über sie und ihre Tochter, über meinen Mann, meinen Vater oder irgendeinen anderen Menschen nachdenken müsste, der mich einst geliebt und den ich irgendwie verloren hatte.

Heute Abend musste ich nicht warten, bis die Lichter ausgingen. Ich rollte mich auf dem Boden meines alten Kinderzimmers zusammen, auf der weichen Yogamatte einer fremden Frau. Und mir wurde klar, dass ich mich auch bei einer anderen Sache geirrt hatte – womöglich der wichtigsten

Sache überhaupt. Ich hatte mich geirrt, was die Art und Weise anging, wie wir die alten Versionen unserer Selbst hinter uns lassen – jene, die uns nicht mehr passen. Ich dachte immer, der Weg bestünde darin, so weit und so schnell wie möglich vor seinem ehemaligen Ich davonzurennen. Doch ich hatte nicht begriffen, dass dies der sicherste Weg war, wieder genau dort zu landen, wo man aufgebrochen war.

44

Am nächsten Morgen warf ich einen verschlafenen Blick aus dem Fenster; ich fühlte mich seltsam dumpf und klebrig, als hätte ich am Vorabend zu viel Wein getrunken. Meine Schultern schmerzten von der harten Unterlage, und mir war schwindlig vor Hitze.

Ich öffnete das Fenster, um die kühle, sanfte Brise hereinzulassen, als ich sie aus ihrem winzigen Dachfenster zu mir schauen sah.

Sammy.

Einen Moment wirkte sie verwirrt, was ich im Haupthaus verloren hatte. Doch ihre Freude, mich zu sehen, musste ihre Ratlosigkeit übertrumpft haben, denn sie riss ihr Fenster weiter auf.

»Morgen«, formte ich stumm mit den Lippen.

»Morgen«, gab sie ebenso stumm zurück. Dann sah sie sich rasch um, als könne sie jeden Moment erwischt werden. Als sie sich wieder zu mir umdrehte, zeigte ich auf die Stufen, die zum Strand hinunterführten. Sie reckte den Daumen in die Höhe, schloss das Fenster und war schon auf dem Weg.

»Du und Mom hattet also einen Streit?«, fragte sie.

Wir saßen auf den klapprigen Holzstufen – den Strand direkt zu unseren Füßen –, während der Wind uns in dichten, kräftigen Böen vom Meer her entgegenschlug.

»Wir werden uns schon wieder vertragen«, antwortete ich.

Sie kämpfte mit ihrem zerzausten Haar, um es hinter ihren Ohren festzustecken. »Und wie soll das klappen, wenn ihr euch die ganze Zeit aus dem Weg geht.«

»Das hast du bemerkt?«

»Na ja, ich wohne hier.«

Ich lächelte. »Ich möchte aber nicht, dass du dir Sorgen machst deswegen, okay?«

Sie nickte. »Was hast du drüben in dem anderen Haus gemacht?«

»Ich wollte es mir anschauen.«

»Warum?«

Ich seufzte. »Ich glaube, die Antwort darauf benötigt etwas mehr Zeit, als du jetzt hast. Was hast du ihnen gesagt, wo du hingehst?«

»Muscheln suchen.«

Ich lachte.

»Mom ist schon bei der Arbeit, aber Thomas hat mir erlaubt, kurz rauszugehen. Aber er wartet auf mich. Wir wollen auf dem Weg zum Camp beim *Pancake House* vorbei und Pfannkuchen frühstücken.«

»Klingt toll«, sagte ich. »Danke, dass du dich davor noch rausgeschlichen hast. Ich freue mich echt, dich zu sehen.«

Sie zuckte die Achseln. »Sonst sehe ich dich überhaupt nicht mehr.«

»Du sollst nicht glauben, das hätte etwas mit dir zu tun.«

Sie verzog das Gesicht. »Warum sollte ich das denken? Meine Mutter wollte nicht wirklich, dass wir Zeit miteinander verbringen. Es gab keine andere Wahl.«

Angesichts ihres Mitgefühls und ihres Verständnisses zerriss es mir das Herz. Was das anging, hatte sie mit ihren sechs Jahren ihre Tante und Mutter weit überholt. Ich beugte mich vor und umarmte sie, ganz so, als hätte ich die ersten sechs Jahre ihres Lebens nicht verpasst, ganz so, als hätte ich irgendein Anrecht darauf. Aber vielleicht war das ja die Sache mit der Reue – wenn man sie einmal verspürte, tat man alles Menschenmögliche, um irgendwas anderes zu fühlen.

»Ich finde dich wirklich toll«, sagte ich. »Und ich möchte, dass du das weißt, nur für den Fall, dass deine Mom mich wieder vor die Tür setzt.«

Sammy wurde rot. Knallrot. »Okay, nächstes Mal kannst du es einfach nur sagen.«

Ich hob eine weiße Muschelschale auf, die vor mir im Sand lag, und reichte sie ihr. »Damit dein Alibi nicht auffliegt.«

Sie musterte skeptisch meine Auswahl; dann warf sie die Muschel in den Sand und machte sich daran, eine andere zu suchen. »Dann sollten wir es wenigstens glaubhaft machen«, sagte sie.

45

Am übernächsten Abend kam ich eine Stunde vor Schichtbeginn im Restaurant an, um in Ruhe mit dem restlichen Personal zu essen, bevor der abendliche Andrang losging. Als ich die Küche betrat, traf ich Douglas an der Tür.

»Hey, vorne wartet eine Dame auf dich«, sagte er. »Sie sucht dich. Ich meine, dein echtes Ich.«

»Ich verstehe nicht ganz …«

»Ich weiß auch nicht mehr, *Sunny.* Frag sie doch selber.« Dann nickte er Richtung Speiseraum, wo Julie an der Bar saß und an einem Glas Wein nippte.

Ich wischte mir die Hände an der Jeans ab. »Was will sie hier?«, sagte ich mehr zu mir selbst. Doch offenbar fühlte Douglas sich genötigt zu antworten.

»Du reizt den Umfang meines Wissens aus. Und mein Interesse.« Er stolzierte davon, und ich ging in den Speiseraum. Instinktiv blickte ich an mir hinab, musterte meinen Pullover, strich mir das Haar hinter die Ohren und gab mir Mühe, insgesamt präsentabel auszusehen.

Ich blieb vor der Bar stehen. »Julie?«

Sie sah auf. »Sunny! Ich dachte nicht, dass es stimmt, aber da bist du ja wirklich!«

Ich zwang mich zu einem Lächeln. »Was tust du hier?«

»Was *ich* hier tue? Was tust *du* hier? Es war nicht unbedingt leicht, dich aufzuspüren.« Sie nahm ihre Handtasche vom Hocker, um mir Platz zu machen. »Willst du auch einen Wein?«

Ich setzte mich zögernd neben sie. »Nein, danke.«

Sie neigte das Glas in meine Richtung. »Dann trinke ich eben für uns beide. Prost.« Sie schenkte mir ein breites Lächeln und sah sich um. »Hier verstecken sich also die Leute, wenn sich die ganze Welt gegen sie verschworen hat. Im Paradies.«

Tja, für manche Leute war es das Paradies, für andere ein Höllenloch. Wie auch immer, ich machte mir nicht die Mühe, sie zu berichtigen.

»Wie geht es dir?«, fragte sie. »Das war vielleicht eine Party, was?«

»Ich hätte nicht kommen sollen.«

»Na ja, wenn Amber mir so etwas angetan hätte, wäre ich auch aufgeschlagen.«

Ich wand mich innerlich. Mein altes Ich hätte das so stehen lassen, aber heute schien es mir nicht richtig. Amber war eine Heuchlerin und eine schreckliche Person, aber in diesem speziellen Fall traf sie keine Schuld. Sie war es nicht, die mich vor aller Welt bloßgestellt hatte. »Tatsächlich glaube ich, dass ich mich geirrt habe.«

Julie sah mich verblüfft an. »Im Ernst? Na ja, ich kann sie trotzdem nicht ausstehen … So wie die meisten Leute übrigens. Und jetzt mal unter uns … *Toast?*«

Ich lächelte. »Da werde ich dir ganz sicher nicht widersprechen.«

Sie nahm einen kleinen Schluck von ihrem Wein. »Nachdem du fort warst, habe ich mich eine Weile mit Louis unterhalten. Über dich, um genau zu sein.«

Ich blickte auf. »Ist er schon etwas weniger sauer?«

»Leider nein.« Sie schüttelte den Kopf. »Aber ich musste darüber nachdenken, warum.«

»Nun, weil ich nach Strich und Faden gelogen habe.«

Sie zuckte die Achseln. »Das tun viele Leute. Dafür wurde Facebook doch erfunden, oder?«

Ich war nicht bereit, mich so leicht aus der Verantwortung zu ziehen. »Das war in diesem Fall etwas anderes. Ich habe nicht nur an ein paar Freunde getweetet.«

»Ja und? Das ist doch heutzutage nicht anders zu erwarten, wenn man ein Leben im Licht der Öffentlichkeit führt. Man hat gar nicht die Zeit, die Wahrheit zu sagen. Alle machen einen auf *New York Post* und posten die reißerischsten Überschriften, die ihnen einfallen. Man braucht nur ein bisschen Fantasie, und schon ist man die Schlagzeile des Tages. Selbst wenn es überhaupt nichts Neues zu erzählen gibt.«

War das wirklich dasselbe? Ein, zwei harmlose Lügen auf Facebook oder Twitter richteten nicht mehr Schaden an, als ein ganzes Leben zu erfinden? Vielleicht ging man so allmählich verloren: ein kleiner geschönter Post nach dem anderen, bis dein Facebook-Feed, der anfangs noch ziemlich nach dir selbst aussah, allmählich ausschaut wie der von jemandem, den du entfernt kennst – vielleicht sogar bewunderst.

Julie nahm einen weiteren Schluck. »Alle lügen. Louis ist nicht deswegen wütend. Er ärgert sich, weil er dachte, dass du es nicht tust. Er ärgert sich, weil du so überzeugend warst. Er ärgert sich, weil er glaubte, dass du authentisch wärst.«

Ich dachte darüber nach. Da war etwas dran. Das Problem bestand jedoch darin, Louis jetzt noch davon zu überzeugen, dass die Rolle, die er für mich spielte – die wir füreinander spielten –, nicht Teil dieser Täuschung war. Louis war mir wichtig gewesen. Und er war es immer noch.

»Aber da kommen wir auch schon zum Punkt«, fuhr Julie fort und beugte sich lächelnd zu mir. »Ich persönlich glaube ja, dass du authentisch bist.«

»Ich versteh nicht ganz.«

»Schau dich doch an. Nichts für ungut, aber du bist ein wandelndes Häufchen Elend. Das schlechte Gewissen steht dir ins Gesicht geschrieben. Egal, was für fehlgeleitete Entscheidungen du in der Vergangenheit getroffen hast – tief in dir steckt eine echte Seele. Niemand ohne Seele könnte Authentizität so verkaufen, wie du es getan hast. Das war es, was dich zum Star gemacht hat. Nicht Merediths Rezepte oder Ryans abgeschmackte PR-Aktionen. Und ich wette, wir könnten das alles noch mal verkaufen.«

»Du redest gerade von einer neuen Show?«

Sie nickte. »Ich glaube, es gibt eine Möglichkeit, dich da draußen wieder zu positionieren. Aber diesmal, indem wir es richtig machen. Indem wir es ehrlich machen.«

Sie holte ein iPad aus ihrer Handtasche und rief ein Bild auf.

Kochen – zurück zu den Anfängen zog sich in einem hübschen blauen Schriftzug über ein Bild von mir, das in eine

Shabby-chic-Küche reinmontiert worden war. Im Hintergrund der weite Ozean.

»Das ist nur ein Rohentwurf, ich habe es Violet auf die Schnelle zusammenbasteln lassen. Aber es ist ein ziemlich griffiger Titel, nicht wahr? Selbst Louis fand ihn gut. Wir würden das Ganze am Strand drehen mit vielen Sonne-Sand-und-Meer-Aktionen und ursprünglichen Gerichten – Meeresfrüchte im rustikalen Erdofen am Strand gegart und dergleichen. Sehr bodenständig. Deine Kindheitsgeschichten einbauen. An die Orte gehen, an denen du früher gerne warst … in der Fischhandlung, im Tante-Emma-Laden. Das Mädchen von nebenan macht sein Glück.« Sie lächelte und schien ein bisschen stolz auf sich selbst. »Also? Was denkst du?«

Ich erwiderte ihr Lächeln, versuchte jedoch, nicht allzu begeistert zu wirken. Das war es, worauf ich gehofft hatte. Das war der Grund, warum ich Chefkoch Zs Schmähungen und Schikanen ertragen hatte. Eine neue Sendung – eine neue Chance, es richtig zu machen.

Es fühlte sich geradezu unwirklich an, und vielleicht wurde mir deswegen klar, dass es immer noch mehrere Gründe gab, warum es nicht klappen könnte.

»Das klingt ja alles schön und gut«, sagte ich. »Aber es gibt da ein paar Dinge, die die Sache verkomplizieren könnten.«

»Okay. Und was wäre das?«

»Ich bekomme ein Baby.«

Ihre Augen weiteten sich überrascht, doch dann lächelte sie – und zwar vollkommen aufrichtig. »Herzlichen Glückwunsch!«

»Danke.«

Sie winkte ab. »Das verkompliziert gar nichts. Die Leute lieben Babys«, sagte sie. »Heißt das, du wirst dich mit deinem Mann vertragen?«

Ich schüttelte den Kopf. »Nein.«

Sie nickte, bohrte jedoch nicht weiter. »Trotzdem wird das eine großartige Sache. Ich weiß, dass es beängstigend ist, sich der Welt da draußen wieder zu stellen, aber die Leute haben dich geliebt. Und sie werden sehen wollen, dass es dir wieder gut geht. Ich meine, du hast doch mittlerweile Kochen gelernt, oder?«

»Nicht wirklich.«

»Dann werden wir jemanden auftreiben, der es dir beibringt. Keine Sorge, das werden die einfachsten Rezepte, die man sich nur vorstellen kann. Das ist es, was die Leute heutzutage wollen.« Sie dachte einen Moment nach. »Vielleicht bringen wir dir sogar während der Sendung das Kochen bei! Ja, die Idee gefällt mir. Es ist wirklich gut, dass du noch nichts gelernt hast.«

Ich lachte. Ich war mir nicht sicher, ob sie mit ihrer Einschätzung richtiglag, aber mir gefiel, was sie da vorschlug. Mir gefiel die Idee, niemandem etwas vormachen zu müssen, sondern das Ganze auf ehrliche Art und Weise anzugehen. Angesichts des Babys, das unterwegs war, gefiel mir natürlich auch die Vorstellung, eine Möglichkeit zu haben, sie zu ernähren … oder ihn. Doch eine Sache, die sie erwähnt hatte, nagte immer noch an mir. »Aber warum sollten die Menschen sich mir wieder zuwenden? Warum sollten sie mir jetzt noch Vertrauen entgegenbringen, wenn ich ihnen zuvor nichts als Lügen erzählt habe?«

Julie schüttelte den Kopf. »Die Leute haben eine ziemlich kurze Erinnerungsspanne. Schau dir nur Paula Deen an. Die hat Schlimmeres hinter sich und hat es wieder zurückgeschafft.«

»Ich weiß nicht ...«

»Aber ich. Und ich verspreche dir, dass wir die Details noch austüfteln werden. Nach Rezept kochen kann jeder, aber du, du hast dieses gewisse Etwas.«

Das ließ mich innehalten. Es erinnerte mich an das, wovon auch Danny gesprochen hatte. Dieses Etwas. Diese Vorstellung von uns. Denn das ist es doch, was uns zu *uns* macht, oder nicht? Doch was, wenn wir genau das aufgeben und verraten? Es verfälschen und verzerren? Es anderen Leuten ausliefern und uns von ihnen vorschreiben lassen, was wir damit anstellen sollen. Nur dass Julie gar nicht von mir verlangte, irgendetwas zu verfälschen. Sie bat mich lediglich darum, die Menschen wieder in mein Leben zu lassen, aber dieses Mal auf ehrlichem Wege. Falls das überhaupt möglich war – doch das musste es, oder nicht?

Sie stand auf. »Denk darüber nach. Ich meine, was ist die Alternative? Hier weiterhin als Küchenhilfe schuften?«

»Von wegen. Ich arbeite an der Müll-Station.«

»Igitt«, sagte sie. Dann zwinkerte sie mir zu, drückte meine Schulter und ging.

46

Manchmal, wenn man es am wenigsten erwartet, fügt sich alles wieder zum Besten.

Ich konnte mir mein Grinsen nicht verkneifen, als ich an diesem Abend die Gänge durchging und versuchte, mich auf das Kürbisrisotto zu konzentrieren, während mein Gespräch mit Julie mir durch den Kopf schwirrte. Glücklicherweise war jedes Gericht ein Erfolg, daher gab es keine Auffälligkeiten an Chefkoch Z zu berichten.

Und dennoch, als Z nach der ersten Sitzung des Abends rüberkam, wirkte er gereizt. »Was soll das Grinsen?«, wollte er wissen.

Ich zuckte die Achseln. »Also entweder lieben die Leute heute Abend wirklich alles, oder sie sind äußerst hungrig.«

»Ja und? Was von beidem ist es?«

Ich schüttelte den Kopf – ich hatte für einen Moment vergessen, dass er über keinerlei Sinn für Humor verfügte. »Das war nur ein kleiner Scherz. Heute Abend haben alle alles gemocht.«

»Schön«, sagte er ohne die Spur eines Lächelns. »Aber kein Grund zum Feiern. So sollte es immer laufen.«

Ich hatte immer noch mein dämliches Grinsen im Gesicht.

Aber wen juckte es schon? Sollte er mich doch feuern. Sollte er mich doch vor die Tür setzen.

Er deutete auf seine eigenen Mundwinkel, die nach unten zeigten. »Das hier meinte ich, als ich sagte, kein Grund zum Feiern.«

»Ich freue mich nur, hier zu sein, Chef«, erwiderte ich.

»Dann freu dich leiser.«

»*Kochen – zurück zu den Anfängen* also?«, sagte Ethan. »Klingt nicht übel.«

Ich war viel zu aufgeregt gewesen, um direkt nach Hause zu fahren – zumal es nicht mehr mein Zuhause war –, und so schaute ich nach Feierabend bei Ethan vorbei. Wir spazierten zum Hafenbecken, setzten uns auf die Ufermauer und ließen unsere Zehen im Wasser baumeln. Das war einer der Vorteile, wenn man in Montauk wohnte. Dieser spätabendliche Friede. Der Mond, der sich über den Horizont schob und alles in ein tiefes herrliches Blau tauchte. Die Segelboote, die im Hafenbecken ruhten, und die Stege, die still und verlassen dalagen.

Ethan griff in seine Kühltasche, zog ein weiteres Bier heraus und reichte es mir. »Alkoholfrei.«

Ich stieß mit ihm an. »Danke«, sagte ich und nahm einen großen Schluck.

»Du willst es also tun?«, fragte er.

»Ich denke schon«, sagte ich. »Es wäre ziemlich verrückt abzulehnen.«

Ethan schwieg einen Moment. »War das gerade eine Frage oder eine Feststellung?«

»Eine Feststellung«, erwiderte ich. »Und vielleicht auch eine Frage.«

»Warum? Was interessiert es dich, was ich denke?«

Ich zuckte die Achseln. »Es ist etwas schwierig, sich selbst zu vertrauen, wenn man in der Vergangenheit so schlimme Entscheidungen getroffen hat.«

Er nahm einen nachdenklichen Schluck. »Macht es dich glücklich? Der Gedanke daran, es zu tun?«

»Na ja, ich befinde mich im Rosenkrieg mit meinem Ehemann, und meine Schwester hasst mich. Und ich hab die letzten zwei Nächte im Haus deiner Freundin geschlafen. Glück scheint mir da ein recht hochgestecktes Ziel, weißt du.«

Er lachte. »Im Grunde ist es das einzige Ziel.«

»Wie kommst du darauf?«

Ethan rückte ein Stück näher. »Das Problem mit dem, was du davor getan hast, ist doch nicht, dass du irgendwen anders verletzt hast. Das Problem ist, dass du selbst damit unglücklich warst. Ich meine, das ist doch keine Art zu leben, wenn einem peinlich ist, wer man ist oder was man tut«, sagte er. »Obwohl wir das wohl alle ein Stück weit so betreiben.«

Ich lächelte. »Ich weiß selbst nicht, warum ich dich um Erlaubnis frag.«

Er nippte an seiner Flasche. »Nun, meine Erlaubnis kannst du gerne haben, wenn du sie brauchst. Ich glaube, das könnte eine gute Sache sein.«

Ich begegnete seinem Blick. »Du steckst voller Überraschungen.«

»Warum sagst du das?«

»Ich weiß nicht. Unter den Menschen, von denen ich dachte, ich könnte Trost bei ihnen finden, hätte ich dich nicht besonders weit oben angesiedelt.«

Er legte den Arm um meine Schultern. »Ich kann sehr gut trösten.«

Ich lachte. »Wenn du das sagst, muss es wohl stimmen.«

Er lachte ebenfalls. Dann beugte er sich zu mir vor und versuchte, mich zu küssen. Ich war allein, ich war schwanger und überraschenderweise viel heißer als je zuvor.

Trotzdem schob ich ihn von mir. »Ich kann nicht.«

»Warum? Kommt dein Ehemann etwa zurück?«

»Eher nicht … wahrscheinlich nie wieder.«

»Na ja, du bist schon schwanger, also kann es auch nicht Angst vor meinem Supersperma sein. Und dass du mich unattraktiv findest, ist völlig ausgeschlossen.«

Ich lächelte. Ich hatte große Lust, ihm zu sagen, dass ich ihn sogar unglaublich attraktiv fand, doch das hätte sich wie eine eigene Form von Verrat angefühlt, wie eine Grenze, die ich wider besseres Wissen übertreten hatte.

»Na gut, dann findet die Dame mich eben nicht attraktiv. Schon in Ordnung«, sagte er. »Aber was sagt das bloß über mich aus, dass ich dich mit einem Schlag noch viel anziehender finde?«

Ich lachte. »Alles?« Ich streckte ihm meine Hand hin. Wie einfach wäre es, mich in dieses neue Leben gleiten zu lassen? Wie angenehm. Und das in vielerlei Hinsicht. Ein sauberer Neubeginn, ein neues Ich. Aber genau so war ich hier gelandet, und das würde ich nicht noch einmal tun.

»Was wird das?«, fragte er.

»Du bist der einzige Freund, den ich noch habe. Ich will dich wirklich nicht verlieren.«

Ethan lehnte sich wieder zurück, und ich sah einen ungewohnten Ausdruck über sein Gesicht huschen – meine Ehrlichkeit hatte ihn berührt.

»Dann werde ich das wohl nicht zulassen«, sagte er und nahm meine ausgestreckte Hand. Doch statt sie zu schütteln, hielt er sie einfach nur fest.

47

Es war ein Risiko, aber es gab noch einen Menschen, mit dem ich das besprechen musste.

Und so fuhr ich am nächsten Nachmittag bei ihr im Feriencamp vorbei.

Ich kam gerade rechtzeitig zum Nachmittags-Imbiss, und Sammy bot mir großzügigerweise von ihrem Pitabrot mit Apfelmus an. Ich saß im Schneidersitz neben ihr auf dem Boden und nahm ein paar dankbare Bissen, wobei ich darauf achtete, dass sie den Großteil selbst aß.

»Du wirst niemals erraten, was ich gerade getan habe«, sagte sie. »Rate mal.«

»Lass mich überlegen. Hast du Stepptanzen gelernt?«

Sie kicherte. »Das war echt schlecht geraten. Das hier ist das Naturwissenschaftscamp.«

Ich lächelte. »Dann verrätst du es mir besser.«

»Unsere Gruppe ist zum Teich gegangen, und wir haben Frösche seziert. Also, eigentlich hat die Betreuerin seziert, aber wir durften zuschauen.«

»Einfach so zum Spaß?«

Sie löffelte begeistert ihr Apfelmus. »Nein, für die Wissenschaft.«

Ich legte meinen Löffel beiseite und beschloss, dass ich genug Apfelmus gehabt hatte – womöglich sogar für den Rest meiner Schwangerschaft. Irgendwie hatte sich die schleimige Konsistenz auf unschöne Weise mit Sammys Fröschen vermengt.

»Es war total toll«, sagte sie. »Ich konnte sogar das Herz sehen.«

»Das ist ja super«, unterbrach ich sie und kämpfte gegen den Brechreiz an. »Ich freue mich, dass du so viel Spaß hattest.«

Sie zeigte zu ihrem Klassenzimmer. »Willst du mit reinkommen und dir die Frösche anschauen?«

»Lieber nicht«, erwiderte ich. »Aber ich würde gerne mit dir reden.«

»Worüber?«

»Über diese Schule, von der du mir erzählt hast.«

Sie blickte auf, und ich konnte den Ausdruck sehen, der über ihr Gesicht huschte: freudige Aufregung … gefolgt vom Gegenteil. »Okay«, sagte sie verhalten.

»Ich habe mir da etwas überlegt. Wenn es eine Möglichkeit gäbe, dass es klappt, würdest du dann auf diese Schule gehen wollen?«

Sie zuckte die Achseln. »Ich weiß nicht. Vielleicht.«

Ich blickte ihr fest in die Augen und wartete.

»Ich würde gerne hingehen«, sagte sie schließlich. »Warum fragst du?«

»Ich habe ein Jobangebot bekommen, das dabei helfen könnte, die Schule zu bezahlen. Und deiner Mom und dir eine Wohnung in der Nähe zu besorgen.«

»Meine Mutter wird das nicht wollen.«

»Wahrscheinlich nicht … aber ich glaube, es ist gut zu wissen, was du selber willst. Wenn du das weißt, hast du die Möglichkeit zu bekommen, was du willst. Wenn nicht, hast du nur die Möglichkeit, das zu bekommen, was jemand anderes für dich will.«

Sie wischte sich die Hände ab. »Ich glaube, ich hätte gerne, dass du mich nach Hause fährst.«

48

Auf dem Nachhauseweg fing es an zu tröpfeln – ein sanfter Sommerregen –, doch als wir in die Einfahrt bogen, hatte sich der Schauer in einen wahren Wolkenbruch verwandelt. Wir mussten rennen, um auf dem Weg vom Auto bis zur Tür nicht bis auf die Knochen durchnässt zu werden.

Als wir eintraten, stand Thomas am Herd und kochte Abendessen. Besser gesagt, Thomas humpelte vor dem Herd herum und versuchte, Abendessen zu kochen. Das Ergebnis sah aus wie eine Lasagne, schwer und fleischig, mit ungefähr einem Pfund Käse obendrauf. Und komplett verbrannt. Ein beißender, kokeliger Geruch stieg aus der Auflaufform empor.

Als Thomas sich umdrehte und uns in der Tür stehen sah, hielt Sammy sich die Nase zu.

»Ich dachte, heute Abend bestellen wir Pizza«, sagte sie.

Er sah zwischen uns hin und her. »Das werden wir jetzt wohl müssen.« Dann schob er mit theatralischer Geste die Lasagne von sich.

Sammy lachte. »Super«, sagte sie. »Ruf einfach, wenn sie da ist.«

Sie verschwand nach oben auf die Galerie und ließ uns

allein in der Küche stehen. Ich sah ihr nach und wünschte, sie würde wieder runterkommen. Dann blickte ich wieder zu Thomas. Ich gab mir Mühe, ihn nicht allzu unverhohlen anzustarren, diesen Typen, der seit mehreren Jahren der Lebensgefährte meiner Schwester war. Er war groß, ein bisschen schlaksig, mit blondem Wuschelhaar, das ihn jünger wirken ließ, als er war. Bis auf die kurze Begrüßung, als ich nach meinem Besuch bei Danny am frühen Morgen hier aufgeschlagen war, war es unsere erste richtige Begegnung.

Thomas wischte sich die Hände an einem Geschirrtuch ab. »Eigentlich bin ich ein ganz guter Koch«, sagte er. »Rain wird es dir bestätigen. Aber momentan läuft es mit dem Laufen nicht so optimal.« Er humpelte zum Kühlschrank und nahm ein Bier heraus. »Willst du auch was trinken?«, fragte er.

Ich schüttelte den Kopf. »Nein, danke.« Er warf mir trotzdem eine kleine Plastikflasche Wasser rüber – ein erster Hinweis, dass Rain ihm von meiner Schwangerschaft erzählt hatte. Wahrscheinlich um ihm zu erklären, warum sie mich nicht von ihrem Sofa werfen konnte.

Er nickte zum Küchentisch. »Normalerweise hätte ich ja kein Problem damit, betreten in der Gegend herumzustehen, aber würde es dir was ausmachen, wenn wir stattdessen betreten herumsitzen?«

Ich lächelte. »Nein, gar nicht.«

Er humpelte zum Tisch und zog den nächstbesten Stuhl hervor. Ich ging ebenfalls rüber und setzte mich ihm gegenüber. »Es ist ein bisschen schräg, dich zu treffen«, sagte er.

Ich war nicht sicher, wie ich das aufnehmen sollte. Aber

dann lächelte er – ein breites, warmes Lächeln, das sein gesamtes Gesicht erhellte und ihn erfreuter wirken ließ, als er es wahrscheinlich war.

»Ich meine, ich höre so viel Verschiedenes über dich«, schob er hinterher.

Für einen Moment dachte ich, er würde von Rain Verschiedenes über mich hören, und es war irgendwie tröstlich, dass meine Schwester mich nicht nur furchtbar fand. Aber dann wurde mir klar, dass er von den verschiedenen Dingen redete, die er von Rain und von Ethan hörte.

»Du hast einen ziemlichen Eindruck bei Ethan hinterlassen«, fuhr Thomas fort. »Er sagt, ihr seid gute Freunde.«

Ich lächelte. »Ja, er ist ein großartiger Kerl.«

»Ach ja?« Ich konnte ihm seinen Beschützerinstinkt förmlich ansehen. Rain und Ethan waren zwei Menschen, die ihm schwer am Herzen lagen.

»Hör mal, Thomas, ich kann durchaus verstehen, dass du mich wahrscheinlich nicht hierhaben willst …«

»Das habe ich nicht gesagt.«

»Jedenfalls habe ich versucht, eine andere Lösung zu finden.«

Er zeigte zur Haustür. »Du meinst, nebenan zu schlafen?«

»Ich habe nicht gesagt, dass ich besonders erfolgreich war.«

Er nahm einen Schluck aus seiner Flasche. »Na ja, wer ist das schon.« Dann hob er sein Bein an, zog es auf den Stuhl neben sich und rieb sich das Knie.

»Tut es sehr weh?«, fragte ich.

»Ach, wird schon wieder.« Er zuckte die Achseln. »Ich

ärgere mich nur ein bisschen über mich selbst. Ich hatte eigentlich den großartigen Plan, nächstes Wochenende mit Rain unseren Jahrestag zu feiern, aber das wird wohl zu anstrengend.«

»Was hattest du denn geplant?«

»Ich wollte mit ihr übers Wochenende nach North Fork raus. Ein bisschen herumfahren und uns die Gegend anschauen. Aber das fällt wohl flach.«

»Ihr könntet doch woandershin.«

Er überlegte. »Ja, das könnten wir. Ich habe meine Freundin Gena sowieso schon verpflichtet, auf Sammy aufzupassen.«

Die flatterhafte Gena. »Falls sie aus irgendeinem Grund absagen sollte, kann ich auch aufpassen.«

»Ja? Das wäre toll. Gena hat tatsächlich den Hang, manchmal nicht aufzutauchen.«

»Ich würde sehr gerne einspringen, falls es Rain recht ist.«

Thomas lächelte. »Das wäre echt super«, sagte er. »Ich hatte nämlich vor, ihr einen Heiratsantrag zu machen.«

»Wirklich?«

Er nickte. »Wirklich. Nur die Sache mit dem Hinknien könnte etwas schwierig werden.« Wie zum Beweis griff er in seine Hosentasche und zog den Ring hervor. Es war ein Smaragd, umkränzt von kleinen Diamanten. Elegant und schlicht, ein klassisches Modell.

Ich blickte zu ihm auf und versuchte, meine Verwirrung zu verbergen. Warum zeigte er mir den Ring? Warum erzählte er mir überhaupt von dem Antrag? Er brauchte gewiss nicht meine Zustimmung. Aber vielleicht wollte er sie brauchen. Es war die netteste Art überhaupt, mir zu sagen, dass er hoffte, dass wir – meine Schwester und ich – eine Lösung finden würden. Dass wir uns vertragen würden.

Unwillkürlich musste ich an Danny denken. Er hatte dasselbe getan, bevor er um meine Hand anhielt. Mein Vater war kurz davor verstorben, aber er war trotzdem nach Montauk gefahren, um mit Rain zu sprechen und ihr zu sagen, dass er mir einen Antrag machen wolle. Später erzählte er mir, dass sie mit zwei Bechern Kaffee zum Leuchtturm hinausgefahren waren und er ihr feierlich versprochen hatte, dass er sich um mich kümmern würde. Er wollte mir nicht verraten, was sie darauf geantwortet hatte, und damals stellte ich mir vor, dass es etwas Schnippisches gewesen sein musste. Etwas nach dem Motto, dass es nicht an ihr war, ihm die Erlaubnis zu erteilen. Trotzdem hatte er meine Schwester an jenem Tag für sich gewonnen. Durch die Geste. Indem er anerkannte, wie viel wir einander bedeuteten, auch wenn wir es uns selbst nicht eingestehen konnten.

»Was hältst du davon?«, fragte Thomas.

»Wirklich wundervoll«, erwiderte ich.

Er lächelte. »Danke ... ich freue mich, dass du so denkst.«

Ich reichte ihm den Ring und versuchte, die Tränen zurückzudrängen.

»Musst du jetzt weinen?«

Ich schüttelte den Kopf, während die Tränen schon überquollen. »Bestimmt nicht.«

»Das nenne ich mal überzeugend.«

»Das muss die Schwangerschaft sein«, sagte ich. »Ich heule bei allem los.«

»Ich verrate es niemandem.«

In diesem Moment wurde die Haustür aufgerissen, und Rain kam hereingestürmt. Sie war vollkommen durchnässt.

»Heilige Scheiße, da draußen ist die Hölle los!«, rief sie. Dann bemerkte sie mich. »Oh …« Sie sah zwischen uns hin und her. »Was ist denn hier los?«

Thomas schob rasch den Ring wieder in die Hosentasche, während ich mir die Tränen wegwischte. »Nichts«, sagte er. »Regnet es etwa?«

Sie griff nach einem kleinen Küchenhandtuch, um sich abzutrocknen. »Du bist ja witzig.« Sie kam zum Tisch rüber, stellte sich hinter Thomas und verwuschelte sein Haar im Nacken.

»Iieh, ist das nass!«, rief er.

Sie beugte sich runter und küsste ihn. »Du wirst wohl damit klarkommen müssen.«

Und das tat er. Er schmiegte seine Wange an ihre, während das Wasser von ihren Haarspitzen auf seine Brust tröpfelte. Sie lächelte, und für einen Augenblick sah meine Schwester aus wie meine Schwester.

Dann blickte sie auf und nickte mir zu. »Hey«, sagte sie.

Ich hob die Hand. »Hey.«

Thomas nahm Rains Hand und hielt sie an seine Brust. »Sie hat Sammy heimgefahren. Wir haben gerade geplaudert.«

Rain zwang sich zu einem Lächeln. »Ach ja?«

Ich zeigte zur Tür. »Ich kann auch gehen.«

Rain schüttelte den Kopf. »Ich habe dich nicht darum gebeten.«

Dann senkte sich eine betretene Stille über uns.

Thomas sah zwischen uns hin und her. »Ich würde euch ja allein lassen, aber ihr wisst schon … ich stehe nur ungern unnötig auf.«

Ich sah zu meiner Schwester. »Können wir irgendwohin und reden?«

Sie ließ eine Hand auf Thomas' Schulter liegen und machte mit der anderen eine Geste durch das kleine Haus: Sammy war in der Galerie über dem Wohnzimmer, Thomas okkupierte die Küche, das Schlafzimmer bestand aus einem Bett.

»Draußen regnet es wirklich heftig«, sagte sie. »Wir haben nicht besonders viele Orte, wo wir hinkönnten.«

Ich hielt den Schlüssel zum Haus unserer Kindheit hoch. »Ich hätte da einen.«

49

»Das ist echt so was von schräg«, sagte Rain. Wir betraten den Flur, und sie nahm den Anblick des Hauses in sich auf: die braunen Wände, die modernen Kunstwerke, das riesige Porträt der Promi-Dame und ihres Ehegatten im Wohnzimmer nebenan.

»Wir können hier nicht einfach so rein«, protestierte sie.

»Komm schon, mir zuliebe.«

»Ich glaube nicht, dass die Cops das als Entschuldigung durchgehen lassen.« Trotzdem ging sie weiter den Flur entlang, bis wir in die Küche kamen; sie betrachtete die riesigen Gasherde, die Erkerfenster zur Veranda hin und den unglaublichen Ausblick auf den Strand und den Ozean dahinter. Der Regen prasselte immer noch unbarmherzig vom Himmel, der Wind peitschte übers Wasser, und die gesamte Szenerie hatte beinahe etwas Magisches an sich.

»Bitte, sag mir, dass sie wenigstens eine gute Köchin ist, wenn sie schon so viel Zeug hat«, sagte Rain.

»Keine Ahnung, aber …« Ich griff in den Kühlschrank und zog einen Laib unseres Lieblingsbrotes hervor. »Hunger?«

»Jetzt stehlen wir auch noch.«

»Die Dame hat einen prall gefüllten Kühlschrank und ist nicht da; das ganze Zeug wird sonst nur im Müll landen.«

»Genau. *Das* erzählen wir der Polizei.«

»Gegrilltes Käsesandwich gefällig?«

Sie zögerte einen Moment. »Na gut«, sagte sie. »Aber ich krieg den Platz mit Meerblick.«

Das gegrillte Käsesandwich machte ich folgendermaßen: Zuerst – und die Reihenfolge der Zutaten war extrem wichtig – nahm ich einen kleinen runden Laib Landbrot und schnitt zwei fingerdicke Scheiben ab. Nicht von den Enden, sondern aus der Mitte. Denn das war das Zweitwichtigste, wenn man ein gutes gegrilltes Käsesandwich bauen wollte – das Brot selbst und sein Verhältnis zu den anderen Zutaten. Dann bestrich ich die Scheiben mit Butter und fügte die anderen Leckereien hinzu. Erst eine großzügige Schicht besten Schweizer Käses, dann dünne Kirschtomatenscheibchen. Natürlich waren die Kirschtomaten klein, und es war knifflig, sie so dünn aufzuschneiden – außerdem war Sommer, ich hätte also genauso gut jede andere Tomatensorte nehmen können –, doch den Rest des Jahres verfügten nur Kirschtomaten über ausreichend Süße und Aroma. Ich legte fünf Scheiben auf jede Seite, dann eine weitere Lage Schweizer Käse drüber, die noch großzügiger ausfiel als die erste. Wenn Danny da gewesen wäre, hätte ich eine oberste Schicht Avocado hinzugefügt, aber Avocado (so würde ein echter Käsesandwich-Purist sagen) war eine umstrittene Zutat – und unnötig. Unbedingt nötig war jedoch, mich auf den wichtigsten Teil zu konzentrieren: Ich legte das Sandwich zusammen und ummantelte das Äußere jeder Scheibe mit Mayonnaise. Kein dünner Überzug, sondern eine solide Schicht. Die salzig-leckere Mayo versiegelte das Sandwich und ließ es in der Pfanne gleichmäßiger rösten. Fünf Minuten auf jeder Seite oder bis zum gewünschten Knusprigkeitsgrad. (Aber fünf Minuten waren genau richtig.)

Das klingt womöglich simpel. Doch das liegt nur daran, dass es simpel ist. Und zudem das köstlichste Sandwich überhaupt.

Ich hatte die Musikanlage gefunden, hatte mein Handy angeschlossen und ließ *Moonlight Mile* laufen. Mittlerweile hörte ich den Song die ganze Zeit – ich wusste nicht genau, warum. Es lag nicht nur daran, dass ich ihn liebte. Es war vielmehr so, als gäbe es da noch etwas, das er mir sagen wollte. Rain und ich setzten uns auf zwei Barhocker mit Blick auf das Meer und den Regen und aßen schweigend, während das Lied im Hintergrund lief. Wir verspeisten beide je ein Sandwich; dann teilten wir uns noch eins.

»Das ist so ungefähr das beste Sandwich, das ich je hatte«, sagte sie schließlich.

»Nicht wahr? Dabei behaupten alle, ich könnte nicht kochen!«

Sie lachte. »Zu schade, dass sie dich keine ganze Sendung nur darüber machen lassen würden.«

»Das würde ich so nicht sagen«, erwiderte ich. »Sie würden die Sendung *Was für ein Käse* nennen. Und es würde die ganze Zeit nur um Käse gehen.«

»Und Toast«, ergänzte Rain.

»Nein. Diese Marktlücke wurde schon von jemandem abgedeckt.«

»Die Toast-Marktlücke? Ich hab nur Spaß gemacht. So was gibt es wirklich?«

Ich nickte. »Amber macht Toast.«

Sie schüttelte den Kopf. »Völlig irre.« Dann nahm sie unsere Teller, ging zum Spülbecken und drehte den Wasserhahn auf.

»Die werde ich wohl lieber von Hand spülen«, sagte sie.

Ich folgte ihr und griff nach dem Geschirrtuch. »Ich trockne ab.«

»Ich hab gelesen, dass man jetzt alle seine Gerätschaften mit seinem Smartphone verknüpfen kann, sodass man weiß, wann welche benutzt wurden«, sagte Rain. »Ich will nicht, dass ihr Handy irgendwo losfiepst, um ihr mitzuteilen, dass jemand in ihr Haus eingebrochen ist.«

»Um Geschirr zu spülen?«

»Ich bin sicher, es sind schon schrägere Dinge passiert.« Sie konzentrierte sich auf das Geschirr und reichte mir den ersten Teller. »Danny hat angerufen und nach dir gefragt.«

»Wann?«, fragte ich.

»Gestern Abend«, sagte sie. »Ich habe nicht mit ihm gesprochen.«

Ich nickte und ließ es sacken. Ich hatte keine Ahnung, warum er sie anrufen sollte, statt sich direkt bei mir zu melden.

»Er hat davor schon angerufen.«

Ich blickte zu ihr auf.

»Er hat sich ein paarmal gemeldet, um sich zu erkundigen,

ob du okay bist. Aber das hätte er echt nicht tun sollen«, sagte sie. »Nicht nach dem, was er abgezogen hat.«

»Glaubst du ihm? Ich meine, dass er gute Absichten hatte?«

»Ja, aber das macht mich nur noch wütender.«

»Warum?«

»Weil ich nicht weiß, ob ich wütend auf ihn sein soll, wegen dem, was er getan hat, oder weil es mir nicht zuerst eingefallen ist.«

Ich lächelte, und beinahe widerwillig lächelte sie zurück.

»Aber egal, auf jeden Fall rufst du ihn nicht zurück. Zumindest noch nicht.« Es war der erste Große-Schwester-Ratschlag von ihr seit einer Ewigkeit. Und trotzdem wünschte ich mir, Danny anrufen zu können. Mehr als alles andere wollte ich seine Stimme hören – hören, dass es ihm gut ging. Ich wollte hören, dass er mich vermisste.

Sie trocknete sich die Hände an einem Geschirrtuch ab. »Ich hab gehört, dass du ein Jobangebot bekommen hast.«

Ich blickte überrascht auf. »Von wem?«

»Als ich ins Schlafzimmer bin, um mich umzuziehen, kam Sammy mir hinterher, zeigte mit dem Finger auf mich und sagte: ›Mommy, sie hat ein Jobangebot bekommen. Sei nett, wenn sie es dir erzählt. Sei nett!‹«

Ich lachte. »Ich weiß ihre Unterstützung zu schätzen.«

»Um was für einen Job handelt es sich?«

»Im Grunde wäre es wieder eine Kochshow. Hier vor Ort gedreht. Darüber, wie ich ganz von vorne anfange und zu meinen Wurzeln zurückfinde.«

»Ah, verstehe … eine Art Wiedergutmachungsshow.«

Ich nickte. »Jepp. So ungefähr.«

Sie öffnete den Küchenschrank und begann, die Teller einzuräumen. »Und was denkst du über das Ganze?«

»Ich find's toll. Aber dann auch wieder nicht.«

Rain drehte sich um und sah mich an, als überlege sie, ob sie etwas sagen sollte oder nicht. »Kennst du *Mrs. Beeton's Book of Cookery and Household Management*?«

»Ist das ein Buch, das Sammy sich wünscht?«

»Nein, nein. Isabella Beeton. Sie war damals im 19. Jahrhundert so etwas wie die ursprüngliche Martha Stewart. Und *Mrs. Beeton's Book of Cookery and Household Management* war der ultimative Ratgeber für Kochen und Haushaltsführung.«

»Warum weißt du so etwas?«

»Warum weißt du so etwas *nicht*? Nächstes Mal, wenn du eine Rolle annimmst, solltest du vorher ein wenig recherchieren.«

Ich grinste.

»Ich hab vor Jahren mal was über sie gelesen, und natürlich musste ich an dich denken, denn anscheinend hat diese Dame, Mrs. Beeton, sich ebenfalls keines dieser Rezepte selbst ausgedacht. Sie schrieb buchstäblich die Rezepte anderer Leute ab und ging dabei weit ins 17. Jahrhundert zurück. Dann stellte sie allen Rezepten die Zutatenliste voran, damit sie anders aussähen als im Original und sie diese als ihre eigenen verkaufen konnte.«

»Das kann nicht wahr sein.«

Rain nickte. »Doch. Aber das Beste kommt noch: Nach ihrem Tod machte ihr Mann weiter und veröffentlichte

Bücher unter ihrem Namen. Das nennt man doch mal einen Etikettenschwindel, der sich gewaschen hat!«

Ich seufzte. »Damals war das noch einfacher.«

»Trotzdem finde ich es irgendwie interessant. Sie hat was Schlimmes getan, stimmt's? Aber sie hatte auch die Idee, die Zutaten an erste Stelle zu setzen. Und heute ist es die übliche Art, wie jedes Rezept verfasst wird.«

»Du willst damit also sagen, dass ich es genauso machen soll? Die Zutaten an erste Stelle setzen.«

»Metaphorisch gesprochen, ja.«

»Das sind deine aufmunternden Worte?«

Sie zuckte die Achseln. »Mehr habe ich nicht zu bieten.«

Ich wollte sie fragen, wie wir uns sicher sein konnten, dass es Mrs. Beeton war, die die Idee mit der Zutatenliste hatte, aber ich beschloss, darauf zu vertrauen, dass die Geschichte stimmte. Ich würde Vertrauen in Mrs. Beeton haben und – wenn Rain sich schon die Mühe machte, nett zu mir zu sein und diese Story rauszukramen, die sie sich aufgehoben hatte, bis ich sie verdiente – vielleicht auch ein bisschen Vertrauen in mich selbst.

Meine Schwester trat ans Erkerfenster und sah hinaus. »Es ist echt schräg, wieder hier zu sein.«

Ich ging ebenfalls zum Fenster und stellte mich an ihre Seite. »Eigentlich fand ich es irgendwie tröstlich.«

»Okay, das ist *noch* schräger.«

Ich sah zu ihr, doch Rains Blick blieb nach vorne gerichtet. »Ich hätte das nicht sagen sollen über dich und Dad.«

Sie zuckte beinahe unmerklich zusammen. »Ich bin nicht wie er.«

»Das weiß ich.«

»Wirklich?«

»Wenn jemand ist wie er, dann ich.«

Sie drehte sich zu mir und begegnete meinem Blick. Ich nickte, um ihr zu signalisieren, dass sie mich richtig verstanden hatte – dass ich es erst meinte. Ich wusste, dass es der Grund war, warum ich Montauk hatte verlassen müssen. Es war auch der Grund, warum ich mich von meiner Schwester fernhielt; denn sie wusste es ebenfalls. Doch das verstand ich erst jetzt – nachdem *Sunshine* so eine katastrophale Wendung genommen und nachdem Danny mich bloßgestellt hatte. Und nun war ich gezwungen, mich abermals mir selbst zu stellen. Ich war die Tochter meines Vaters geworden. Er hatte seine Regeln gehabt. Und ich hatte mir meine Lügen erschaffen. Doch letzten Endes dienten sie demselben Zweck: Sie erlaubten es uns, in einem Paralleluniversum zu leben, in einer Welt, in der wir so tun konnten, als wären wir stark. In der wir das Gefühl hatten, gut genug zu sein.

Rain wandte den Blick ab und schien unsicher, was sie sagen sollte. Es tat mir leid, und sie wusste es. Ich gab mir Mühe, es besser zu machen. Hätten wir eine andere Art von Beziehung gehabt, hätte sie meine Hand nehmen oder mich berühren können. Aber so waren wir nicht – nicht mehr.

Sie schaute zu mir. »Ich möchte jetzt gern nach Hause.«

Ich lächelte ernüchtert. »Klar. Geh nur.«

»Und ich hätte gerne, dass du mitkommst.«

Ich nickte, da ich kein Wort herausbrachte. Sie tat es mit einem Schulterzucken ab.

»Ich schätze mal, es ist das Baby in deinem Buch ... Der

kleine Kerl bringt dir ziemlich viel Wohlwollen meinerseits ein.«

»Du glaubst, es ist ein Er?«, fragte ich.

Rain sammelte ihre Sachen zusammen und wischte ein letztes Mal über die Arbeitsflächen. »Ach, ich habe nur irgendein Pronomen genommen.«

50

Die Zutaten an erste Stelle setzen. Folgendermaßen wollte ich das anstellen: Ich rief Julie an, bereit, ihr großzügiges Angebot anzunehmen. Immerhin gab es einen ganzen Haufen Gründe, Ja zu sagen. Eine neue Sendung würde mir finanzielle Sicherheit verschaffen, eine Karriere, die Möglichkeit, Sammy zu helfen, mich um mein eigenes Kind zu kümmern, einen Ausweg aus Montauk. Es wäre ein Versuch der Wiedergutmachung. Dieses Mal ganz ohne Lügen.

Dennoch, als ich ihre Stimme am anderen Ende der Leitung hörte, wollte mir das Wort *Ja* nicht über die Lippen kommen.

»Und? Wollen wir zusammen was Großartiges auf die Beine stellen?«, ermunterte sie mich.

»Kann ich dich davor was fragen? Glaubst du, es gibt eine Möglichkeit, ein Leben in der Öffentlichkeit zu führen und gleichzeitig authentisch zu bleiben? Du arbeitest doch mit allen möglichen Leuten zusammen. Wie machen die das?«

»Na ja, zunächst einmal lügt man nicht bezüglich dessen, wer man ist.«

Ich lachte. »Ich weiß … aber selbst dann scheint es schwierig.«

»Ach herrje. Ich schätze mal, sie nehmen die ganze Sache nicht so furchtbar ernst«, sagte sie. »Oder vielleicht nehmen sie sie sogar ernst. Ich weiß es nicht. Ich glaube, du siehst das Wesentliche nicht.«

»Und das wäre?«

»Ich biete dir eine zweite Chance. Und dieses Mal gibt es keine Lügen; du musst nicht vorgeben, jemand zu sein, der du nicht bist. Es wird dein wahres Ich sein.«

Das ließ mich innehalten. Wie konnte sie so etwas versprechen? Das war doch das Knifflige an der ganzen Sache, oder nicht? Das war es, was Ethan gemeint hatte. Danny war in der Lage gewesen, mich zu hacken und bloßzustellen, weil ich bezüglich meiner Identität gelogen hatte. Aber auch deswegen, weil ich alles in die Welt hinausgetragen hatte. Ich hatte den Leuten die Story über mich erzählt, von der ich glaubte, dass sie erzählt werden musste. Bis die Lügen mich so weit von mir weggeführt hatten, dass ich die Wahrheit selbst nicht mehr kannte. *Meine* Wahrheit. Egal, wie groß oder klein sie war und wie unwichtig. Egal, wie viele Klicks sie wert war.

Vielleicht war es das Einzige, woran wir uns festhalten mussten. Unsere Wahrheit. Unsere Geschichte. Die uns zu dem Menschen machte, der wir waren. Damit nicht plötzlich unsere gesamte Welt zum Ausverkauf stand.

»Bist du noch da?«, fragte Julie.

»Ja, bin ich«, antwortete ich. »Aber ich muss ablehnen.«

»Nein.« Sie blieb gefasst. »Wirklich?«

Ich konnte es ja selbst kaum glauben. »Offensichtlich.«

»Ach, komm schon. Warum solltest du so etwas tun?«

Das war eine berechtigte Frage. »Ich glaube nicht, dass es das Richtige für mich ist.«

»Ach, wer weiß schon, was richtig für ihn ist? An einem Tag will ich noch nach Mexiko ziehen, am nächsten habe ich Schiss vor dem Zika-Virus. Verstehst du, was ich sagen will? Ich meine, du willst doch nicht für immer kellnern, oder?«

»Ich arbeite am Müll.«

»Ich bekomme Kopfschmerzen.«

»Ich glaub, ich brauche gerade mein Privatleben.«

»Ist etwa der Ehemann zurück?«

»Nein. Ich will mich nur nicht dort draußen exponieren. Zumindest nicht, bis ich wieder weiß, was von mir ich da preisgebe.«

»Ich bin nicht sicher, ob ich verstehe, was das bedeuten soll. Aber ich hoffe, du rufst mich an, wenn du wieder bei Verstand bist.«

Vielleicht würde ich das tun. Aber vielleicht auch nicht. »Danke, dass du daran geglaubt hast, dass es eine gute Idee wäre.«

»Momentan glaube ich das etwas weniger.«

51

Es gibt da noch eine Sache, die Sie über *Moonlight Mile* wissen sollten – die, an die ich mich die ganze Zeit erinnern wollte, ohne sie jedoch zu fassen zu bekommen. Es geht um den Grund, warum Mick Jagger den Text schrieb. Der Grund, warum seine Worte Mick Taylor so ansprachen. Es war einer der wenigen Songs von Jagger, der seine Müdigkeit vom ständigen Leben unterwegs offenbarte, den Druck, immerzu den Schein zu wahren.

Jagger hatte seine öffentliche Rolle und seine privaten Gefühle stets voneinander getrennt. Und genau das machte es so erschütternd und unglaublich zu hören, wie er sich öffnete und über seine Einsamkeit sang. Wie er sein Inneres bloßlegte.

Sobald ich aufgelegt hatte, schaltete ich das Lied ein, und erst jetzt, da es Julie nicht mehr interessierte, fiel mir eine bessere Antwort darauf ein, warum ich das Gefühl hatte, ihr Angebot ausschlagen zu müssen. Mir wurde eins klar: Heute hätte das für Jagger nicht so laufen können, nicht wahr? Wenn Jagger heute dabei wäre, berühmt zu werden, würden wir nicht dem ehrlichsten Rocksong aller Zeiten lauschen, nein, stattdessen würden wir auf seinem Facebook-Feed mitverfolgen, wie sehr das Leben unterwegs ihn schlauchte. Ein paar Stunden später sähen wir auf seinem Twitter-Account eine Entschuldigung dafür, dass er so undankbar klang, weil das Leben unterwegs ihn schlauchte. Während die Welt draußen schon begierig darauf wartete, ihre Urteile und Kommentare abzugeben.

War seine Entschuldigung auch ehrlich gemeint? War sie ehrlich genug?

Aber eigentlich ging es dabei noch nicht einmal darum, ob man berühmt war oder nicht – oder berühmt in seinem kleinen Winkel der Erde, so wie ich es eine Weile gewesen war. Ich versuchte immer noch, mir darüber klar zu werden, was uns allen verloren ging, indem wir unser Leben nach außen trugen und der gesamten Außenwelt zum Konsum vorsetzten – und das, bevor wir uns überhaupt die Zeit nahmen herauszufinden, was und wohin wir wollten.

52

An diesem Abend sagte ich Z, dass ich mit ihm reden müsse. Ich war immer noch ein wenig aufgewühlt, weil ich Julie abgesagt hatte. Ich war aufgekratzt, aber ich versuchte, mich darauf zu konzentrieren, die Sache mit Z hinzukriegen. Wir gingen die Abfälle des Abends durch, die sich hauptsächlich aus der Lardo-Creme und der Meeresalgen-Butter zusammensetzten, die Z zum Brot reichen ließ. Tatsächlich hing es vom Wochentag ab, ob der üppig-schmelzende Lardospeck und die salzige Butter leergelöffelt wurden oder liegen blieben. Samstags ertränkten die Leute ihr ofenfrisches Bauernbrot in beiderlei Sorten Fett, doch am Sonntag schienen sie den Lardo zu verschmähen. Chefkoch Z war nicht sonderlich interessiert – nicht am Brot und auch nicht wirklich an dem, was ich zu sagen hatte.

Bevor ich ein Wort herausbringen konnte, hob er die Hände, um mich aufzuhalten. »Ich weiß, was du sagen willst.«

»Wirklich?«

Er zeigte zum anderen Ende der Küche. »Douglas hat mir von deiner kleinen Fake-TV-Show erzählt«, sagte er. »Als er versucht hat, dich am Müllposten durch seinen Neffen zu ersetzen.«

»Wirklich?«

Chefkoch Z zuckte die Achseln. »Tatsache ist: Es könnte mich nicht weniger jucken. Kochen und Fernsehen sind zwei verschiedene Paar Schuhe. Und eins davon ist für Idioten.«

»Tatsächlich lief die Sendung im Internet, nicht im Fernsehen. Aber als herauskam, dass ich nicht kochen kann, hat *Food Network* meinen Vertrag aufgelöst. Eigentlich sollte ich eine Kochsendung für sie moderieren.«

»Warum tust du das?«

»Tue was?«

»Glauben, dass mich das interessiert.« Z schüttelte den Kopf; er hatte kein Interesse an meinem Teil dieses Gesprächs, nur an seinem. »Es ist völlig unmöglich, einen Coq au Vin in weniger als dreißig Minuten zuzubereiten. Deswegen bezahlt ihr mich, damit ich ihn euch mache. Weil ihr es gar nicht erst versuchen solltet.«

Ich schenkte ihm ein Lächeln und blieb optimistisch. Heute würde ich Chefkoch Z bitten, mich als Beikoch für ihn arbeiten zu lassen. Ich hatte bereits bewiesen, dass ich einen guten Gaumen hatte, und ich war gewillt zu lernen. Ich wusste, dass es reine Spekulation war, aber ich konnte mir den Gedanken nicht verkneifen, dass mich mein kleiner Karriereumweg vielleicht genau an diesen Ort geführt hatte. Ich würde die Speisen kochen, die ich hier im Restaurant lieben gelernt hatte – frische, außergewöhnliche, elaborierte Speisen. Und ich wollte das nicht tun, um eine neue Show an Land zu ziehen oder einen Anlauf zu neuem Ruhm zu wagen, sondern ganz allein für mich, um tatsächlich eine tolle Köchin zu werden.

Die Zutaten an erste Stelle setzen. Klappe, die zweite: Chefkoch Z füllte den Lardo mit einem Löffel in einen Plastikbehälter. »Gibt es einen speziellen Grund, warum du mich so anstarrst, oder ist es bloß deine übliche Art, mit der du Leute in Verlegenheit bringst?«, fragte er.

»Ich bin nur froh, dass Sie sich nicht haben abschrecken lassen von dem, was passiert ist.« Ich hielt inne. »Besser gesagt von dem, was ich getan habe.« Ich war dabei, es zu lernen. Verantwortung zu übernehmen.

»Schön«, sagte er. Dann deutete er auf den Lardo. »Weiter geht's.«

»Ich hatte gehofft, mit Ihnen über eine Möglichkeit sprechen zu können, hier im Restaurant das Kochen zu erlernen«, sagte ich. »Unter Ihren Fittichen.«

»Ich mag das Wort nicht«, sagte er. »*Fittiche*. Bitte, benutze es nicht mehr.«

Ich nickte. »Okay.«

»Und abgesehen davon … Nein.«

53

»Als ich davon sprach, die Zutaten an erste Stelle zu setzen, meinte ich damit nicht, dass du gleich das ganze verdammte Kind mit dem Bade ausschütten sollst.«

Ich saß mit Rain auf den Verandastufen vor dem Haus und blickte auf meinen Bauch, der langsam aber sicher Form annahm.

»Das habe ich schon probiert, als ich sechsundzwanzig war, und es hat nicht besonders gut geklappt«, sagte ich.

»Aber diese neue Show klang doch, als wäre alles ganz anders geworden.«

Ich dachte daran, was das Ganze mit sich gebracht hätte: Social-Media-Präsenz, TV-Auftritte und Instagram-Updates, die mich in ihrem Sog mit sich rissen und mich drängten, die Leute an meinem Leben und an meinen Erfahrungen teilhaben zu lassen, noch bevor ich selbst wusste, worauf diese Erfahrungen hinausliefen. Vielleicht war ich ja ein gebranntes Kind – und zwar so schlimm, dass ich mich in eine technikfeindliche Internet-Hasserin verwandelt hatte. Ja, sicher, diese Schwangerschaft machte mich extrem emotional, aber immerhin wusste ich jetzt, wann ich etwas von mir teilen wollte. Und vor allem, warum.

Meine Schwester schüttelte den Kopf, als wäre ich verrückt; doch ich konnte ihr ansehen, dass sie auch ein kleines bisschen beeindruckt war. »Dann ist es ja nur gut, dass du einen sicheren Job hast«, sagte sie ironisch.

Ich lachte. »Ich habe einen Vorschlag für dich.«

»Und der wäre?«

»Eine Möglichkeit für Sammy, an diese Schule zu gehen.«

»Vielleicht sollten wir dich wieder draußen im Auto sitzen lassen, bis wir eingeschlafen sind«, erwiderte sie.

Ich wandte mich ihr zu. »Ich hätte beinahe für die Show zugesagt, nur damit ich euch beide in einer netten, kleinen Wohnung in New York unterbringen könnte und du nicht arbeiten müsstest. Aber dann dachte ich mir, dass du dich sowieso nicht darauf einlassen würdest.«

»Da hast du richtig gedacht.«

»Die Schule bietet ein spezielles Wochenendprogramm an. Und ich habe etwas Geld von meiner Wohnung übrig. Geld, das eine ganze Weile reichen könnte. Ich kann sowieso nicht in Montauk bleiben. Was hältst du davon, wenn ich mir eine Wohnung in Harlem besorge? In der Nähe der Schule? Sammy könnte das Wochenende über bei mir bleiben. So wäre sie nur eine Nacht pro Woche von dir getrennt. Aber sie hätte die Möglichkeit, haufenweise nerdige Kindersachen zu machen. Es wäre nur eine Nacht, aber falls es gut läuft, könnten wir die Vollzeitsache noch einmal überdenken.«

»Das werden wir ganz sicher nicht tun.«

»Okay, dann nicht überdenken. Aber die Idee mit dem Wochenende wäre doch gut für sie. Und für dich vielleicht auch.«

Sie sah mich an, als würde sie gleich losbrüllen. Aber auch, als würde sie womöglich Ja sagen. Es konnte so oder so laufen.

»Ich werde darüber nachdenken«, sagte sie schließlich.

»Wirklich? Das würdest du tun?«

»Ja.«

Es war ein schöner Moment. Es gab keine Umarmungen, keine endgültigen Versprechungen, aber er war schön. Zumindest bis ein Paar Scheinwerfer uns unterbrach. Irgendjemand bog in die Einfahrt ... und stieg aus seinem Wagen.

Danny. Allein bei seinem Anblick setzte mein Herz einen Schlag aus. Er hatte die Hände in die Taschen seiner Jeans geschoben; der weiche Baumwollstoff seines Hemds schmiegte sich an seinen Oberkörper. Er blickte auf und lächelte verhalten.

»Junge, Junge, der hat Nerven«, sagte Rain kopfschüttelnd.

Als er auf uns zukam, zog ich unauffällig den Saum meines Pullis über meinen kleinen Bauch. Ich konnte spüren, wie meine Schwester neben mir sich versteifte.

»Hey«, sagte Danny.

»Hey«, sagte ich.

Rain bedachte ihn mit einem finsteren Blick.

Danny nickte ihr zu. »Schön, dich zu sehen, Rain.«

Sie zeigte mit dem Finger mitten in sein Gesicht. »Du hast Scheiße gebaut, Danny«, sagte sie. »Nein, du hast doppelt Scheiße gebaut, denn du hast mich in die Position gebracht, mich für meine Schwester einsetzen zu müssen, und du weißt, wie sehr ich das hasse. Und nein, ich werde dich nicht ins Haus bitten.«

»Ich bleibe draußen«, erwiderte er.

Rain erhob sich und sah mich an. »Er kommt mir nicht ins Haus«, sagte sie.

»Ich hab dich gehört.«

Sie wandte sich wieder an Danny. »Außerdem muss sie in fünfzehn Minuten mein Kind von der Schule abholen, also halt sie nicht auf.«

»Schon kapiert«, sagte Danny.

Sie bedachte ihn mit einem letzten vernichtenden Blick. Dann verschwand sie nach drinnen, und wir waren alleine. Er lächelte und betrachtete mich eine Weile schweigend.

»Gut siehst du aus. Darf ich das sagen?«

Ich nickte. »Mir geht es gut.«

Danny lächelte – ein echtes Lächeln –, als könne er es mir ansehen. Als würde ihm das genügen. Vierzehn Jahre. Er wusste, dass ich die Wahrheit sagte. Dann nahm er das Haus in Augenschein. »Es ist lange her, seit ich das letzte Mal hier war. Es sieht anders aus.«

Ich deutete auf das Haupthaus. »Früher gab es viel mehr Platz.«

Er lachte. »Ja, aber ich erinnere mich auch, dass das Gästehaus ziemlich gemütlich war.«

Ich musste ebenfalls daran denken. Als ich ihn das erste Mal von der Uni mit nach Hause brachte, hatten wir dort übernachtet. Mein Vater konnte Danny auf Anhieb gut leiden, also verbrachten wir etwas Zeit mit ihm. Danny brachte das Beste in meinem Vater hervor, und es war beinahe genug, um mich glauben zu lassen, dass es zwischen uns anders sein könnte. Danny hatte immer diese Macht gehabt, einem das Gefühl zu geben, dass alles möglich sei – wie hatte ich das nur hergeben können?

Er deutete auf die Stufe, auf der ich saß. »Darf ich?«

Ich zuckte die Achseln. »Bitte.«

Danny setzte sich neben mich, blickte jedoch geradeaus, was nur gut war. Ich spürte die Hitze, die von ihm ausging und die mich selbst mit mehreren Zentimetern Abstand zwischen uns wärmte.

»Tja … ich wollte dir nur sagen, dass ich die Website gelöscht habe. *Ain't No Sunshine* ist Vergangenheit.«

»Dir ist aber schon klar, dass jeder mich googeln und alles über mich herausfinden kann?«

»Nach einer Weile werden sie aufhören zu googeln. Wenn sie es nicht schon längst getan haben.«

»Danny, falls das deine Vorstellung einer Entschuldigung ist …«

»Ist es nicht.« Er konzentrierte sich auf seine Hände, wo immer noch sein Ehering steckte. Ich konnte nicht anders als draufzustarren. »Ich bin nicht hier, um mich zu entschuldigen«, sagte er. »Und ich bin auch nicht hier, um mit dir darüber zu diskutieren, ob ich das sollte.«

»Warum bist du dann hier?«

»Ich habe die ganze Zeit gedacht, dass ich es tun musste – dir helfen –, ungeachtet dessen, was es mit uns angerichtet hat. Es ist komisch, aber ich glaubte wirklich, dass es mich nicht stören würde, wenn du mich hasst. Doch wie es aussieht, habe ich mich dahingehend geirrt.« Er schwieg einen Moment. »Wie es aussieht, kann ich nicht aufhören, an dich zu denken.«

Ich sah ihn an. Es war das Schönste, was er mir hätte sagen können, aber es war nicht genug. Vierzehn Jahre. Ich wusste, dass er nicht gewillt war, das alles aufzugeben – womöglich keiner von uns beiden –, doch das hieß noch lange nicht, dass wir wussten, wie wir daran anknüpfen konnten. Keiner von uns beiden wusste, ob wir das wirklich schaffen könnten, mit all den negativen Dingen, die zwischen uns passiert waren. Seltsam nur, dass ich all das Negative nicht fühlen konnte. Wie ich so neben ihm saß, fühlte er sich einfach nur an wie Danny. Womöglich war auch das nicht genug, aber es schien ein Anfang zu sein.

»Es hätte auch andere Wege gegeben, Danny.«

»Vielleicht. Aber dieser hier hat funktioniert.«

Ja, das hatte er.

»Ich bin schwanger.«

Danny drehte sich zu mir um und sah mich an. »Wirklich?«

Ich nickte.

Er wandte sich wieder ab. »Ich glaub, ich brauch eine Minute, um das zu verdauen.«

In meinem Kopf begann ich die Sekunden zu zählen, doch noch bevor ich bis zehn kam, zog er mich an sich und hielt mich fest in seinen Armen.

54

Sie haben wahrscheinlich nicht geglaubt, dass es das mit dem 28 für mich war – oder vielleicht doch? Vielleicht dachten Sie, dass diese Geschichte, nachdem ich Julies Angebot ausgeschlagen (und Z mich abserviert) hatte, damit enden würde, dass Z es sich anders überlegte und mir einen richtigen Job anbot, eine echte Chance in seinem Restaurant. Es hätte der Geschichte eine gewisse Symmetrie verliehen: Der Mann, von dem ich geglaubt hatte, er sei der Weg zurück in mein altes Leben, übernahm stattdessen die Führung in mein neues.

Immerhin, wie oft trifft man schon das Gegenteil von sich selbst? Und war Chefkoch Z nicht mein absolutes Gegenstück? Da war dieser Mann, der keinerlei Interesse an genau den Dingen zeigte, denen ich so lange hinterhergejagt war – Ruhm, kommerzieller Erfolg, das Lob der anderen. Er hatte diese Dinge schon vor langer Zeit aufgegeben; und obwohl sie ihren Weg zu ihm zurück gefunden hatten, schien er ihnen genau das Maß an Zeit zukommen zu lassen, das sie verdienten.

Sehr wenig.

Z hatte mich gelehrt, worauf wir stattdessen achten sollten. Dass wir uns ganz genau anschauen sollten, was wir bereit waren wegzuwerfen, sowie die Rückschlüsse, die sich daraus ziehen ließen.

Es war auch eine Lektion in gnadenloser Ehrlichkeit.

»Bitte, geh mir aus den Augen!«, sagte er, als ich ihn schließlich im Weinkeller fand.

Und darüber, wie man sie zügeln sollte.

Die Tatsache, dass ich nicht wegrannte, schien Z ein wenig neugierig zu machen. »Jetzt sag schon, was du willst.«

»Ich ziehe nach New York«, verkündete ich.

Er seufzte, ohne sich von seiner Flaschensuche abhalten zu lassen. »Ich dachte, du wolltest eine Beförderung.«

»Sie haben Nein gesagt. Außerdem bekomme ich ein Baby. Und der Vater ist in New York. Und ich hasse es hier. Ich meine, nicht hier im Restaurant. Aber hier in den Hamptons.«

Er warf mir einen Blick zu, als hätte ich ihm mitten ins Gesicht getreten. »Das war eine längere Antwort, als ich mir erhofft habe.«

»Ich habe dort noch keinen Job«, sagte ich. »Aber ich könnte einen gebrauchen.«

»Ach ja?«

»Falls Sie irgendwas wissen.«

»Falls ich irgendwas weiß?«

Es war verrückt, ihn darum zu bitten, das wusste ich. Und er wusste es ebenfalls. Aber ich erwartete auch nicht wirklich Hilfe von ihm. Ich dachte nur, es gäbe ihm die Möglichkeit, sich auf seine ganz eigene Chefkoch-Z-Art zu verabschieden.

Und das tat er.

Chefkoch Z lächelte milde – als würde er gleich sagen, er wolle helfen; als würde er sagen, er kenne da einen Typen; als würde er sagen, dass ich unverzichtbar für ihn geworden sei.

»Die Radieschen heute Abend sind scheiße«, sagte er.

Ich lächelte. »Ach, wirklich?«

Er nickte. »Nimm eine Schale mit. Und verschwinde.«

55

An dem Morgen, als ich nach New York aufbrach, um eine Wohnung zu finden und den Prozess meines Neubeginns einzuläuten, begegnete ich in der Einfahrt Ethan, der gerade aus seinem Wagen stieg.

Er hatte es in den letzten Tagen vermieden, zu viel Zeit mit mir zu verbringen, und so war ich überrascht, als ich mit meiner Tasche aus der Tür trat und ihn auf das Gästehaus zukommen sah.

»Freu dich nicht zu früh«, sagte er. »Ich gehe nur meine Freundin besuchen.«

»Ach ja?«

»Na ja, kommt ganz darauf an, wie das hier läuft.«

Ich zeigte auf die obere Stufe, er auf die untere.

»Sollen wir uns in der Mitte treffen?«, schlug ich vor.

Er lächelte, und wir setzten uns hin.

Er deutete auf die Tasche in meinen Händen. »Was ist da drin?«

»Mittagessen«, antwortete ich. »Ich nehme den Zug nach New York.«

Er betrachtete die Tüte, die unglaublich voll war: zwei Sandwiches, ein Salat, ein großer Eistee.

»Sicher, dass das reicht? Ich meine, du wirst mindestens zwei Stunden im Zug sitzen. Vielleicht sogar länger.«

»Sehr witzig.«

»Was machst du in New York?«

Ich berührte meinen Bauch. »Ich will herausfinden, ob das hier ein Mädchen oder ein Junge ist.«

»Es ist ein Mädchen.«

»Wie kommst du darauf?«

»Ach, das alte Ammenmärchen. Wenn du einen Jungen bekommst, verleiht es dir Schönheit. Und wenn du ein Mädchen kriegst ...«

Ich lachte. »Hey! Das ist nicht nett.«

Er zuckte die Achseln. »Du sahst schon besser aus.«

»Da hast du wohl recht.«

Er lächelte. »Geht der Ehemann mit dir hin?«

»Das ist der Plan.«

»Gut.« Er nickte. »Das ist gut.«

Ich wollte ihm beipflichten, aber das wäre nicht die Wahrheit gewesen. Alles zwischen Danny und mir war anders – ein bisschen gezwungen, tendenziell angespannt. Aber auch diesen Teil wollte ich nicht von mir aus preisgeben. Danny und ich würden es entweder gemeinsam hinkriegen oder nicht. Und für Ethan war es besser, wenn er glaubte, dass wir es hinkriegen würden. Wahrscheinlich war es für uns alle besser, daran zu glauben. Aber wie genau sollten wir das schaffen?

Ich meine, wie würde diese Geschichte denn bitte schön klingen? Wir waren mal verheiratet gewesen, aber ich habe ihn betrogen. Und dann hat er unser beider Leben verraten.

Aber am Ende haben wir es wieder hingekriegt. Das war keine gute Story. Keine Geschichte, die sich verkaufen ließ. In der Geschichte, die sich verkauft, hätte er mir vergeben, noch bevor er erfuhr, dass ich schwanger war. In der Geschichte, die sich verkauft, hätte es keine Untreue und keinen Verrat gegeben. Da gäbe es keinen neuen Mann, der vor mir saß und dem ich nicht Lebewohl sagen wollte. Da hätte es eine tiefe, alles durchdringende Liebe gegeben, die es mir gar nicht erst erlaubt hätte, meinen Mann und meine Ehe zu verschachern, selbst wenn meine gesamte Welt zum Verkauf stünde.

Doch vielleicht war ich erst dadurch in dieses Schlamassel geraten – weil ich mir wünschte, dass alles nach einer ganz bestimmten Geschichte klang. Vielleicht war das einzig Wichtige, dass ich mich heute Abend mit Danny zum Abendessen traf – nur wir beide –, und allein die schiere Möglichkeit machte mich glücklich. Ich fühlte mich einfach nur glücklich. Und frei. Dabei war es ein reichlich schräger Moment, mich frei zu fühlen – mit diesem Baby, das da in meinem Inneren heranwuchs. Doch ich hatte die Haut meines falschen Lebens abgestreift. Und wie einen Preis reichte man mir beides dar – Glück, Freiheit.

Ethan lächelte. »Okay«, sagte er. »Das Leben ist zu kurz für peinliche Momente. Lass mich wissen, wenn du zurück bist. Wir könnten einen Cider trinken gehen oder so.«

»Das klingt … fürchterlich«, erwiderte ich.

»Was denn? Mir gehen langsam die nichtalkoholischen Optionen aus.«

»Vielleicht willst du mich stattdessen einfach nur zum

Bahnhof fahren?«, schlug ich vor. »Wir könnten auf dem Weg plaudern.«

»Nein«, sagte er. »Ich habe Pläne mit meiner Freundin. Aber trotzdem danke.«

Ich blickte zu meinem alten Haus, in dem seine Freundin saß und wartete. »Du verdienst viel mehr als das. Womöglich habe ich nicht das Recht, dir das zu sagen, aber du weißt es selbst, nicht wahr?«

»Sind ja nur Pläne«, sagte er. »Lass mich wissen, falls ich sie abblasen soll.« Er stand auf und schlenderte auf das Haus seiner Freundin zu. Dann drehte er sich noch einmal um. »Hey … wahrscheinlich wird es ein Junge. Du sahst nie besser aus.«

»Du lügst doch.«

Er zuckte die Achseln und drehte sich wieder um. »Also, wenn es jemand wissen muss …«

56

Hier kommt die letzte Sache, die ich Ihnen erzählen möchte, zumindest für den Moment. Ich ließ mein Auto in Montauk stehen und nahm den Zug nach New York, was mehrere Gründe hatte. Hauptsächlich, damit Sammy wüsste, dass ich wiederkommen würde. Wir hatten was fürs Wochenende ausgemacht – nur wir beide –, damit Rain und Thomas endlich zu ihrem Verlobungsausflug fahren konnten. Falls Rain etwas ahnte, so ließ sie es sich nicht anmerken. Sie sagte nur ganz beiläufig *Bis bald,* in dem Vertrauen, dass sie auf mich zählen konnte. So weit waren wir mittlerweile wieder.

Also verließ ich an diesem Tag Montauk nicht für immer; aber mir war klar, dass ich bald würde fortgehen müssen. Ich würde meine Zelte aufschlagen, mich auf das Baby vorbereiten und irgendwo einen Job finden. Letzten Endes half Chefkoch Z mir doch ein klein wenig dabei. Er stellte für mich den Kontakt mit einer Frau her, die eine Spielzeughandlung nur ein paar Blocks von meiner alten Wohnung besaß. Die Frau war ein häufiger Gast im *28,* und ihr Laden war unfassbar niedlich; sie führte ausschließlich Holzspielzeug – Arche Noahs mit sämtlichen Tierpaaren, komplette Eisenbahn-Sets und solche Dinge. Ihr Mann arbeitete mit

Holz und fertigte anscheinend alle Spielsachen selbst an. Die beiden waren gerade dabei, einen zweiten Laden in derselben Straße zu eröffnen, und dieses Mal war es ihr Traum. Ein Feinkostgeschäft, das erlesene, weniger bekannte Spezialitäten anbot: Olivenöle aus dem nördlichen Kentucky, Pinot noir aus West Sonoma County, Ingwer-Scones von einer Bäckerei in Big Sur.

Chefkoch Z ließ mir telefonisch über Lottie ausrichten, dass sie jemanden bräuchten, der den Laden für sie führte. *Das klingt ganz gut, aber es hat nur am Rande was mit Kochen zu tun,* hatte ich geantwortet. Woraufhin ich Chefkoch Z im Hintergrund rufen hörte: *Ja, genauso wie du.*

Dann legte Lottie auf.

»Entschuldigung?«

Ich sah von meinem Fensterplatz auf und erblickte ein blondes Mädchen, Mitte zwanzig, das mit einem breiten Lächeln auf mich herabschaute. Ich machte meine Musik aus.

»Sind Sie Sunshine Mackenzie? *Die* Sunshine? Also die aus *A Little Sunshine?*«

»Vielleicht.«

»Vielleicht?« Ihr Lächeln verblasste. »Na ja, entweder sind Sie es, oder Sie sind es nicht.«

Das klang wie eine clevere Aussage, nur dass sie nicht stimmte.

Wir sind es, und wir sind es nicht. Wir wagen den Schritt und scheitern. Wir sagen die Wahrheit, dann lügen wir. Wir wollen so unbedingt Teil des Geschehens sein, dass wir alles vorgeben würden, um eingelassen zu werden. Nur um bleiben zu dürfen, würden wir vorgeben, jemand anders zu sein. Wir wollen gesehen werden, und wir wollen, dass die Leute rätseln. Wir wollen, dass sie verstehen. Wir wollen Vergebung. Wir vergeben uns selbst. Und fangen von vorne an.

»Ich wollte nur ein Selfie für mein Instagram«, sagte die Blonde. »Können wir trotzdem eins machen? Wird sowieso niemand wissen.«

»Hast du viele Follower?«

»So fünfzigtausend.«

»Echt? Wie machst du das?« Ich wusste, dass ich uralt klang, doch sie lächelte geschmeichelt, erfreut darüber, dass ich dachte, sie sei wichtig. »Ach, das ist doch gar nichts.« Dann beugte sie sich zu mir runter, warf sich in Pose und wartete darauf, dass ich mich ebenfalls kameratauglich machte. Und das tat ich. In der Regionalbahn sitzend – irgendwo zwischen Montauk und New York, irgendwo zwischen meinem alten Leben und dem neuen –, kaschierte Sunshine Mackenzie gekonnt ihren Bauch (das ging die Follower gar nichts an) und machte das Peace-Zeichen für fünfzigtausend Menschen, die sie nicht kannte.

Das Mädchen musterte das Foto kritisch. »Nicht übel«, beschloss sie. »Aber vielleicht sollten wir noch eins probieren, auf dem du kein Peace-Zeichen machst? Das macht heute echt niemand mehr.«

Ich zuckte die Achseln. »Betrachte es als Reminiszenz an eine vergangene Zeit.«

»Die 60er oder wie?« Sie wirkte genervt.

Dann drückte sie auf ihr Display und ging davon. Sie

sagte weder *Danke schön* noch *Auf Wiedersehen.* Es interessierte sie nicht.

Müsste ich eine Wette abgeben, würde ich tippen, dass sie das Foto trotzdem gepostet hat. Aber vielleicht gefällt mir auch nur die Vorstellung, dass sie es getan hat. Die Leute würden ihre Kommentare abladen und fragen, ob ich denn nett wäre *(Total!)*, ob ich dick geworden sei *(Ein bisschen … ja!!)*, und einer würde fragen, wer ich eigentlich war *(Die von der Pseudo-Kochshow, weißt du nicht mehr?)*.

Die meisten wüssten es. Einige nicht. Dem Rest wäre es egal. Was – das finden Sie sicherlich auch – eine wirklich großartige Art und Weise für *Sunshine* war, sich zu verabschieden.

Danksagung

Suzanne Gluck und Marysue Rucci. Ihr seid und bleibt das Dreamteam.

Mein Dank gilt allen, die diesem Roman eine so großartige Verlagsheimat gegeben haben: Carolyn Reidy, Jonathan Karp, Richard Rhorer, Elizabeth Breeden, Cary Goldstein, Zachary Knoll, Sarah Reidy, Clio Seraphim und Kitty Dulin.

Ein ganz besonderes Dankeschön schulde ich den Leuten, die mir Einblicke in Sunshines Welt gewährt haben. Einige von euch baten mich, anonym bleiben zu können, also werde ich euch beizeiten in einem anderen Forum danken; doch ihr sollt wissen, dass eure Erfahrungen und euer Humor die Recherchen für Sunshine zu einem echten Vergnügen gemacht haben.

Gar nicht genug danken kann ich Sylvie Rabineau und meinen Lesern der ersten Stunde, deren Feedback von unschätzbarem Wert für mich war.

Ich danke meinen Eltern, Rochelle und Andrew Dave, und den Familien Dave und Singer. Außerdem alles, alles Liebe an meine wundervollen Freunde.

Zu guter Letzt danke ich meinem Sohn und meinem Mann. Ich liebe euch von ganzem Herzen.